VISÃO NOTURNA

VISÃO

FRANKLIN TEIXEIRA

NOTURNA

intrínseca

Copyright © 2023 Franklin Teixeira
Publicado mediante acordo com Roman Lit.

EDIÇÃO
Luiz Felipe Fonseca

PROJETO GRÁFICO E IMAGENS DE MIOLO
Antonio Rhoden

DIAGRAMAÇÃO
Ilustrarte Design e Produção Editorial

ARTE DE CAPA
Shiko

DESIGN DE CAPA
Antonio Rhoden

CIP-BRASIL. CATALOGAÇÃO NA PUBLICAÇÃO
SINDICATO NACIONAL DOS EDITORES DE LIVROS, RJ

T266v

    Teixeira, Franklin
        Visão Noturna / Franklin Teixeira. - 1. ed. - Rio de Janeiro : Intrínseca, 2023.
        272 p. ; 21 cm.

        ISBN 978-65-5560-637-9
        1. Ficção brasileira. I. Título.

23-85110   CDD: 869.3
                         CDU: 82-3(81)

Gabriela Faray Ferreira Lopes - Bibliotecária - CRB-7/6643

[2023]
Todos os direitos desta edição reservados à
Editora Intrínseca Ltda.
Av. das Américas, 500, bloco 12, sala 303
22640-904 – Barra da Tijuca
Rio de Janeiro – RJ
Tel.: (21) 3206-7400
www.intrinseca.com.br

CAPÍTULO I

Escuridão e neblina são uma combinação terrível. Principalmente ao subir uma serra dirigindo uma Kombi antiga. A visibilidade era tão baixa que só dava para enxergar o asfalto na frente, que os faróis iluminavam com precariedade. A cada inclinação mais acentuada a lataria chacoalhava, como se quisesse transmitir uma mensagem em código morse.

Falei para Yuri que não era boa ideia viajar de noite, mas agora não tinha mais volta. Enquanto eu me virava ao volante, ele dormia no banco do carona. Seu rosto, que geralmente exibia uma atenção magnética, estava suavizado, desligado para recuperar a energia. A respiração lenta, a boca entreaberta...

Eu precisava focar na estrada. Minha carteira de habilitação era do ano passado, e as décadas de experiência da Kombi mais atrapalhavam que ajudavam.

Em condições normais a rodovia Rio-Teresópolis já era complicada. Numa noite assim nem dava para ver o pico do Dedo de Deus, a formação rochosa com mais de mil metros que parecia um dedo apontando para o céu. Imaginei a mão gigantesca ganhando vida no breu, arrancado árvores e destruindo a serra. Apesar do dedo divino e da subida entre as nuvens, eu estava bem longe do paraíso. Mesmo para o horário, a estrada estava estranhamente vazia, com poucos carros descendo e quase nenhum subindo. Às vezes, quando os faróis de outro veículo se aproximavam no sentido oposto, eu deixava de ter vinte anos e voltava a ser criança. Quando eu era pequeno, suspeitava que os faróis dos outros carros fossem os olhos brilhantes de alguma criatura. Encarava a estrada do banco de trás, imaginando um bicho diferente para cada veículo. Enxergava lobos enormes ou touros gigantescos se aproximando, mas que se disfarçavam de automóvel ao se darem conta de que eu já tinha captado sua verdadeira essência no escuro.

Isso continuava até minha cabeça me levar para um lugar mais profundo, além da minha compreensão infantil. No limbo entre a realidade e a fantasia, o medo era palpável, o que me levava a cair num sono perturbado. Eu ficava tão aterrorizado quando isso acontecia que passei a prender a respiração, para evitar dormir sem querer. Claro que não funcionava, e minhas angústias de criança seguiam embaladas pelos rugidos dos monstros — pelo menos até o outro carro se aproximar o suficiente para desfazer a ilusão.

Na vida adulta os faróis continuavam me encarando na escuridão. Quem sabe um dia eu conseguisse flagrar uma entidade inexplicável antes que ela tivesse tempo de se mascarar com o mundano.

Pisquei algumas vezes e segurei o volante com firmeza.

Estava ficando com sono.

Talvez não conseguíssemos chegar a Itacira sem fazer paradas. De Nova Iguaçu à região serrana nem era tanto chão assim, o problema foi começarmos o trajeto bem mais tarde do que eu gostaria. Nicolas estava à nossa espera, mas não conseguiríamos começar a trabalhar já nessa noite.

Se estivesse acordado, Yuri diria que não tínhamos tempo a perder. O Visão Noturna tinha que ser a nossa prioridade, e eu concordava — o canal era nosso, afinal. Só que, para criar conteúdo com as lendas urbanas de Itacira, eu tinha que evitar que virássemos mais um mistério na estrada. Em meio à névoa e ao sono que me envolvia, a possibilidade de perder o controle da direção era real.

Bastaria eu fechar os olhos numa curva mais sinuosa. A Kombi deslizaria até o asfalto desaparecer debaixo dos pneus, atravessando a cerca de proteção da estrada com um estrondo trágico. Yuri acordaria sem tempo de entender o que estava prestes a lhe acontecer, pois já estaríamos atingindo a montanha com um barulho maior ainda, metal se misturando com carne, ossos e rocha afiada. Membros deslocados ou arrancados, vidro rasgando pele, a Serra dos Órgãos quase se tornando algo literal.

Yuri acordou, me tirando do meu devaneio mórbido. Soltei o ar e relaxei os ombros.

— Theo, você viu meus óculos? — perguntou, passando a mão no rosto e nos bolsos do casaco.

— Estão no porta-luvas — respondi, bocejando.

Yuri pegou os óculos e colocou no rosto sonolento.

— Quer que eu dirija? — ofereceu ele.

— Não, eu quero chegar vivo.

Ele fez um muxoxo, mas não insistiu.

— Só queria um café agora — acrescentei.

— Você ainda vai morrer de tanto tomar café.

— Melhor do que morrer dormindo ao volante.

Yuri balançou a cabeça, sorrindo. Puxou o celular do bolso do casaco e perguntou:

— Aí, você me mandou a lista completa?

— Acho que mandei. Não?

— Não encontrei.

— Está no e-mail do canal.

— Achei — disse ele, depois de deslizar o dedo por alguns instantes na tela do celular. — *LU Itacira*?

— Lendas Urbanas de Itacira. Pode ser o nome da série, se não pensarmos em nada melhor.

Sugeri aquele título simples de propósito, sabendo que Yuri ia reclamar. Dito e feito.

— Ah, não! Nada disso! Tem que ser alguma coisa mais criativa.

— Mas esse chama a atenção — afirmei, mais por hábito do que por discordar de verdade.

— Daqui a pouco você vai dizer que nós temos que aparecer fazendo cara de assustados no *thumbnail* do vídeo.

É claro que eu não ia sugerir isso, mas achei melhor ficar quieto. Gostava de discutir com Yuri por esporte, mas a realidade é que estávamos cansados demais para aquilo.

— Esses são todos os casos que o Nicolas conhece? — perguntou Yuri.

— Mais ou menos. Essa é a lista das histórias que ele me deu certeza de que conseguiríamos juntar conteúdo e criar uma narrativa a partir delas. Fazer entrevistas, filmagens nos locais, o esquema de sempre. Ele avisou que tem outras coisas estranhas por lá, se precisarmos de mais.

— Que cidadezinha zoada, hein?

— O lugar parece bem legal, na verdade — falei.

— Não me entenda mal, estou achando ótimo.

Yuri nem precisava explicar. Sua empolgação era visível. Eu compartilhava da sua curiosidade pelo bizarro, mas às vezes curtíamos aquilo um pouco *demais*.

— Pelas fotos da cidade, nem dá para imaginar que tem tanto caso estranho por lá — comentei.

— Pois é, e não encontrei quase nada sobre essas histórias que o Nicolas mencionou.

— Você acha que é só zoação dele?

— Como assim?

— Será que ele inventou tudo isso?

— Não acho que seja zoação dele, não. Se for, ele é um ótimo ator e está levando a brincadeira bem a sério. Acho que ele não se ofereceria para hospedar dois estranhos por conta de uma pegadinha. De qualquer forma, daria um bom vídeo se fosse mentira, e nós ainda sairíamos ganhando.

— Verdade — concordou Yuri.

Ele ficou em silêncio, digitando no celular. Percebi que estava respondendo mensagens dos nossos fãs mais fervorosos. Sua expressão alternava entre "muito séria, avaliando as reações" e "leve sorriso, esse comentário foi realmente engraçado".

O Visão Noturna era um canal focado em mistério e terror. Os vídeos que publicávamos abrangiam tanto ficção quanto casos reais. A maior parte do conteúdo se tratava de análises de filmes, streaming de jogos e discussões sobre livros e quadrinhos, todos na temática do canal.

Os mais populares eram os documentais. Com o melhor que a investigação amadora tinha a oferecer, explorávamos acontecimentos insólitos na região fluminense. Além de render muitas visualizações, os documentários também davam mais trabalho: o assunto precisava gerar material suficiente, e o ideal era mergulhar a fundo no local do caso que escolhêssemos investigar.

Aquela lista de lendas urbanas foi o que nos levou a cruzar os cem quilômetros que separavam Nova Iguaçu de Itacira, com o objetivo de gravar o documentário mais elaborado que já tínhamos produzido até então.

Olhei pela janela do lado de Yuri, que dava para o horizonte escuro. Naquele exato instante deviam estar ocorrendo dezenas de mortes — talvez centenas, considerando que do outro lado estava o Rio de Janeiro. Cada número frio nas estatísticas é um mistério em particular. Eventos microscópicos de um ponto de vista cósmico, mas impactantes para quem está perto.

Yuri virou o celular na minha direção de repente. A tela mostrava as visualizações de um dos vídeos do nosso canal.

— Nossa análise de *Silent Hill 2* tá bombando demais. Nunca imaginei que ia chegar a esse ponto. Obrigado, Dudinha.

Yuri ergueu as mãos como se agradecesse a alguém nas alturas.

Dudinha era uma garota de São Paulo, dona de um canal bem popular, que tinha mencionado o nosso vídeo de *Silent Hill 2*. Aparentemente ela era fã da franquia de jogos e gostou dos nossos comentários.

— Quem diria que seríamos promovidos de graça num canal sobre futebol — brinquei.

— É aquilo que eu sempre falo para você, Theo: não dá para subestimar a força do conteúdo.

A força do conteúdo. Soava bobo, mas Yuri tinha razão. Elaborar conteúdo e colocar com frequência na internet era a grande sacada. Era o que separava quem *quer fazer* de quem *faz*.

E foi graças à força do conteúdo que a gente se conheceu.

— O pessoal continua curioso com o meu post sobre a viagem — disse Yuri. — Adoraram essa última foto também. Podíamos fazer um teaser antes do primeiro episódio, hein?

— Pode ser. A gente edita algo quando tiver algum material.

— Vamos filmar o Nicolas assim que der. Ele é bonito.

Revirei os olhos. Yuri reparou e disse:

— O que quero dizer é que o rosto dele vai render muitas visualizações, então temos que aproveitar. — Após uma pausa, acrescentou: — Mas eu pegava, com certeza.

— Sossega, Yuri. É trabalho.

— Ah, não fica assim. Eu tô brincando. Você é minha prioridade, relaxa.

Dei uma risada involuntária. Quase insisti no assunto para destrinchar o que ele queria dizer com "prioridade", mas eu sabia que estava falando do canal. Trabalho. Amizade.

A lataria inteira tremeu de novo, feito um carro alegórico na pista cinza. Do lado de fora, o frio parecia ter aumentado. Yuri bocejou, soltando vapor pela boca.

— Pode dormir mais um pouco — falei. — Se precisar, eu te acordo.

— Tranquilo. Tô legal.

Apesar do que disse, Yuri voltou a cair num sono profundo em poucos minutos. Ele tinha passado as últimas noites editando vídeos num ritmo frenético para adiantar o trabalho que deixaríamos de fazer durante a viagem. Naquele meio-tempo resolvi os pormenores da nossa estadia em Itacira. Comparado a ele, eu tinha feito pouco.

O pior é que já fazia algum tempo que eu trabalhava menos que Yuri. Quando abordávamos algum jogo de terror, eu só participava jogando ou fazendo comentários, e era ele quem ficava encarregado de editar tudo depois. Separar as partes mais engraçadas, colocar efeitos divertidos, criar as imagens de divulgação. Também era ele quem mais interagia com os fãs do Visão Noturna.

Era melhor abaixar um pouco a música para não atrapalhar seu sono. Procurei a caixa de som que tinha levado. Como o rádio da Kombi só aceitava fita cassete, bluetooth era o único jeito de ouvir minhas playlists decentemente durante a viagem. Antes de conseguir alcançar o botão do volume, ouvi um estalo.

Primeiro, achei que algum galho ou animal tivesse caído de uma árvore e batido na parte de trás. Não deu tempo nem de desacelerar para estacionar e verificar, porque o carro morreu no meio da rodovia.

Os faróis ainda funcionavam e eram a única fonte de luz na neblina carregada. Desliguei a caixa de som, mas o celular continuou tocando música, que passou a sair direto dos alto-falantes do aparelho.

—Yuri — chamei, mesmo sabendo que não havia a menor chance de ele acordar. Se o estalo de antes não tinha feito o serviço, não seria a minha voz hesitante que ia conseguir.

Não havia nenhum carro avançando pela estrada. Absolutamente nada ali além de nós dois. Estiquei a mão para abrir a porta e sair para averiguar o que tinha acontecido. Quando encostei na maçaneta, parei imediatamente. Não conseguia me mexer.

A sensação era de que abrir aquela porta me deixaria vulnerável. Tudo aquilo lá fora, tudo aquilo que eu não conseguia enxergar, poderia me alcançar com facilidade no momento em que colocasse os pés para fora da Kombi e tivesse que lidar com o invisível que espreitava na neblina.

—Yuri — chamei de novo, dessa vez cutucando seu braço. Precisei sacudi-lo algumas vezes até ele abrir os olhos. Yuri se voltou para mim. Tinha esquecido de tirar os óculos, que estavam tortos no rosto.

— Chegamos?
— Aconteceu alguma coisa com o motor.
Yuri se ajeitou no banco e ergueu os óculos.
— Onde a gente está?
— Não sei. Na estrada ainda.
Girei a chave na ignição, e o motor tossiu feito um doente em estado terminal.
Pegamos nossos celulares, e as telas acenderam ao mesmo tempo. Onze e vinte da noite. Yuri olhou pela janela e disse:
— Vamos empurrar para o acostamento.
Ele abriu a porta e saiu sem cerimônia, desfazendo o encanto que parecia me prender ao banco. Abri a minha porta e fiz o mesmo.
Do lado de fora, Yuri começou a empurrar o carro. Eu me enganchei no lado do motorista, girando o volante com dificuldade pela porta aberta.
— Tá escuro pra cacete — comentou ele, ofegando quando terminamos de sair do meio da estrada.
— Frio pra cacete também.
Comecei a suar, o que me deixou com mais frio ainda. Abri a tampa do motor, usando o celular para iluminar.
— E aí? — perguntou Yuri depois de observarmos a peça por alguns segundos. — O que houve com a Rita?
Antes de ser minha, a Kombi foi do meu avô. Mais especificamente quando ele e minha avó eram dois hippies aventureiros, na década de 1960. O veículo inteiro era tomado pelas cores do arco-íris, com pétalas de margarida pintadas ao redor dos faróis e um grande símbolo da paz sobre o logotipo da Volkswagen na frente. Quando descobrimos que minha avó batizou a Kombi de "Rita Lee" depois de um show dos Mutantes, nunca mais paramos de chamá-la assim.
Yuri olhava do carro para mim, esperando que eu começasse a explicar qual era o defeito. Estudei o motor com seriedade. Apontei para um lado, depois para o outro. Enfim, abri a boca e falei:

— Não faço a mínima ideia.

Yuri gargalhou com a minha resposta, e eu o acompanhei, aliviado por ter meu melhor amigo ali para reduzir a tensão. Não sabíamos como resolver o defeito, mas pelo menos não sabíamos juntos.

— O que a gente faz agora? — perguntou Yuri, ainda rindo. — Ah, espera! Vou ver o número daquele lance de atendimento ao usuário da rodovia — disse, pegando o celular no bolso e fechando a cara ao conferir a tela. — Sem sinal? Sério?

— Acontece direto na serra. Você baixou o mapa, não baixou? Vê se o GPS funciona.

A imagem baixada carregou no aplicativo de mapa. A bolinha azul que indicava nossa localização nos posicionava num ponto inconspícuo da subida, que continuava seguindo em curvas, montanha acima. Yuri reduziu o mapa na tela, e Itacira apareceu na parte superior.

— Estamos perto — comentei.

Ele se virou para mim com um olhar incrédulo.

— Cara... isso não é perto. De jeito nenhum rola de ir a pé.

Infelizmente ele tinha razão. Ainda estávamos a uns quatro quilômetros da cidade, o que, de acordo com a rota, levaria pelo menos uma hora a pé. Sem contar que a rodovia ainda passava por um túnel.

Yuri continuou mexendo no aplicativo, afastando e aproximando o mapa para estudar os arredores. Eu acompanhava do lado dele, tentando não pensar no breu que nos cercava. Após um movimento dos dedos de Yuri, notei uma estrada que saía da pista principal, um pouco à frente de onde a Kombi tinha enguiçado.

— Se liga — falei, apontando para a tela.

Yuri deslizou o mapa pelo caminho, que continuava por pouco mais de um quilômetro até mostrar um casarão.

— Hotel Quinta da Barra. — Li o nome do lugar no mapa em tom de celebração. — Tem um hotel aqui perto!

— Perto? Fica a quase um quilômetro daqui.

— São só uns dez minutos a pé, Yuri. A gente chama um reboque de lá. Por mim até passamos a noite, já está tarde demais.

— Sei não...

A expressão dele não era das melhores, mas era óbvio que não dava para ficar ali. Não havia beicinho que mudasse esse fato.

— Também podemos ficar zanzando aqui no frio e no escuro até o celular ter sinal... — sugeri, sem muita convicção.

— Ou dormir dentro da Rita Lee.

Ficamos em silêncio, cada um olhando para um lado. Não tinha passado um único veículo desde que a Kombi pifara, e eu achava muito difícil que alguém fosse parar para ajudar dois jovens no meio do nada. Eu também não pararia. De repente me senti mais vulnerável que o normal. Éramos só dois caras de vinte anos com uma pilha de eletrônicos caros numa Kombi velha e colorida.

Yuri enfim concordou, talvez pensando o mesmo que eu: quem quer que parasse ali poderia estar interessado em coisas que não estávamos dispostos a oferecer. Pegamos as mochilas e as bolsas com as câmeras no banco de trás, escondendo os tripés debaixo de uma lona. Tranquei a Kombi e começamos a caminhar pelo acostamento.

— Até logo, Rita Lee — disse Yuri, olhando para trás e levantando a gola do casaco para proteger o rosto do frio.

Andamos alguns metros no escuro até chegar ao acesso que nos levaria ao hotel. Deixamos a firmeza do asfalto, e o atrito com o cascalho sob meus pés irradiou por todo o meu corpo. O som preencheu o espaço, criando uma trilha sonora para a escuridão. Soava como um bicho mastigando sua presa, o estalo seco de um esqueleto misturado aos ruídos de um predador satisfeito. A mesma criatura invisível que eu imaginava se aproximando.

— Melhor ligarmos para o hotel — sugeriu Yuri, pegando o celular para só então confirmar que continuava sem sinal.

Ele resmungou e guardou o aparelho de volta no bolso.

— Espero que esse lugar exista — falei.

Apertamos o passo. Não havia estrela ou lua visível no céu nublado, e a cerração da noite era quase tangível. Ali ventava menos que na rodovia, mas a temperatura estava ainda mais baixa. O bater de dentes de Yuri harmonizava com o farfalhar do mato e o barulho de nossos tênis tocando o cascalho.

— Podia passar um carro — disse Yuri, a voz abafada.

Com uma das mãos, ele carregava com dificuldade a bolsa pesada, e com a outra continuava sustentando a gola do casaco. Naquela posição, a tatuagem de arame farpado nas costas da mão direita parecia um sorriso.

— Vamos tirar uma selfie, por favor — sugeriu ele. — Não vai dar para postar agora, mas precisamos registrar esse momento infeliz.

Yuri usou a luz do meu celular para iluminar nossos rostos por baixo e fez cara de assustado. Nem precisei fazer uma careta, pois minha expressão já era de sofrimento: uma mistura de sono, fome e frio.

— Ficou horrível, adorei — disse ele, voltando a andar enquanto analisava a foto na tela.

Se andássemos com os corpos colados um ao outro, talvez ficássemos um pouco mais aquecidos. Até poucas semanas atrás, eu não veria o menor problema nisso, sabendo que Yuri me puxaria para perto e me abraçaria. Mas essa época tinha chegado ao fim. Quer dizer, Yuri ainda me abraçaria com vontade se eu desse abertura. Só que aquilo passou a ser algo que eu precisava evitar.

Como se em resposta aos meus pensamentos, ele disse:

— Acho que nossos fãs adorariam uma morte desse tipo, dois jovens congelados de frio, tentando se aquecer colados um ao outro.

— Sem dúvida — respondi, e meu rosto só não esquentou mais por causa da temperatura baixa. — E a gente ainda morre dando uns beijos.

Brincadeiras daquele teor começaram gradualmente, acompanhando a reação dos fãs. Uma piadinha em um vídeo, outra em uma foto, até que acabou virando algo que simplesmente fazíamos. E como o público gostava de nos ver como um casal, o ship Theo e Yuri se tornou um dos grandes responsáveis pelo sucesso do canal em alguns nichos. Não foi nossa intenção, mas aconteceu.

Yuri via toda essa proximidade física como algo normal, uma forma de entretenimento. Isso estava claro desde que nos conhecemos, e por muito tempo não me incomodou.

O problema é que eu realmente estava me apaixonando por ele.

CAPÍTULO 2

Yuri andava na frente, apontando a lanterna do celular para o chão e me avisando caso qualquer buraco surgisse pelo caminho. Eu não parava de verificar o telefone para ver se tinha sinal, e a única coisa que me tranquilizava era estarmos mais perto do hotel que do ponto em que havíamos deixado a Kombi.

Após uma curva fechada, a estrada deu em um campo aberto, e finalmente foi possível enxergar o vulto de um casarão. Pelas poucas luzes acesas, dava para ver que tinha dois andares. A iluminação pobre passava a impressão de que o hotel flutuava no horizonte, prestes a se dissolver na escuridão.

Parecíamos náufragos guiados pela luz de um farol, ansiosos ao finalmente avistar terra firme. Yuri começou a andar mais rápido e, depois, a correr. Fiz o mesmo. Passamos por uma porteira aberta, seguindo por um trecho de paralelepípedos que ia direto até a entrada da construção.

Ao entrar na recepção, percebi que mal tinha respirado no trecho final do caminho. Inspirei o ar com força, as pernas tremendo.

— Mas que porcaria de frio é esse? — reclamou Yuri, também sem fôlego, largando a bolsa no chão. — Tenho que comprar outro casaco. E luvas. Uma touca. Talvez uma máscara.

Precisava concordar: para mim vinte graus já era frio, e ali devia estar vários números abaixo disso. Aquele clima de serra era congelante.

Examinei a recepção enquanto Yuri soprava as mãos para tentar aquecê-las um pouco. Era um salão amplo, com sofás de couro e móveis de madeira maciça. À nossa esquerda havia uma escrivaninha com panfletos variados, um telefone fixo antigo e um computador ligado num monitor velho e amarelado. Uma coruja empalhada vigiava o material disposto na mesa.

Não havia ninguém ali. Aquela recepção era quase tão sinistra quanto a mata do lado de fora.

— Olá? — arrisquei, me aproximando da mesa.

Minha mão pairou acima da campainha, hesitando. Parecia haver algo de criminoso em quebrar o silêncio da noite com um som tão agudo e metálico. Yuri pousou a mão sobre a minha e a empurrou para baixo, fazendo a campainha ressoar numa altura impressionante. O tom perfurante preencheu o ambiente, perdurando vários segundos até cessar. Logo depois ouvimos um pigarreio e nos viramos. Numa poltrona de espaldar alto, uma mão se ergueu e uma pessoa se levantou. Um rapaz, vestindo um paletó violeta e um quepe branco, veio em nossa direção. As roupas passavam uma aura de glória decadente, puídas e manchadas.

— Boa noite — disse o rapaz, com um sorriso forçado.

Sua pele era branca e muito lisa, o que dava ao seu rosto um ar de manequim.

— Oi — cumprimentei. — Nós queríamos um quarto para passar a noite.

— Um momento, por favor.

O rapaz se sentou à mesa e mexeu num mouse, fazendo a tela do computador acender lentamente.

Depois de selecionar um espaço numa planilha, disse:

— Temos um quarto de casal disponível no segundo andar.

— Por mim, tudo bem — disse Yuri.

— Um quarto com camas separadas, por favor — pedi.

O recepcionista manteve o olhar fixo em nós dois, depois voltou a atenção para o monitor.

— Como quiserem. — Ele voltou a sorrir. — Temos um quarto com duas camas, também no segundo andar, mas se mudarem de ideia é só falar comigo.

Depois de registrar nossa entrada, o recepcionista sorridente se levantou e parou ao nosso lado.

— Eu levo vocês. Normalmente temos outros funcionários para ajudar, mas a essa hora estou praticamente sozinho.

— Tem mais uma coisa — falei. — O nosso carro enguiçou na rodovia. Será que tem como pedir um reboque? É uma Kombi.

O recepcionista estalou os dedos.

— Nosso zelador entende de mecânica. Vou chamá-lo para socorrê-los assim que vocês estiverem instalados no quarto.

Desconfiei da conveniência daquilo, mas, quando olhei para Yuri, ele apenas deu de ombros, como quem diz "a cavalo dado não se olha os dentes".

Procurei um crachá que indicasse o nome do recepcionista, mas não havia nada do tipo no uniforme. Ele nos levou até uma escadaria na sala ao lado da recepção.

— Vocês têm mais alguma bagagem?

— Não, só essas bolsas mesmo — respondi, seguindo-o pela escada.

O homem andava tão aprumado que me deixava ciente da minha própria postura. Era difícil manter as costas retas enquanto lutava com o peso da mochila.

— Que mal lhe pergunte, mas vocês estavam a caminho de onde? — indagou o funcionário.

— Itacira. A ideia era ir direto para a casa de um amigo. Como a Kombi enguiçou, achamos melhor passar a noite aqui.

— Ah! Itacira. Sim, sim. Temos panfletos de lá com boas opções para turistas, caso tenham interesse.

— Temos, sim — disse Yuri. — Viemos fazer uma pesquisa.

— Ah, é mesmo? Que tipo de pesquisa?

— Sobre a história da cidade — respondi, balançado discretamente a mão para Yuri, pedindo que ele não entrasse em detalhes.

Yuri costumava aproveitar qualquer oportunidade para divulgar o Visão Noturna, mas o jeitão antiquado do recepcionista me dizia que seria difícil fazê-lo entender o teor do nosso trabalho.

Uma das lâmpadas do segundo andar piscou alucinada quando o recepcionista acendeu as luzes do corredor. Em seguida, ele abriu a porta do quarto e entregou a chave a Yuri.

— Se precisarem de algo, é só usar o telefone do quarto. Vou descer para procurar o zelador. Entro em contato com vocês em seguida.

Depois que ele partiu, deixei a mochila no chão e coloquei meu celular para carregar. Yuri desabou na cama perto da janela, também conectando o celular numa tomada. Ficamos deitados imóveis por alguns minutos enquanto nossos corpos tentavam se adaptar à temperatura do quarto. Fechei os olhos e mergulhei no silêncio. Estava quase desmaiando de sono quando Yuri falou:

— Vou avisar ao Nicolas que não vamos chegar hoje.

— Deixa que eu aviso — respondi, pegando o celular sem abrir os olhos.

Enquanto digitava a explicação do nosso atraso — o celular tinha recuperado um ponto de sinal quando chegamos ao hotel —, o telefone que ficava entre as duas camas começou a tocar. O aparelho tocou três vezes, mas nenhum de nós dois parecia disposto a se mexer para atender. Dei um chute de leve na cama de Yuri, que finalmente rolou e tirou o fone do gancho.

— O tal do zelador está acordado — explicou ele depois de ouvir o recado do outro lado da linha. — Ele tem um guincho e pode ir buscar a Rita Lee agora mesmo.

— Vamos, então — falei, bocejando e juntando forças para me levantar.

— Deixa que eu vou — disse Yuri.

— Sério? É melhor eu ir também.

— Você tá um caco, Theo! Eu dormi no caminho e você veio dirigindo. Nada mais justo. — Yuri se levantou da cama,

pegando a carteira e o celular na mochila, e acrescentou:
— Basta que um sofra, e é melhor você se deitar e descansar para as entrevistas.

Ainda não achava aquilo exatamente justo com ele, considerando que o carro era meu. Entretanto, estava cansado demais para continuar argumentando.

— Bom, não vou insistir. — Atirei a chave da Kombi para Yuri. — Qualquer coisa me liga... Se tiver sinal.

No batente da porta, Yuri parou e disse, com um sorriso:
— Estamos nos separando. Se fosse um filme de terror, seria a coisa mais idiota do mundo.

Então saiu, rindo da própria observação. Aproveitei para tomar um banho. Minha camiseta parecia mais uma segunda pele, grudada no suor do meu corpo. Com o frio e a adrenalina da viagem, não percebi como estava exausto.

Fui para debaixo do chuveiro, onde a água quente fez meus músculos relaxarem de imediato. Infelizmente a minha cabeça não acompanhou o efeito. Não conseguia parar de pensar na cena clássica de *Psicose* em que um assassino (o recepcionista, talvez?) chega sem fazer ruído, com uma faca de açougueiro na mão. Eu tinha trancado a porta do banheiro? Fiquei olhando de relance enquanto me lavava.

Após o banho, vesti um moletom do Visão Noturna, parte da linha de produtos que Yuri criou. Tinha a estampa do Olho da Providência, o símbolo do nosso canal. Um olho no meio de um triângulo iluminado, o olhar divino que tudo vê. Aquele símbolo era uma das tatuagens nos braços de Yuri e acabou servindo de inspiração para a logo. Sempre que encarava o Olho da Providência, eu me sentia mais equilibrado, principalmente quando o via na tatuagem de Yuri. Para mim, aquela imagem nos conectava, mesmo que ela fosse especial para ele desde antes de nos conhecermos.

Pensei em descer até a recepção para esperá-lo. O problema é que não conseguia encontrar a chave do quarto em lugar nenhum. A fechadura da porta era antiga e só tínhamos uma chave, que Yuri devia ter levado, o que significava que eu estava trancado ali.

Peguei o telefone fixo e digitei o ramal da recepção. Tocou seis vezes e caiu sem ninguém atender. Tentei mais duas vezes antes de desistir.

Olhei para a janela pela primeira vez desde que cheguei ao quarto. Lá estava a plantação de eucaliptos que cercava o imóvel. Altos e finos, um do lado do outro, similares a grades de uma cadeia. De dia seria ótimo passear pelos corredores formados por eles, uma maneira de estar na natureza sem receio de se perder. Mas, com a escuridão do outro lado da janela, tive a impressão de que eu não estava apenas trancado — estava *aprisionado*.

A porta de um lado, o arvoredo do outro. Se não fosse a lâmpada acesa no teto, o quarto seria engolido pelo breu. Era como viver dentro de uma bolha de realidade no meio do nada, e aquela luz fraca era o limite de tudo que existia. Um passo para longe e eu perderia meus contornos, apagado pela noite.

Meia-noite e meia. Era melhor deitar e dormir de vez. Foi por isso que fiquei no quarto, afinal.

Pouco depois de desligar a luz, uma fresta luminosa surgiu por baixo da porta. Supus que fosse Yuri já de volta e suspirei, aliviado. Um longo instante se passou sem qualquer indício de atividade no corredor. De repente ouvi um passo arrastado. Quando o som dos passos se aproximou o suficiente, bati de leve na porta.

— Oi? Você pode me ajudar? Estou trancado no quarto.

Os passos cessaram. Duas faixas de sombra cortavam a fresta luminosa que entrava por baixo da porta.

Meu coração disparou. Recuei, estranhando o silêncio. Quem estaria ali? Imaginei alguém erguendo um machado enorme, que atravessaria a madeira com um golpe certeiro no meu crânio. Bati na porta outra vez, me esforçando para falar sem gaguejar.

—Você poderia chamar alguém da recepção para me ajudar, por favor? Ninguém está atendendo o telefone lá embaixo.

Silêncio. Eu estava prestes a repetir o pedido quando vi a maçaneta girar devagar. Dei um salto quando ela girou com mais força.

A sombra que cortava o filete de luz sumiu. Ouvi a pessoa se afastar com o mesmo andar pesado de antes. Segundos depois, as lâmpadas do corredor se apagaram.

Eu me sentei na cama, sem desviar o olhar da porta, receoso com o que poderia acontecer. O que foi aquilo? Quem?

Em meio à dúvida e ao medo, adormeci de exaustão.

CAPÍTULO 3

Assim que acordei, olhei para a cama ao lado. Adormeci antes de Yuri voltar e precisava confirmar se ele estava ali comigo.

Yuri dormia debaixo das cobertas. Só dava para ver os olhos fechados e o cabelo despenteado. Inspirei fundo, deixando que o cheiro de lençóis limpos e madeira antiga me acalmasse.

Lavei o rosto, troquei de roupa e tirei o celular da tomada. Eram seis da manhã. Melhor nem tentar acordá-lo. Além de ter ido dormir muito tarde, era bem capaz de Yuri responder que já ia se levantar e continuar dormindo.

Notei que havia duas chaves na mesa de cabeceira. Yuri devia ter pegado outra na recepção antes de subir. Coloquei uma no bolso e saí do quarto, me recusando a acreditar que simplesmente não tinha visto a outra cópia na noite passada.

Andei devagar pelo corredor, lembrando dos passos arrastados que ouvira. Podia ter sido algum hóspede sonolento ou bêbado.

No térreo, o mesmo recepcionista de antes estava à escrivaninha. Ele escrevia num grande livro e não me percebeu chegar.

— Bom dia — falei, ao me aproximar.

O recepcionista ergueu a cabeça e abriu seu sorriso perfeito de manequim. Fiquei na dúvida se ele chegou a dormir ou se trabalhava vinte e quatro horas sem parar.

— Bom dia! Dormiu bem? Onde está seu amigo? — perguntou o homem.

— Dormi bem, sim, obrigado. O Yuri está no quarto ainda. Você sabe se deu tudo certo com a Kombi ontem? Caí no sono antes de ele voltar.

— Acredito que tenha corrido tudo bem. Não os acompanhei até lá, mas hoje cedo verifiquei que a Kombi estava no galpão do hotel.

— Galpão? — questionei, achando estranho que aquele casarão no meio do nada tivesse um galpão.

— Fica nos fundos da propriedade. Ele é mais utilizado pelos usuários da área de acampamento. — O recepcionista me entregou um panfleto do lugar. — Tem mais informações aqui.

— Obrigado. Aliás, como está o movimento? Muitos hóspedes? — perguntei, sem saber como abordar o assunto da pessoa no corredor sem que parecesse um delírio da minha parte.

Queria desvendar o mistério, por mais insignificante que fosse.

— Menos da metade da capacidade do hotel, mas vai começar a encher em breve graças ao festival.

Ao dizer isso, o recepcionista estendeu mais alguns panfletos, dessa vez relacionados ao próximo festival de Itacira, e outros com informações turísticas da região. Dei uma olhada, e alguns tinham data de anos atrás. Deviam ter ficado empacados ali por todo esse tempo, e aquela boa vontade começou a me parecer uma forma de se livrar deles. Resolvi ajudar e acabei pegando mais alguns. Quando comecei a me afastar em direção à saída, o recepcionista disse:

— O café já está servido.

— Ah, valeu. Vou esperar meu amigo levantar.

— Como quiser!

Fui na direção da saída, um pouco cansado do sorriso congelado do rapaz.

A neblina espessa que encaramos na noite anterior ainda dominava os arredores. Peguei o maço de panfletos no bolso e procurei o do próprio hotel, que incluía um mapa. Nos fundos do casarão principal havia um gramado extenso que servia como área de acampamento. Guardei o panfleto junto dos outros e comecei a caminhar pela estrada que serpenteava pelo terreno.

— Merda!

Xinguei em voz alta ao perceber que tinha me esquecido de trazer uma das câmeras. A quebra da rotina estava se revelando a minha pior inimiga naqueles dias. Pensei em voltar para o hotel, mas decidi que o celular serviria para uma filmagem de emergência.

Tirei fotos enquanto andava e filmei panorâmicas do ambiente nebuloso para usar como possíveis cenas de transição no documentário. Yuri faria um *b-roll* muito melhor, mas eu estava me sentindo mal por não ter ido com ele buscar a Rita. Queria mostrar algum serviço, nem que fosse só filmando a plantação de eucaliptos.

Alguns passos depois meu celular vibrou, interrompendo a filmagem.

— Você foi abduzido? — perguntou Yuri, do outro lado da linha.

— Já tô trabalhando.

— Aham, tá bom.

Ouvi uma risadinha.

— Sério! — exclamei, tentando me defender.

— Já tomou café?

— Ainda não, estava te esperando. Desce aí, te encontro na recepção.

No restaurante do hotel, me servi de café, pão francês e pedaços de abacaxi. Yuri comeu pães de queijo, sanduíche e tomou suco de laranja. Comentei sobre ter ficado trancado no quarto na noite anterior e sobre a pessoa no corredor.

— Que estranho. Nós pegamos duas cópias da chave ontem — relatou Yuri. — Você não deve ter visto a sua.

— Ou você levou as duas sem perceber.

— Acho que não...

— Bem, taí um mistério que a gente nunca vai conseguir desvendar. — Tomei um pouco do café. — Só sei que um de nós foi o desatento da história.

Yuri brincou com um pão de queijo no prato.

— Theo, no corredor... será que foi um fantasma? — sugeriu, com uma tranquilidade impressionante.

Não consegui entender se ele estava brincando ou não. Em todo caso, ele sabia que eu realmente acreditava naquela possibilidade.

— Fantasma fracassado esse que não consegue atravessar uma porta — falei. — Deve ter sido algum hóspede bêbado mesmo.

Não dissemos mais nada. Havia mais uma hipótese que eu não queria encarar. Pelo olhar de Yuri, ele também estava pensando nela e só não comentou para me poupar.

— Ou eu posso ter sonhado com isso — acabei falando, para dar fim àquele silêncio.

Ele contraiu os lábios.

— Fazia tempo que você não tinha pesadelos, né?

— Sim — respondi. — Eles foram parando depois que eu comecei a fazer terapia.

— Pode ser ansiedade com as coisas da viagem.

— Deve ser — comentei, sem me aprofundar muito.

Yuri não insistiu. Ele sempre percebia quando algum assunto me incomodava.

Peguei o celular para mostrar o pouco que tinha filmado do lado de fora.

— A gente precisa se lembrar de andar com as câmeras ou pelo menos de filmar coisas com o celular. Aquela caminhada de ontem até aqui daria um início ótimo para o vídeo.

— Pois é, também pensei nisso — disse Yuri. — Ontem eu só queria chegar logo em algum lugar quente, nem pensei em conteúdo. A propósito...

Yuri ergueu o celular. Revirei os olhos.

— A gente tá com a cara toda amassada, Yuri.

— Relaxa, você tá lindo.

Yuri gravou um vídeo curtinho com a câmera frontal, contando onde estávamos e sobre nosso café da manhã na serra. Sua cara de sono se transformou durante a gravação, dando lugar a um sorriso cheio de energia. Acenei sem graça quando ele apontou a tela para mim. Assim que terminou de fazer o conteúdo, imediatamente dedicou alguns minutos à edição do vídeo no celular, todo sério.

— Nunca vou entender se você se diverte com isso ou se faz porque se sente obrigado — comentei.

— As duas coisas — respondeu ele. — É divertido!

— A gente não precisa ficar postando tudo.

— Não é tudo, Theo. Já conversamos sobre isso.

— Eu sei, eu sei. Mostrar a vida pessoal dá mais visualizações. Não discordo que funciona, só não gosto de fazer.

— E é por isso que eu faço para você. Aliás, vi no folheto do hotel que tem um mirante na descida de Itacira. Deve dar uma boa tomada, né?

Yuri abriu um sorriso que me desarmou completamente. Resolvi deixar aquela implicância pra lá.

E, bem, o vídeo já estava no ar. Eu tinha perdido de novo.

— Antes é melhor perguntar para o Nicolas que horas ele pode encontrar a gente — falei, pegando meu celular para enviar uma mensagem.

— Ah, nem precisa. Já falei aqui com o Nicolas — comentou Yuri. — Ele disse que podemos aparecer a qualquer hora.

— Já? Não sabia que você estava em contato com ele também — comentei, tentando ignorar a pontada de ciúme. Se do Yuri ou do canal, eu não saberia dizer.

— Pois é. Tive que tirar umas dúvidas sobre a cidade e a região, para já me preparar para as filmagens, e achei melhor ver isso com ele antes de chegarmos lá. Ah, sobre a Rita Lee: o zelador vai ver hoje se tem como resolver. Ontem estava muito tarde para ele começar a mexer. Quer falar com ele agora?

— Quero, sim — respondi. — Estava indo fazer isso quando você me ligou.

Depois de uma rápida visita ao galpão, descobrimos que o problema havia sido uma correia dentada gasta, o que deu para resolver por lá mesmo. Retornamos ao quarto para pegar nossas coisas e partir. Ainda fazia frio, mas nada comparado à noite congelante do dia anterior. Enquanto Yuri trocava de roupa, foi impossível não olhar para as tatuagens nos seus braços e antebraços. Sempre que as via, me pegava tentando decifrá-las.

As que mais chamavam a minha atenção eram exatamente as mais simples, como a do oito em número romano. Outras eram imagens mais elaboradas: uma aranha no antebraço direito, um corvo perto do ombro esquerdo. Quase todas eram um mistério para mim, porque Yuri nunca falava o significado delas. A de arame farpado na mão direita era a que eu mais via, presente em tudo o que ele fazia.

Tínhamos falado sobre as tatuagens em duas ocasiões, e em ambas Yuri desconversara. Seria hipocrisia da minha parte não respeitar esse apelo por privacidade, já que eu mesmo gostava de manter certas coisas em segredo. Mesmo assim, continuava sendo um paradoxo que uma das informações que Yuri queria guardar para si estava relacionada justamente ao que ele exibia no corpo.

Suas tatuagens foram feitas antes de nos conhecermos. Eram do período que gosto de chamar de "Yuri urbano" — skatista, grafiteiro, viciado em tatuagem, frequentador de festivais.

As influências daquela época ainda eram perceptíveis no seu trabalho atual: o desenho do Olho da Providência na logomarca do canal, o estilo de edição, a preferência por alguns efeitos. Porém, tudo isso foi deixado em segundo plano nos últimos anos, porque o canal sugava todo o seu tempo e energia. O skate pegava poeira no quarto, e ele já tinha substituído a galera do asfalto por eventos de influenciadores digitais.

Eu não seria capaz de dizer se Yuri era mais feliz agora ou no passado. Talvez nem ele soubesse.

CAPÍTULO 4

Após sair do hotel, era preciso deixar a rodovia a dois quilômetros do Alto do Soberbo, atravessando um túnel para chegar a Itacira. Do outro lado, o trajeto avançou por uma garganta estreita e sinuosa, com a névoa ainda densa.

Adiante, quando a pista se alargou, avistei Itacira mais abaixo. Ficava no Vale Esmeralda, uma depressão cercada de encostas íngremes, escondida no seio das montanhas. A paisagem era sensacional.

— Já dá para ver a cidade daqui — comentei, apontando.
— Verdade — disse ele, aproximando o corpo do meu para dar uma olhada. — O mirante fica aqui perto. Na segunda saída à esquerda.

Por pouco não perdi o acesso para o mirante, escondido pelo mato. A Kombi começou a chacoalhar assim que adentrou o caminho que nos levaria até lá, desaprovando a troca do asfalto pela terra irregular. A vegetação nas laterais era densa, com uma primeira camada de plantas menores, mas que ficavam cada vez maiores quanto mais o carro avançava e a estrada afunilava, ganhando ares de uma trilha abandonada.

— Tem certeza de que tem um mirante por aqui? — perguntei.
— Tá aqui no mapa.
— Putz — falei, lembrando do que tinha notado naquele material. — Qual panfleto é esse mesmo?

— É de um festival.

— De quando é? Olha a data atrás.

Yuri virou o panfleto e empalideceu.

— É de cinco anos atrás — disse ele, incrédulo. — Por que isso ainda estava no hotel?

— Essa estrada parece não ser usada há muito tempo. Pode ser perigoso.

— Vamos voltar, Theo. Melhor.

— Não tem espaço para manobrar, cara. — Minhas mãos suavam no volante. Sem saber o que fazer, eu só segui em frente. — Ferrou, vamos ter que voltar de ré nessa trilha esculhambada.

Yuri estava pronto para contra-argumentar, quando a mata densa deu espaço à imensidão do céu, com Itacira à vista mais abaixo. Ele olhou para mim com um sorriso triunfal.

— Mesmo com o mapa velho consegui achar o caminho certo — brincou ele.

— Você deu sorte — comentei, sorrindo de volta, sem resistir.

Estacionei em um espaço de terra com menos mato e saímos do carro com as câmeras. Ao contrário da trilha de chegada, o lugar estava surpreendentemente bem conservado, com piso de concreto e parapeitos livres de vegetação.

— A cidade é bem bonitinha, né? — comentou Yuri, já filmando.

— Deve ter sido um desses casos de cidade planejada — sugeri.

Olhando dali, dava para perceber que a base dos declives das montanhas era arredondada, o que dava ao vale o aspecto de um disco gigantesco. A cidade também seguia uma ordem concêntrica, com construções que irradiavam do centro, costuradas por uma teia cuidadosa de ruas. De certa forma, a composição precisa das ruas me lembrava as linhas de um circuito eletrônico.

Um rio cruzava a extensão de leste a oeste, dividindo o disco entre os lados norte e sul. Uma ponte fazia a ligação do tráfego entre as duas margens.

Enquanto eu me distraía com a vista, Yuri filmava uma tomada. Então notei que ele tinha virado a lente para o meu rosto.

— Continua olhando — pediu Yuri com suavidade, apontando para a paisagem.

Obedeci, observando a cidade incrustada na montanha, imaginando as pessoas que viviam ali, que andavam por aquelas ruas. Quando Yuri voltou a câmera para o horizonte, aproveitei para observá-lo um pouco.

Seu rosto estava sério, como sempre ficava quando ele se concentrava no trabalho. Naquela hora estava com as sobrancelhas meio erguidas, a ponta da língua entre os lábios, como se filmar com precisão fosse a coisa mais importante da vida dele.

Éramos só nós dois ali naquele mirante esquecido, no meio da serra, acima de tudo. Ele deu alguns passos para perto de mim para se posicionar, e senti o calor de seu corpo perto do meu.

Meu coração bateu acelerado.

— Vamos? — falei, num misto de aflição e vergonha.

— Só um instantinho — pediu ele. Após mais alguns segundos filmando, baixou a câmera e acrescentou, alegre: — Agora sim.

Então Yuri pegou o celular e fez questão de tirar uma foto da gente. Ele encostou o corpo no meu, eu apoiei o braço nos seus ombros, e sorrimos juntos. Diferente do vídeo no hotel, essa foto ele não fez menção de postar — era para ser só nossa. Apesar do frio gélido que nos cercava, meu corpo inteiro esquentou.

Em silêncio, entramos na Kombi, manobrei no espaço do mirante e saímos dali, rumo a Itacira.

● ●

Ao sair do mirante, notei mais um problema em potencial: o combustível da Kombi. A situação ainda não era preocupante, mas aquela tinha sido uma parte do planejamento que acabei desconsiderando em meio a tantos detalhes.

— Yuri, vê se tem algum posto aqui perto, por favor. Aí a gente aproveita e abastece antes de chegar.

— Tem um bem no caminho — comentou ele depois de conferir o GPS.

Alguns minutos depois, avistamos o posto adiante, na beira da mata. Porém, quanto mais nos aproximávamos, mais nítido ficava que não havia ninguém ali.

— Será que está fechado? — perguntei.

— Parece. As bombas estão cobertas e não tem ning... Ah, ali! Tem um cara ali.

Um homem estava de pé, perto de uma das bombas no fim do posto. Ele olhava na nossa direção. Estava parado, compenetrado, como se esperasse alguém.

Avancei com a Kombi pelo recuo do posto até pararmos do lado dele.

— Bom dia — cumprimentou Yuri, após abaixar o vidro.

— Opa! Tudo bem? — respondeu o homem, acenando.

De perto deu para notar que ele trajava roupas simples, meio sujas. Num grande centro urbano ele seria confundido com um morador de rua, mas devia se tratar apenas de um trabalhador rural.

Mais atrás notei que, alheio à situação, abaixado, havia outro homem. Ele riscava no chão alguma coisa com um pedaço de giz.

— Tudo — disse Yuri. — O senhor trabalha aqui?

— Trabalhava, mas o posto fechou tem uns meses. Iam mudar a bandeira, mas aí deu algum problema e ficou por isso mesmo. — Ele fez um sinal para trás com o polegar, indicando o homem abaixado. — Eu e meu irmão fazemos bicos agora com os caminhões, ajudando com as entregas e os serviços do pessoal que vem pra cá. Vocês tão indo pra Itacira? Podem dar uma carona?

Yuri olhou para mim, e eu fiz que sim com a cabeça, dando de ombros, resignado. Não era exatamente seguro, mas não era a primeira vez que fazíamos algo do tipo.

— Entra aí que a gente leva vocês até lá — falei para o homem.

— Opa! — exclamou ele, que se virou para falar com o irmão.

Da janela do carona, dava para ver o outro homem balançando a cabeça, como se estivesse contrariado. Após alguma insistência do irmão, ele se levantou e limpou na camisa a mão suja de giz. Ele andava meio curvado e tinha o passo arrastado. Quando se aproximou do veículo, deu para perceber que tinha o olhar vago, como se não estivesse totalmente presente. O homem moveu com irritação a maçaneta, tentando abrir a porta, sem sucesso.

— Espera, deixa que eu abro — disse Yuri, movendo o corpo para trás e esticando o braço para abrir a porta da Kombi por dentro.

— Obrigado — devolveu o homem com quem conversamos primeiro, empurrando o irmão para dentro. — Aliás, eu sou o Anderson, e esse daqui é meu irmão, Antônio. Cumprimenta os moços, Tonho.

Antônio resmungou, fechando a cara e se afundando no banco.

— Desculpa aí, o Tonho acordou meio virado hoje... Ele vai ficar na dele, não precisam se preocupar — comentou Anderson, buscando aliviar qualquer tipo de mal-estar que o jeito do irmão pudesse causar.

— Que isso, tranquilo. Eu sou o Yuri, e esse aqui é o Theo.

— Muito prazer, seu Anderson. E muito prazer, Tonho — cumprimentei, mantendo a atenção na estrada.

— Então, seu Anderson, vocês moram em Itacira? — perguntou Yuri, tomando a frente para fazer o trabalho que eu geralmente faria se não estivesse dirigindo.

— Ah, não. A gente não mora na cidade, não, mas de vez em quando a gente vai lá pra trabalhar. Quando tem algum festival sempre tem coisa pra se fazer, tem muito turismo — explicou Anderson.

— Saquei. E vocês são da região serrana?

— Isso, somos da região mesmo. Na verdade, nós nascemos em Itacira, mas na época que era só um lugarejo. Daí começaram a construir, não pararam mais, e agora só dá para trabalhar por aqui. Morar, não. E vocês? Tão passeando?

Um grunhido incomodado veio de trás do meu banco. Pelo retrovisor, vi que Tonho havia levado as mãos ao rosto. Do lado dele, Anderson não reagiu, como se aquele comportamento do irmão não fosse novidade.

— Mais ou menos... — explicou Yuri, que também estranhou o som, mas seguiu tentando demonstrar naturalidade. — A gente veio gravar uns vídeos.

— É para o festival também? — perguntou Anderson.

— Devemos filmar algo do festival também. Nós pesquisamos histórias para fazer uns vídeos sobre elas.

— É pra televisão? Tipo reportagem?

— Não, não. A gente coloca na internet. Aliás, o senhor sabe de alguma história boa da cidade?

— Olha, o que essa cidade mais tem é história — comentou ele, ficando mais empolgado com o papo.

— Se for história de crime, de fantasma, melhor ainda. São essas que a gente prefere — expliquei, prevendo a possibilidade de o homem adentrar em alguma fofoca corriqueira.

Anderson coçou o queixo e olhou pela janela, meio perdido.

— Tem a do Menino Diabo — disse Antônio. — Eles tão atrás do Menino Diabo.

— Deixa de besteira, Tonho — interveio Anderson.

— Qual é essa? — perguntou Yuri, arregalando os olhos com curiosidade, já atento a um possível conteúdo.

"Diabo" era uma das nossas palavras preferidas.

— É bobagem do Tonho — disse Anderson.

— É, não. O Menino Diabo vai pegar vocês também — continuou Tonho. — Pega todo mundo que vem de fora. Força obscura. Olhei para Tonho no retrovisor. Estava com o rosto inclinado para baixo, evitando encarar o irmão.

— Olha, a gente gostaria de ouvir essa história, sim, seu Anderson. A gente não precisa falar que soube por vocês. Não estamos gravando nem nada — falei, tentando deixá-lo confortável para contar a história.

Anderson ponderou por um instante, me encarando pelo retrovisor.

— Bem, se vocês querem saber... é coisa de quando a gente era pequeno. Como falei pra vocês, a Itacira de agora veio bem depois. Antes era só uma vilazinha, bem roça mesmo. De vez em quando aparecia gente de fora e causava tumulto, agia estranho. Influenciados por coisas ruins, que o povo daqui chamava de força obscura. É uma coisa que tinha quando a gente era moleque. Tem quem diga que tá lá até hoje. Daí o Tonho morre de medo quando vem gente de fora.

— Lá onde? — quis saber Yuri.

— Na cidade mesmo, onde ficava a vila. A gente chegou a morar lá, perto de onde fica a ponte quebrada hoje. Quando começaram a demolir tudo meus pais se mudaram pra Teresópolis, ali pelo Morro do Pimentel. Quando tem trabalho em Itacira eu ainda fico por ali na ponte.

— A gente pode deixar vocês lá — ofereci.

Pelo que eu lembrava do mapa, o lugar ficava fora do nosso caminho, mas eu estava sensibilizado pela situação dos irmãos.

— Obrigado pela oferta, mas não precisa, não — disse Anderson. — A gente vai passar primeiro na igreja, pra encontrar o padre Raimundo. Ele ajuda a gente a encontrar serviço. A gente se conhece desde aqueles tempos.

Virei em uma estrada de paralelepípedos, que depois deu lugar ao asfalto. Mais à frente passamos por uma placa discreta com os dizeres "Bem-vindo a Itacira". Atrás das letras havia uma pintura rústica representando dois picos da Serra dos Órgãos cercados de árvores. Todos encaramos a placa, como se ela fosse capaz de fazer uma mesura para nos receber.

Respirei aliviado. Mesmo que horas depois do planejado, tínhamos chegado.

— Mas então... — interveio Yuri, sem perder o fio da meada. — Como é que funciona essa força obscura? Quem é o Menino Diabo?

Anderson hesitou e não respondeu de pronto. Observei que os dois irmãos coçaram o nariz ao mesmo tempo, um hábito compartilhado. Antônio continuou de cabeça baixa, enquanto Anderson olhou para a frente e começou a falar:

— Esse caso que vou te contar tem a ver com um menino que era amigo nosso, o filho da Deusiane. Hugo... o Menino Diabo. A Deusiane era uma vizinha que tinha uns problemas de cabeça, daí todo mundo ajudava ela como podia. Uma vez a moça apareceu grávida, e nada de saberem quem era o pai. Ela até já tinha engravidado antes, mas fazia um tempo que não acontecia. Sempre levavam os bebês pra adoção, porque ela não tinha condições de criar. Até que nasceu o Hugo... Na noite em que ele nasceu, cinco crianças da região se sentiram mal. Essas mesmas crianças ficaram doentes e vieram a falecer pouco tempo depois. Uma tragédia.

— O Hugo não foi levado para adoção? — perguntou Yuri.

— Não. Ele a Deusiane quis manter. Dizem que ela ficava gritando, se arranhando, quando tentavam levar o bebê, uma coisa horrível. Aí o Hugo ficou por aqui mesmo, mas cresceu com as pessoas dizendo que ele tinha algo de ruim no corpo. Quando os adultos pegavam crianças brincando com ele, tiravam de perto. Falavam que ele causava desgraça. Enxame na plantação, doença, morte, era tudo culpa do Hugo. Acabaram chamando ele de Menino Diabo, e o apelido pegou.

— Por que diziam que era culpa dele?

— Desde que ele nasceu coisas estranhas aconteciam por onde ele passava, aí o povo associava. Foi tanta acusação e agressão que ele acabou indo embora. Ele devia ter só uns oito anos na época.

— Ele foi embora? Ou desapareceu? — indaguei.
Anderson olhou para mim no retrovisor de novo.
— Foi embora. Porque depois ele voltou.
Senti um calafrio.
Ele continuou:
— Uns dez anos depois que o Hugo sumiu, a Deusiane já tinha falecido, e a casa onde ela morava virou pousada. Fazia tempo que não dava problema com gente de fora em Itacira. Até que um rapaz de uns dezessete, dezoito anos ficou lá na pousada. Uns jovens sumiram na mesma época, e depois só encontraram os pedaços. De alguns nem acharam nada. Quando essa gente começou a aparecer morta, o rapaz também sumiu. Os moradores das antigas disseram que era o Hugo mais velho, se vingando por ter sido maltratado na infância.
— Por "pedaços" o senhor quer dizer que os corpos foram encontrados sem os membros? — perguntei.
— Faltando pedaço mesmo. Tinha até uns mordidos, como se alguém tivesse comido. Se foi o próprio Hugo eu não sei, mas há quem diga que ele volta pra Itacira a cada dez anos... e que ele ainda tá com a força obscura no coração.
Yuri e eu nos entreolhamos. Nossa chegada a Itacira não poderia ter sido melhor.

● ●

A certa altura do caminho, Anderson pediu para pararmos, explicando que estávamos nas proximidades da igreja e que eles podiam seguir a pé dali. Ao nos despedirmos dos dois, ele confirmou o trajeto que deveríamos seguir. Alguns quarteirões depois, finalmente estacionei diante do n.º 215 da rua Gardênia, o prédio de estilo colonial de três andares onde Nicolas morava. Os degraus que levavam até a portaria eram pintados de preto e branco, imitando as teclas de um piano.

O sossego do ambiente interiorano devia ser acolhedor, mas o bairro estava quieto demais. O único som era o da brisa fria, que sacudia os arbustos e espalhava o cheiro das flores.

Alguma coisa além do vento fazia minha pele se arrepiar. Como se o silêncio também fosse parte do projeto da cidade.

CAPÍTULO 5

— Podem subir.

O estalo do portão abrindo ecoou pelo interior do prédio.

No corredor do primeiro andar, uma porta entreaberta indicava qual dos apartamentos era o de Nicolas — a única cuja maçaneta exibia sinais de uso frequente. Ao olhar para dentro, deparei com um cômodo tão vasto que, por um instante, acreditei que tivéssemos saído do edifício. O apartamento tinha paredes brancas, pé-direito alto e um enorme vazio.

Com exceção do banheiro, não havia nenhuma separação entre os aposentos. Os móveis, brancos com toques metálicos, eram poucos e muito espaçados entre si. Reconheci a área em que Nicolas ficava durante as conversas que tivemos por vídeo. Era a primeira vez que eu via o restante do lugar.

— Bom dia — falei em voz alta, para anunciar nossa chegada.

Nicolas estava de costas para nós, olhando para um armário aberto. Sem exibir qualquer reação, prosseguiu guardando uma guitarra. Estava prestes a comunicar de novo a nossa presença quando ouvi sua voz.

— Pronto.

Só então ele se virou. Se eu não soubesse que Nicolas tinha vinte e dois anos, dois a mais do que eu, talvez até chutasse que era menor de idade.

Ele era mais baixo que Yuri e eu. Surpreendentemente, também era ainda mais esbelto do que aparentava em vídeo.

Seu cabelo preto deixava seu rosto mais pálido que o normal. Com os olhos delgados e o nariz pequeno, parecia uma raposa, um semblante ao mesmo tempo afável e ferino. Ele se aproximou de nós em passos leves e descompromissados, uma cadência que não demonstrava qualquer pressa. Enquanto se aproximava, não pude deixar de pensar que, no meio de todo aquele branco, ele parecia uma aparição.

— E aí? Como foi o caminho? Acharam o prédio sem problema? — cumprimentou ele com um sorriso assertivo e um forte aperto de mãos, me tirando do meu torpor.

— Deu tudo certo — respondi, como que por reflexo. — A Kombi ficou pronta hoje cedo. Tivemos que fazer umas paradas antes de entrar na cidade, mas foi tranquilo. E esse é o Yuri, mas você já sabe disso.

— Prazer. Finalmente nos conhecemos ao vivo, hein? — cumprimentou Yuri, com desenvoltura.

— Achei que esse dia não fosse chegar nunca — respondeu Nicolas com a mesma energia exaltada que dirigiu a mim, mas com um olhar que absorveu Yuri por inteiro.

Continuamos a trocar amenidades enquanto Nicolas oferecia água e nos instalava na sala. Apesar de fazer mais de uma pergunta por vez, ele não era de interromper. Pelo contrário: prestava atenção *demais*. O jeito que tinha de fixar o olhar era quase desconcertante.

— Aliás, podemos filmar a conversa? — pedi, em determinado ponto do papo. Não queria arriscar perder nada.

— Por que não poderia? — respondeu Nicolas.

Sua entonação monocórdia me fez hesitar. Eu estava propondo exatamente o que tínhamos combinado com ele, mas, por algum motivo, me senti errado ao fazê-lo.

Yuri preparou tudo e deu início à gravação.

— Seria bom a gente aproveitar para falar um pouco do motivo da nossa visita, que tal? — prossegui. — Existe uma razão para você ter sugerido Itacira como tema de um documentário? — perguntei.

— Tem. Tem, sim, mais de um. As lendas urbanas da cidade, que vocês vão descobrir logo. E tem o desaparecimento do meu namorado também.

Os vidros das janelas estavam fechados, mas foi como se o vento frio do lado de fora tivesse invadido o ambiente e cravado suas garras na sala.

— O que aconteceu? — perguntei.

Eu já ficara sabendo do mistério envolvendo Cauan, em uma das conversas que tive com Nicolas antes de chegarmos à cidade, e não consegui parar de pensar no assunto. Agora precisávamos que o próprio Nicolas explicasse aquela história para as câmeras, para que todo mundo tomasse conhecimento dela.

— Tem um mês, mais ou menos, que ninguém consegue entrar em contato com o Cauan, meu namorado. Telefone, mensagem, até e-mail, nenhuma resposta. E sem sinal dele pela cidade também. Ele simplesmente desapareceu.

Seu rosto virou com rapidez em direção à janela, como se algo estivesse à espreita, mas não havia nada lá fora. Ele logo se voltou para mim de novo, e por um instante percebi nele algo que traduzi como medo. Quando ele travou seu olhar no meu, aquela perturbação ganhou uma força que quase me fez recuar, como se ele fosse um animal selvagem estudando uma presa. Com foco total, Nicolas prosseguiu:

— Pode ter certeza de que não foi por vontade própria. Não foi ele que quis sumir. Deram um sumiço nele.

— Por que você acha isso?

Nicolas se levantou e saiu do enquadramento sem qualquer aviso, de forma tão orgânica que Yuri demorou a acompanhá-lo com a câmera. Em um momento estava ali, com uma presença capaz de alterar o ar ao nosso redor, e de repente evaporava sem deixar vestígio.

Foi até um armário que ficava do outro lado do apartamento, o mesmo onde tinha guardado a guitarra. Ele arrastou uma cadeira para alcançar as portas superiores, de onde tirou uma caixa de tênis vermelha.

Ao voltar e colocar o objeto no sofá, ele o fez com um cuidado deliberado, como se abrisse a arca de um tesouro. Nicolas tirou a tampa, revelando três álbuns pequenos recheados de fotos instantâneas. Junto dos álbuns havia algumas fitas cassete coloridas em caixinhas individuais transparentes.

— Acredito que o desaparecimento dele esteja relacionado com a morte do meu pai. Acho que o Cauan descobriu alguma coisa que alguém não queria que eu soubesse. Essas coisas eram do meu pai — explicou ele. — As fitas têm gravações, e esses álbuns são os últimos três diários fotográficos que ele fez.

— Qual é o conteúdo dessas fitas? — perguntei.

— São mixtapes que ele fazia para mim com músicas de artistas famosos, tipo Beatles, Duran Duran e Bowie, misturados com uns mais obscuros, tipo Velvet Underground. Obscuro na época dele, claro.

— E nos álbuns de fotos?

Ele pegou o primeiro da pilha e abriu.

— São Polaroids. Meu pai gostava de fazer esses diários com fotografias. Ele tirava as fotos durante o mês e depois guardava na ordem, com a data escrita embaixo. Ele sempre curtiu uma pegada mais retrô.

Os álbuns tinham capa dura, com espaços de plástico do tamanho característico das fotos Polaroid. Na parte branca embaixo das fotos, havia nomes e datas escritos com letra de forma. Nicolas passou as páginas devagar, se demorando em cada parte do álbum. Aquele passatempo estava longe de ser realmente "diário" para o pai de Nicolas, pois em alguns meses só havia duas ou três fotos.

— Como vocês podem ver, a maioria das fotos só mostra lugares — apontou Nicolas. — São todos em Itacira, porque ele só começou a fazer esses diários depois de vir para cá.

Olhando com atenção, dava para perceber que entre um mês e outro as fotos mostravam estágios da construção de alguns imóveis da cidade.

Nicolas retirou algumas fotos de páginas diferentes do álbum e as organizou em fileiras no sofá. A primeira imagem de cada fileira mostrava o terreno com alicerces. Na segunda, uma etapa mais avançada da construção, com paredes e fachadas incompletas. A terceira e última foto mostrava o imóvel completo — prédios e casas tão perfeitos que mais pareciam modelos em miniatura do que fotos de lugares reais.

— O seu pai, Lee Daejung. Foi ele quem chefiou o comitê de obras de Itacira, certo? — perguntei.

— Isso.

Em certos pontos do álbum, o conteúdo das fotos variava, exibindo pessoas nos locais fotografados. Mais especificamente uma mulher e, posteriormente, um garotinho.

A mulher era a mãe de Nicolas. O garotinho era ele. Os dois não apareciam juntos nas fotos por um motivo infeliz: sua mãe falecera por complicações no parto. Em nossas conversas anteriores, Nicolas só havia mencionado a mãe uma única vez, justamente para explicar isso.

— É a última foto que me faz desconfiar que meu pai não morreu por acidente.

Estremeci diante daquela afirmação, mas Yuri continuou impassível, captando tudo com a câmera. A última foto era igual a muitas outras: a de um prédio. Na parte branca estava escrito um endereço de Itacira. Embaixo, 26 de novembro.

— A data é a do dia em que meu pai morreu. Ele saiu e não voltou para casa. Dois dias depois, o encontraram nos escombros de um desabamento nesse prédio da foto. Morto. O corpo dele estava contorcido, os membros em ângulos muito estranhos, a boca esgarçada numa expressão de pânico, os olhos...

Nicolas parou de falar, encarando a foto com os olhos vidrados, como se a imagem pudesse reproduzir a cena da morte.

— O prédio ia ser inaugurado na semana seguinte, mas a obra estava concluída. Ainda assim, o caso foi considerado acidente de trabalho. Nesse dia, meu pai literalmente botou essa foto no álbum e saiu para morrer — contou Nicolas, com uma calma que denunciava o quão acostumado estava com a história, o que tornava o relato ainda mais trágico. — Não sei o que ele foi fazer lá sozinho. Meu pai estava estranho há algum tempo.

— Estranho como?

— Ele não comentava mais aonde ia, e às vezes voltava só no dia seguinte. Eu tinha uns dezesseis anos, e percebi que ele estava ficando distante, preocupado com alguma coisa. — Nicolas fechou o álbum. — Só sei que meu pai trabalhou na maioria dessas construções, mas não em todas. Itacira é projetada, mas a organização aqui vai além do normal. A venda dos imóveis e dos terrenos foi coordenada nos mínimos detalhes, com as construtoras e os compradores tendo que seguir regras rigorosas. Tipo esses condomínios que têm normas de estilo para as casas. Só que pegando um município inteiro.

— Caramba! Deve rolar muita grana aí — comentei.

— Rola. Tem muito ricaço morando aqui, mas tem gente de baixa renda também. Grande parte dos envolvidos nas obras se estabeleceu na área com as famílias, comprando casa ou terreno com desconto, e muitos dos peões que vieram de outros estados ocuparam os terrenos mais afastados. Eu nasci aqui, e desde sempre teve muita especulação imobiliária, mas nos últimos anos parece que piorou. Tem vários desses bairros pobres que, do dia para a noite, foram dominados por condomínios de luxo para turistas ricos que vêm passar o fim de semana. Fico achando que meu pai deve ter descoberto algum esquema por trás disso, algum tipo de lobby ou até corrupção mesmo.

— E como seu namorado se encaixaria nisso? — indaguei.

— O Cauan estava investigando isso comigo. Foi ele que me fez ver como essa história de acidente é estranha, depois que mostrei o que tinha nessa caixa. Nós pesquisamos juntos para tentar entender o que de fato tinha acontecido, e esse avanço sobre a periferia foi ele quem percebeu também. Acho que... que o Cauan descobriu a mesma coisa que o meu pai.

Ficamos um tempo só olhando para aqueles objetos.

—Você chegou a falar com a polícia sobre essas suspeitas? — perguntou Yuri.

— Sobre o Cauan, sim. Deram ele como desaparecido e não fizeram mais nada. Sobre o meu pai, nunca falei nada. Só abri essa caixa bem depois, quando fui arrumar as coisas dele. Não tem tanto tempo assim que surgiu na minha cabeça a possibilidade de ter sido uma queima de arquivo.

Era estranho pensar naquilo como assassinato. Vigas e pedaços de concreto caindo sobre o corpo de Daejung, tarde da noite sozinho num prédio. Havia formas mais eficazes de matar uma pessoa do que forçar pedaços de uma obra a caírem sobre ela.

Mesmo que não estivessem interligados, o desaparecimento de Cauan e a morte de Daejung eram, no mínimo, suspeitos. Principalmente numa cidade conhecida por seus mistérios.

Era indiscutivelmente bizarro e intrigante — e exatamente o que o Visão Noturna buscava. Se Nicolas estava disposto a colaborar e se expor daquela forma, eu não tinha como recusar.

—Você tem certeza de que podemos incluir tudo isso? — conferi, ainda que já tivesse feito aquela pergunta.

—Tenho — respondeu ele, sem hesitar. — A vida e a morte do meu pai estão conectadas com essa cidade, e poder falar disso para um público maior seria a minha homenagem para ele, sabe? O canal de vocês vai ser perfeito para isso.

Daejung tinha deixado uma cidade inteira de lembrança para o filho. Nicolas era um componente vivo daquele tecido urbano. Incluir sua história num documentário sobre Itacira não apenas fazia sentido, era essencial para o que eu queria alcançar com aquele projeto.

— Tem uma coisa — disse Yuri. — Se o caso do seu pai realmente tiver sido queima de arquivo, pode ser arriscado expor suas desconfianças dessa forma.

— Eu sei, mas corro mais risco ainda se isso não for divulgado.

A expressão de Yuri era pura confusão. Nicolas justificou sua linha de pensamento:

— Se eu falar com a polícia dessas teorias, eles vão me recomendar não falar disso com mais ninguém, certo? Alegando que é para proteger a investigação ou sei lá o quê. Aí é fácil de sumirem comigo. Basta ter uma única pessoa corrupta na polícia que informe os responsáveis. — Nicolas fez uma pausa e então continuou: — Só que eles fazerem isso fica bem mais difícil se existir um vídeo sobre o assunto na internet. Se milhares de pessoas souberem do caso, mexer comigo só vai chamar mais atenção.

Era uma estratégia inteligente: levar uma informação a público pode ser a melhor forma de se proteger. Caso a teoria do assassinato do pai dele se confirmasse, quanto menos pessoas soubessem, maior seria o perigo para Nicolas.

Havia outra consequência que eu não sabia se estava clara para ele: ao decidirmos nos envolver no caso, eu e Yuri também estávamos correndo risco. Mas tudo bem. Era um perigo que eu estava mais que disposto a encarar.

— Olha, Nicolas, ainda é cedo para dizer, mas concordo que é possível que isso esteja conectado a algo maior — expliquei. — Vamos incluir sua história no documentário, fazer perguntas e pesquisar tudo que pudermos, mas nosso foco são as lendas urbanas da cidade. O que posso te prometer é que faremos o possível para solucionar esse caso. Se toparmos com qualquer informação pertinente, sobre o Cauan ou sobre o seu pai, você vai ser o primeiro a saber.

— Não posso pedir mais do que isso, até porque não tenho certeza de nada — disse ele, com gratidão. Esfregou os olhos e engoliu em seco antes de acrescentar: — Mas, sabe, sinto que o Cauan está vivo... Eu *sei* que está.

Assenti, mesmo sem ter tanta certeza quanto Nicolas.

Fiz um sinal para Yuri, que parou de filmar e abaixou a câmera. Trocamos um olhar satisfeito. Provavelmente não usaríamos toda a entrevista, mas havia uma sensação de dever cumprido por ter capturado um material tão completo e rico.

Após um instante, Nicolas se recuperou e disse:

— Bora lá embaixo. Quero apresentar as meninas para vocês.

Seguimos Nicolas até uma porta vermelha no fim dos degraus.

Assim que entrei, fui envolto por uma penumbra vermelho-arroxeada. Apesar do sol do lado de fora, era como se nunca amanhecesse ali dentro.

Capas de revistas nacionais antigas foram penduradas em molduras nas paredes de tijolo maciço, e um letreiro de neon acima da porta ostentava o nome do estabelecimento com uma eletricidade cor-de-rosa. As cadeiras estavam viradas em cima das mesas e um cheiro de hospital dominava o salão, como se alguém tivesse higienizado todas as frestas com um desinfetante potente.

Atrás do balcão, três prateleiras acomodavam frascos de cores e formatos variados. Dentro de um jarro, um escorpião flutuava num líquido verde-fluorescente. Reparei que algumas garrafas também continham cobras, lagartos e outros répteis.

À primeira vista, impossível saber se eram de verdade ou de mentira.

O bar estava vazio, exceto por duas mulheres num palco abarrotado de equipamentos musicais.

— Galera, esses são o Theo e o Yuri — anunciou Nicolas quando entramos. — Aqueles que comentei que vinham fazer as filmagens e tal. Theo, Yuri, essas são Vivian e Sofia.

Vivian examinava alguma coisa na caixa da bateria enquanto Sofia estava sentada de costas para um piano digital, olhando para a tela do celular. Um baixo estava encostado no piano ao seu lado.

Vivian se levantou de trás da bateria e acenou. Sua pele era branca, e o cabelo pintado de rosa era do mesmo tom do neon da entrada.

— Resolveu dar o ar da graça? — perguntou Vivian, sorrindo. — Acabamos de terminar o ensaio.

Vivian deu uma risada e voltou a se concentrar no que estava fazendo.

Sofia desceu do palco e veio em nossa direção. Era negra, alta e, assim como Vivian, tinha o cabelo colorido. Mas, enquanto Vivian usava um corte Chanel, Sofia tinha o cabelo cacheado volumoso, pintado num dégradé de tons loiros.

Ao contrário dos outros membros da banda, de camiseta e tênis, Sofia usava blazer e saia social. Tudo nos seus movimentos era metódico, desde os passos ao jeito deliberado de mover a cabeça.

Ela nos cumprimentou e disse:

— Que tipo de vídeos vocês vão fazer com a banda?

— Um documentário — respondi. Esperava que Nicolas tivesse explicado aquilo para elas. — Sobre a cidade.

— Certo — disse Sofia. — Queria entender melhor o nosso papel no documentário.

Ela sorria, e seu tom de voz era tranquilo, mas havia algo errado em sua postura. Ela tinha uma descontração *calculada*, mas dava para ver que não estava feliz com a nossa presença.

Olhei para Nicolas querendo que ele interviesse, mas ele apenas observava Sofia, que continuava esperando uma resposta. Sem alternativa, falei:

— Bom, vocês vão... participar, acho? Como banda e como moradores da cidade. Por ora é difícil dizer quais cenas vamos acabar usando.

— Vocês têm um roteiro? — quis saber Sofia.

— Temos, mas, como é um documentário, o roteiro fica fluido. Também depende do que acontecer.

Ela continuou me encarando, com a testa franzida. Eu me virei para Yuri e percebi que ele estava chegando à mesma conclusão que eu: Nicolas não tinha explicado direito a situação às amigas.

Eu, Yuri e Sofia nos voltamos para o garoto, que finalmente se manifestou:

— Vocês estão com sede? Quero beber alguma coisa.

Ele levantou uma aba no canto do balcão para passar para o outro lado. Sofia deu de ombros, e achei melhor não falar mais nada, aliviado com a quebra da tensão. Eu me sentei num banco, preparado para alguma das bebidas bizarras nas prateleiras. Em vez disso, Nicolas pegou uma jarra com líquido roxo numa geladeira debaixo do balcão.

— Bebi demais ontem, então vou de suco de açaí — disse ele. — Mas, se quiserem, posso fazer uma batida para vocês.

Ninguém fez objeção ao suco, e Nicolas encheu os copos. Vivian continuava no palco, mexendo na bateria. Sofia, que se sentou do meu lado ao balcão, perguntou:

— Qual o nome do canal de vocês mesmo?

— Visão Noturna — respondi.

— Tipo aqueles óculos do exército? Que enxergam tudo verde no escuro?

— Isso! Foi ideia do Yuri.

— Melhor que o nome da nossa banda — comentou Nicolas.

— Melhor que Crias do Capeta também, que, se me lembro bem, era o nome que você tinha escolhido — disse Vivian, que tinha descido do palco para se aproximar do grupo.

— Crias de Lúcifer — corrigiu Nicolas. — Pelo menos era em português, e não em inglês, como Witch Time. Tão colonizado.

Vivian e Nicolas riram. Sofia confirmou que, incapazes de escolher o nome da banda, eles tinham deixado a decisão final por conta de uma partida de pedra, papel e tesoura. Vivian ganhou.

— Qual nome você queria? — perguntei para Sofia.

— Eu ainda não era parte da banda quando eles escolheram o nome, mas eu gosto de Witch Time. Se meus pais ouvissem falar que estou andando com as Crias de Lúcifer, eles mandariam me internar.

Nicolas mais parecia estar se divertindo em incomodar Vivian do que realmente criticando a escolha. Quando os dois pararam de se provocar, ela olhou atentamente para Yuri, depois para mim.

— Vem cá, esse Visão Noturna aí — disse, ainda me encarando. — Não foram vocês que fizeram um vídeo famoso sobre uma menina? Como era o nome... Lorena? Laura?

— Laura Padilha — confirmei. — Sim, fomos nós.

— Mentira! — exclamou Vivian, seus olhos arregalados.

A reação dela era compreensível. Nosso vídeo sobre o caso era, de longe, o mais assistido do Visão Noturna. A morte de Laura Padilha, uma mulher de vinte anos cujo corpo foi encontrado na cama do próprio quarto, ganhou notoriedade quando eu e Yuri descobrimos quem era o assassino.

— O que tem essa Laura Padilha? — indagou Sofia.

Eu me perguntava se Nicolas tinha explicado alguma coisa para elas além de "duas pessoas vêm aqui hoje".

A própria Vivian respondeu:

— É o caso de uma mulher que foi encontrada morta no quarto. Passou no jornal e tudo!

A expressão de Sofia foi de desagrado. Já Vivian parecia interessada, e perguntou para mim:

— Vocês vão investigar algum crime aqui? Foi por isso que vieram? Nicolas, por que você não falou nada, hein?

— Nós viemos pesquisar as lendas urbanas da cidade — me adiantei em explicar. — E a gente normalmente não investiga crimes, só falamos sobre eles. É melhor deixar a investigação de verdade por conta das autoridades, né?

— Mesmo se vocês esbarrarem em um? — insistiu Vivian.

— Calma, mulher. Assim parece que você vai cometer um crime só para eles terem o que investigar — intercedeu Sofia.

— Por enquanto só tem o desaparecimento do Cauan — falei. — Que não sabemos se foi criminoso.

As duas pararam de falar e de se mexer, como se tivessem sido pausadas por um controle remoto. Os primeiros vídeos do canal da banda incluíam um quarto integrante, um garoto de óculos que tocava guitarra. A música nesses vídeos era diferente, de estilo melancólico, com pouco do rock alternativo que viria a ser a marca do grupo.

Esse quarto integrante era o Cauan.

Reunindo forças, tentei interromper aquele transe em que nos encontrávamos.

— O que vocês duas acham que aconteceu? — perguntei.

Elas se remexeram com desconforto, mas me mantive firme.

— Não sei o que achar — disse Sofia.

— Nem eu — emendou Vivian.

Desisti de insistir quando percebi que as duas olharam de relance para Nicolas antes de responder. Se quiséssemos saber a verdadeira opinião delas sobre o caso, eu e Yuri teríamos que conversar a sós com cada uma.

Nicolas passou para o nosso lado do balcão, dizendo:

— Aí, o Theo e o Yuri querem começar a trabalhar ainda hoje. Eles vão ficar aqui por vários dias, então depois a gente conversa sobre isso.

Vivian e Sofia pareceram aliviadas com o anúncio da nossa saída.

• •

Subimos a escada com Nicolas. A neblina que encaramos na noite da serra tinha se dissipado por completo, e na altura da calçada o sol bateu direto nos meus olhos. Na meia-luz dentro do bar, eu quase esqueci que era dia.

— O bar abre que horas? — perguntei.

— Às seis. E vai até as duas da madrugada. Nós aproveitamos para ensaiar quando tá fechado.

Observei a fachada do prédio quando saímos do beco para a rua principal. Quanto mais eu olhava, mais ele parecia... caro.

— Ainda dá tempo de irmos na igreja? — questionei.

Nicolas tinha marcado uma entrevista com um padre, mas o problema da Kombi atrasou nosso cronograma.

Yuri havia voltado a filmar em algum momento. Quando viu que a câmera estava focada nele, Nicolas desviou o olhar com desconforto. Apesar de concordar com o processo de produção, e de fazer parte de uma banda, não devia estar acostumado a ser filmado tão casualmente.

— Acho que não — respondeu ele. — O padre não está mais lá a essa hora, mas não esquenta. Remarco outro dia com ele.

Mesmo incomodado e com um comportamento talvez um pouco forçado, seu semblante permanecia tranquilo, confiante e convidativo. E sim, ele realmente era gato. Muito gato.

Yuri tinha razão. Nicolas ia render muitas visualizações.

— Aí, Nicolas, por que a Sofia estava tão arrumada? — perguntou Yuri, verbalizando uma dúvida que também tive.

— Ela vai trabalhar hoje depois do almoço.

— Ela trabalha com o quê?

— Mercado imobiliário. No Grupo Ferreira, um dos maiores da cidade.

— Nicolas, você não explicou o que viemos fazer aqui para a Sofia e para a Vivian? — questionei, sem rodeios.

— Claro que expliquei. Acho que a Sofia está um pouco apreensiva com isso de se expor, mas ela topou de boa. Fica tranquilo.

Um vento frio balançou as cercas vivas que flanqueavam a rua. O perfume das flores e a beleza das casas faziam eu me sentir um personagem inserido num quadro impressionista.

Estava ali para estudar os bastidores daquele espetáculo. Segundo a minha experiência, o outro lado da moeda era sempre mais imundo e distorcido do que se podia esperar.

Uma morte misteriosa. Eu fazendo amizade com um parente do falecido. Eram dois elementos que lembravam o caso de Laura Padilha. Isso me apavorava e me empolgava na mesma medida.

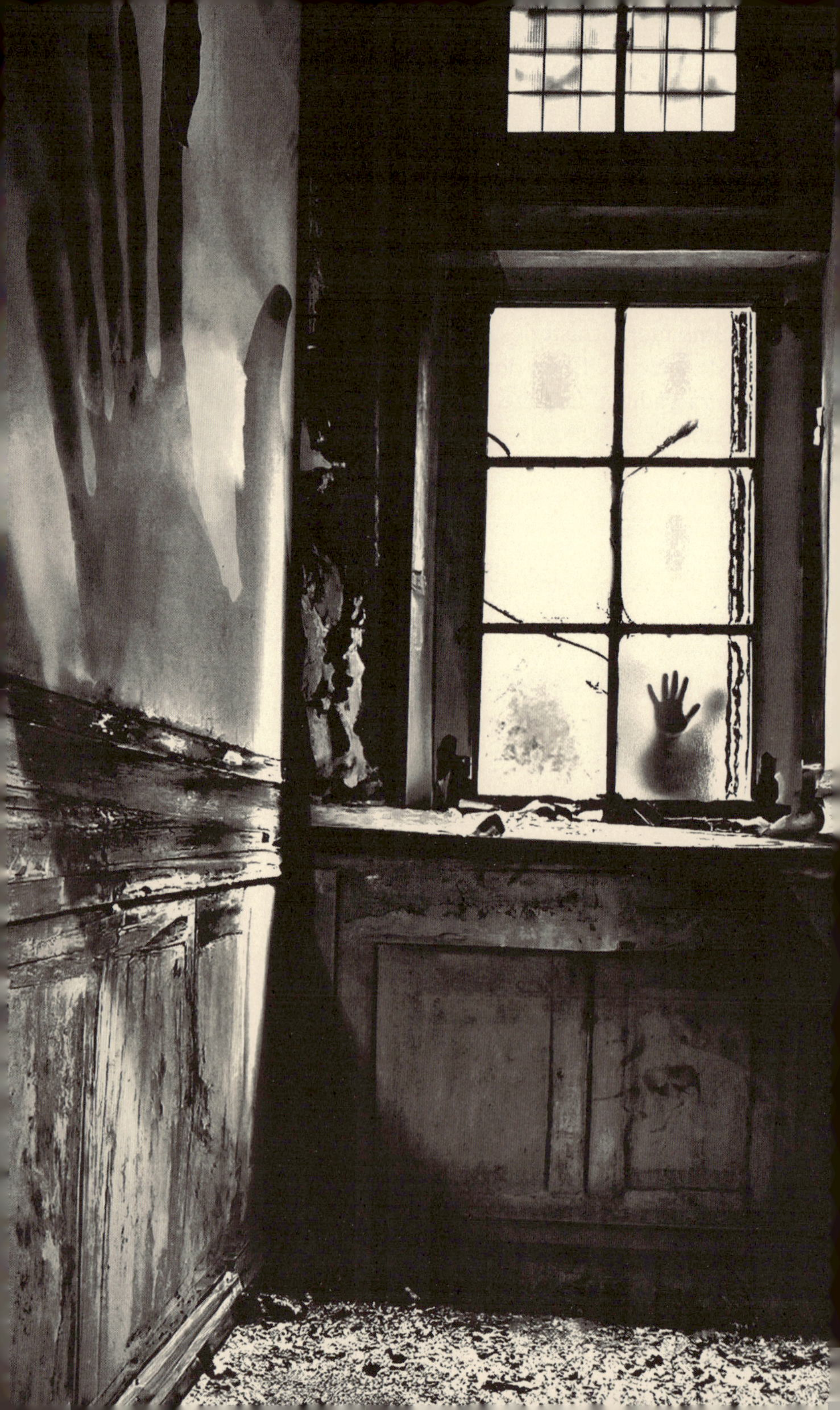

CAPÍTULO 7

Na entrada do n.º 215, Nicolas me entregou a chave do apartamento.

— Podem subir na frente. Vou ajudar as meninas a arrumar as coisas lá embaixo. Meu tio fala pra cacete se algo ficar fora do lugar.

Na portaria, um monitor mostrava os andares superiores. Assim como de manhã, não parecia haver mais ninguém no prédio. Eu não sabia se o porteiro era displicente ou se simplesmente não existia, o que só acentuava a atmosfera de abandono e solidão do lugar.

— Pena que não vai dar para começar hoje — disse Yuri quando entramos no apartamento.

— É. Não queria perder uma entrevista assim, mas felizmente vai dar para remarcar.

— Pelo menos já temos material com o Nicolas. — Yuri olhou a esmo pelo apartamento. — Estou chocado com o tamanho desse lugar, e mais ainda com o fato de que ele mora aqui sozinho.

— Ele vive recebendo gente, pelo que deu para notar pelas nossas conversas.

— Lembrei daquele caso em Cabo Frio.

— O do assassinato? O apartamento era bem menor, não?

— Era enorme também! — exclamou Yuri, exasperado. — O cara era rico e vivia recebendo gente e dando festinhas, aí ficou aquela zona quando alguém morreu em um dos quartos.

— Aquele caso foi muito maneiro. Parecia uma partida de *Detetive*.

— Foi mesmo. Só que com alguém de fato morto em um dos cômodos. Pensando bem, foi tipo aquele *Morte Morte Morte*, mas aconteceu antes do filme. Gringos imitando, como sempre.

Revirei os olhos e dei um empurrãozinho em Yuri, que aproveitou o impulso para cair sentado no sofá.

— Tomara que ninguém morra aqui — disse ele.

Apesar do tom de brincadeira, senti um calafrio. No caso de Cabo Frio, nossa visita aconteceu quando o caso já estava resolvido. Embora crimes macabros e misteriosos atiçassem a minha curiosidade, eu gostava de manter uma distância saudável — e segura — deles.

Eu me sentei numa poltrona ao lado do sofá, aproveitando para avaliar o lugar. Havia uma única moldura na parede, uma foto da banda. Além do trio que conhecemos, havia nela um garoto de óculos com uma guitarra: Cauan.

— O Nicolas parece bem feliz na foto — comentou Yuri, olhando para o mesmo ponto que eu. — Dá um pouco de pena, sabendo de tudo pelo que ele passou — acrescentou, em meio a um bocejo. — Ai, acho que estou com sono.

Ao vê-lo esfregar os olhos, pensei que talvez seria melhor ter deixado a entrevista para o dia seguinte. Por mais que tentasse esconder, Yuri estava esgotado pelas noites mal dormidas.

Ele tirou os tênis e se aninhou no sofá. Mexeu no celular por alguns instantes, resmungou qualquer coisa e fechou os olhos. Quando adormeceu de vez, me aproximei e tirei os óculos do seu rosto, depositando-os numa mesa próxima.

Tinha virado um hábito fazer isso nessas últimas semanas de trabalho pesado. Ele caía no sono na minha presença, e eu me aproximava devagar para não acordá-lo. Segurava as hastes com cuidado, sentindo o calor das suas têmporas irradiarem para a ponta dos meus dedos, observando seus lábios entreabertos. Às vezes havia um leve espasmo na sua feição, como se sua pele fosse testemunha do meu gesto. Ele sempre acordava supondo que tinha tirado os óculos antes de dormir.

Respirei fundo.

Ficar sozinho com meus sentimentos conseguia ser mais aterrorizante do que investigar as estranhezas daquela cidade.

Ser o único acordado não demorou a modificar minha sensação dentro do apartamento. Talvez *eu* é que fosse o elemento estranho ali, um invasor capaz de vasculhar gavetas e descobrir segredos bem guardados. Nada me impedia de, naquele momento, trair a confiança de Nicolas sem qualquer consequência.

Na adolescência, meu gosto por tudo que fosse macabro e estranho me assustava um pouco. Solitário e com uma imaginação fértil, era fácil me perder em fantasias permeadas por sombras e sangue. Com o tempo, e graças à internet, descobri que eu não era o único com essas inclinações. Tudo mudou quando conheci Yuri e juntos criamos o Visão Noturna. Era pura curiosidade, essa tendência de me embrenhar pelo mistério das coisas. Querer descobrir até onde o ser humano pode chegar, querer investigar os outros enquanto mantinha minhas complicações trancadas a sete chaves.

Fiquei meio desorientado e fui até o banheiro para lavar o rosto. Quando voltei para a sala, me sentei no chão, tirei o computador da mochila e me concentrei em responder comentários nos nossos vídeos, usando o trabalho para escapar da minha própria cabeça.

Fiquei imerso nessa atividade por um tempo e só voltei a mim quando um vulto preto surgiu na minha frente. Foi mais que isso: o vulto saltou na minha direção e se sentou no teclado.

Era um cachorro. Um cachorro salsicha.

— Sai daí, Satanás — disse a voz de Nicolas, vinda da porta.

Como se tivesse compreendido, o cachorro se retirou, parando ao meu lado. Passei a mão por seu pelo macio, e ele pareceu gostar do carinho. Onde ele estava esse tempo todo? O animal parecia ter se materializado com a chegada do dono.

Nicolas se aproximou, pegou-o no colo e fez carinho nas suas orelhas.

— Ele estava lá fora? — perguntei, intrigado.

— Não, ele só devia estar deitado por aí. Ele dorme pra caramba. — Nicolas enfiou o rosto no pescoço do bicho. — Você é um cachorro muito preguiçoso, não é, meu lindinho?

Nicolas soltou o animal, que saiu correndo e patinando pelo apartamento até desaparecer novamente.

— Ele está bem? — perguntou Nicolas, apontando para Yuri, que agora dormia profundamente.

— Tá, sim — falei, rindo. — Ele não tem dormido muito desde antes de virmos pra cá. Muito trabalho.

— Ele fica uma gracinha dormindo, né?

Olhei para Nicolas, com medo de ter escutado errado.

— É... acho... — respondi.

— Tem cerveja na geladeira, se quiser.

— Ah. Valeu.

Ele se sentou numa poltrona próxima, e Satanás ressurgiu, se esfregando na sua perna, pedindo para subir e se acomodando em seu ombro direito.

O comentário de Nicolas sobre Yuri ficou martelando na minha cabeça, mas tentei afastar o pensamento, até porque eu não tinha a menor ideia do que fazer com aquela informação.

• •

— Por que Satanás? — perguntou Yuri, olhando para o cachorro enquanto almoçávamos.

— Ele era de uma amiga que não podia continuar com ele, aí preferi não trocar o nome.

— Não é blasfêmia nem nada do tipo? — quis saber Yuri, realmente na dúvida.

— Acho que seria pior chamar o cachorro de Jesus Cristo ou coisa assim. E Satanás já foi anjo, né? Sei lá. Confesso que não penso muito nisso, só acho engraçado.

O sol da tarde tingia as paredes do apartamento com tons de laranja, vermelho e púrpura. Em circunstâncias normais, o sol daquele horário poderia ter atrapalhado a próxima filmagem que precisávamos fazer com Nicolas. Felizmente a iluminação do apartamento era bem satisfatória.

— Nicolas, queria gravar mais um pouco com você antes de pararmos por hoje — avisei.

— Vocês só vão lançar o documentário depois do fim da viagem, né? — perguntou ele.

— Pois é, não cheguei a te falar — comentei. — O Yuri me convenceu a lançar uns trechos antes do documentário inteiro.

— Achei que vocês só editavam e lançavam as séries documentais depois de já terem o material todo filmado — disse Nicolas.

— Em geral, sim. Só que, antes da virmos pra cá, o Yuri me mostrou as estatísticas do canal e falou que lançar mais vídeos curtos seria uma boa, pois aumenta a frequência das postagens e mantém o interesse dos seguidores. E, quanto mais imediato, mais o pessoal gosta. Então dessa vez vamos tentar ir lançando enquanto ainda estivermos aqui.

— Tudo bem, então.

Para mim estava longe de estar tudo bem. Minha vontade era seguir o mesmo padrão dos nossos vídeos anteriores, como nos documentários profissionais, que filmavam seu conteúdo por um longo período para só ao final editar tudo com base na narrativa que surgisse durante as filmagens. Só que Yuri já tinha mergulhado nas estatísticas e estava com tudo esquematizado, e eu não consegui analisar direito os dados do canal e pensar em uma alternativa razoável. Acabei perdendo essa batalha mais rápido do que gostaria.

Yuri pediu que Nicolas se sentasse à mesa da copa. As grandes janelas do apartamento exibiam um panorama das casas da vizinhança, o cenário perfeito para a filmagem.

— Comece falando seu nome todo e o que você faz, sem se preocupar com continuidade. — Então mudei a inflexão da voz e perguntei: — Você mora em Itacira há quanto tempo?

— Meu nome é Nicolas Lee e eu sou integrante da banda Witch Time. Moro aqui desde que nasci.

— Foi você quem sugeriu Itacira como objeto de documentário para o Visão Noturna. Na sua opinião, o que a cidade tem de especial?

— Itacira tem muitos casos sem explicação, e muita gente é atraída para o Vale Esmeralda por causa do misticismo do lugar. Dizem que tem uma energia diferente, e cada um tem uma teoria sobre isso, mas no geral existe essa noção de que o vale tem uma conexão com o plano espiritual.

— Você concorda com essa afirmação? De que o vale onde fica a cidade tem uma ligação com o sobrenatural?

— Eu não levava a sério, mas chega uma hora que você se vê obrigado a concordar que pode ter algo estranho mesmo, então não digo nem que sim nem que não. E acho que esse mistério tem tudo a ver com o canal.

— E corta. Ficou ótimo.

— Que bom — disse Nicolas, satisfeito. — Aí, talvez seja uma boa levar a bagagem para o apartamento de vocês, o que acham?

— Como assim, apartamento da gente? — indaguei.

— Pensei em deixar o apartamento da frente para vocês se hospedarem.

— Cara, que isso! A gente não quer incomodar — falou Yuri.

— Que incomodar o quê! O apartamento está vazio, pode ficar tranquilo.

— Ah, sério? — disse Yuri. — Se rolar vai ser ótimo, porque aí não te atrapalhamos.

Olhei para Yuri, depois para Nicolas, minha testa franzida em confusão. Yuri deu uma risada como se tivesse acabado de lembrar algo.

— O Nicolas é dono do prédio todo, Theo. Esqueci de te falar.

Eu não sabia se olhava para ele, para Nicolas ou para a vastidão do apartamento.

— Na verdade, só a metade dos apartamentos é minha — corrigiu Nicolas, num esforço infrutífero de apaziguar meu choque. — A outra metade é do meu tio. Nós herdamos quando meu pai morreu. Os apartamentos estão mobiliados porque eu alugo por temporada. Tem bastante busca por hospedagem na época dos festivais, mas os desse andar só alugo no caso de o prédio encher.

Só consegui ficar mais abismado. Tanto pela informação, quanto por Yuri já saber disso e eu, não. Quando eles conversaram sobre isso?

— Essas informações têm que vir com um alerta de história de rico para não chocar — disse Yuri, rindo.

Ficou decidido que passaríamos as noites no outro apartamento, mas que trabalharíamos no de Nicolas.

• •

O apartamento da frente era bem menor e mais convencional que o de Nicolas, com paredes dividindo os aposentos. Ainda assim, os cômodos e os móveis pareciam ter saído de um hotel de pelo menos quatro estrelas.

— O Nicolas trabalha? — perguntei para Yuri.

— Não que eu saiba. Ele vive da herança do pai e imagino que do dinheiro dos aluguéis dos apartamentos no prédio.

— Ainda tô chocado.

— Bom, a gente sabia que que ele era rico.

— A Sofia e a Vivian são ricas também?

— Boa pergunta.

Yuri se ocupou da própria bolsa até terminamos de colocar as roupas no armário. Então, vestiu um moletom para dormir e se deitou na cama ao lado da minha.

— Essa história do pai dele é o lance mais bizarro para mim — comentou ele.

— Como assim? — perguntei.

Yuri demorou um pouco para responder.

— Parece conversa fiada.

— Você acha que pode ser invenção dele?

— No começo achei mesmo, viu? — disse Yuri.

— Confesso que quando ele me contou por vídeo e me enviou as fotos do álbum também achei que fosse só para chamar atenção. — Fiz uma pausa. — Só que os papos de hoje me fizeram mudar de ideia. Especialmente quando ele falou do Cauan. Ele parecia sincero.

— Pois é. Ainda não tenho certeza. Não é que eu ache que o Nicolas esteja mentindo. Ele deve acreditar mesmo nessas teorias, mas ele pode estar enganado, sabe? Pode ser que ele só queira achar um sentido para o sumiço do namorado e para a morte do pai, mesmo que para isso tenha que dar uma viajada.

Era uma hipótese desagradável, mas possível.

— Quem sabe dessa vez a explicação finalmente não seja uma assombração? — brinquei. — Ou aliens.

— Ok, Fox Mulder. — Ele riu e se virou para mim, deitando de lado com a cabeça apoiada na mão. — Só que... espero mesmo que não tenha rolado algo bizarro. O Nicolas é gente boa. E se realmente tiver acontecido algo ruim com o Cauan? E se o pai do Nicolas tiver sido assassinado mesmo? Pode ser demais pra ele, entende?

Às vezes eu esperava outro tipo de reação de Yuri e ele me surpreendia com carinho.

— Acho que ficar sem saber é pior — falei.

— Talvez. Mas tem uns casos em que é melhor continuar na ignorância. O meu pai foi embora e, sinceramente, seria pior saber o que ele anda fazendo.

Ficamos quietos. Quase um minuto se passou antes que eu quebrasse o silêncio:

— Aliás, Yuri, você estava certo quando disse que demos sorte dessa vez.

— Em que sentido?

— O Nicolas. O cara é gato. Eu já sabia, claro, mas ao vivo é mais ainda.

— Ficou interessado, né? — disse Yuri, se espreguiçando e ficando de bruços na cama.

— Claro que não! Tô falando que demos sorte porque o público do canal vai ficar ainda mais interessado nos vídeos se tiver um cara bonito no meio — me justifiquei, balançando a cabeça.

— Sei...

— Ah, não fica assim. Você é minha prioridade — falei, citando o que o próprio Yuri dissera mais cedo.

Ele deu uma risadinha, se preparando para uma rodada de selfies na cama. Assim que tirasse uma boa, com certeza a postaria para agradar os seguidores.

Eu me odiei um pouco por jogar aquele verde para saber o que Yuri estava achando do Nicolas e fiquei pensando no que ele queria dizer com aquele papo de prioridade.

As horas avançaram, e não precisei olhar para ele para confirmar que Yuri tinha adormecido. Apaguei a luz do quarto e acendi o abajur.

"Ele fica uma gracinha dormindo, né?"

Coloquei os fones de ouvido e achei melhor trabalhar no computador para me distrair um pouco. Entre uma faixa e outra, eu ouvia o vento que balançava as folhas do lado de fora.

Já havia se passado quase uma hora quando notei algo parado na penumbra do quarto. Era o cachorro salsicha.

— Satanás?

Eu me levantei, o que fez com que ele saísse correndo. Vi apenas o rabo passando pela porta entreaberta do nosso apartamento. Sem lembrar se a havíamos fechado ou não, comecei a ir mais devagar, apreensivo com a ideia de alguém ter entrado sem aviso.

Ao chegar ao corredor, percebi a sombra do animal por trás da porta de Nicolas, também entreaberta. Fui me aproximando para averiguar. Meus pés descalços hesitavam ao toque frio do chão, as mãos tremiam. A adrenalina me deixou alerta a cada detalhe do corredor, a ponto de poder sentir na pele qualquer alteração naquele espaço branco. No entanto, tudo era vazio, uma quietude implacável.

A porta se abriu com violência. De início, pensei que fosse a silhueta de Nicolas, mas, quando nossos olhos se encontraram, o susto se transformou em surpresa, e então em pavor.

Não era Nicolas. Era eu.

Soltei o ar quando me toquei que olhava para um espelho. Porém, quanto mais eu olhava para meu reflexo, mais a imagem parecia tensionar. Como se quisesse se movimentar para além da superfície de vidro. Ficamos parados, eu e minha imagem, pois eu também não conseguia me mexer. O espelho. Uma pequena rachadura, que se espalhou em uma teia a partir do ponto entre os meus olhos.

A imagem se despedaçou num mosaico de pura desordem. Uma perna de um lado, as mãos indo parar nos joelhos. O que quebrava no reflexo passou a quebrar em mim. Não era só vidro. Eram entranhas. E sangue.

Procurei os pedaços do meu rosto e senti o sorriso sinistro se formando na minha boca. Quando meus olhos viraram areia, acordei no quarto.

Yuri dormia na cama ao lado. A luz estava apagada e a porta, fechada.

Ainda não tinha certeza se a pessoa no corredor do hotel fora um sonho ou não. Mas nessa noite foi diferente — tão vívido quanto o do hotel, mas absurdo o bastante para que, ao despertar, eu tivesse certeza de que não aconteceu de verdade.

Não sabia o que era pior, mas tinha uma certeza: meus pesadelos tinham voltado.

CAPÍTULO 8

Durante a caminhada até o centro da cidade, Nicolas apontava curiosidades.

— Quando eu estava na escola, esse quarteirão era ponto de encontro dos alunos que matavam aula. Até o dia em que um inspetor ficou sabendo e acabou com a farra. Ainda é comum ver crianças zanzando por essa área.

Ele parecia à vontade, seguro em um território que conhecia bem. Aproveitei para deixá-lo falar sem interrupções ou perguntas demais.

— As ruas mais estreitas entre as casas e os prédios de Itacira foram construídas pensando nos pedestres e ciclistas — explicou Nicolas enquanto nos guiava por uma série de vielas.

O clima estava tão agradável que em alguns momentos eu quase esquecia dos meus pesadelos. Quase.

Pensei no panorama da cidade que vi no mirante antes de chegarmos. Itacira tinha algo que me deixava em estado de alerta. Superficialmente, *parecia* um local histórico bem conservado, mas eu sabia que era uma cidade jovem demais para isso.

Aquelas passagens estreitas tinham um jeito tão único que dissimulavam o planejamento por trás delas. Um transeunte desinformado não seria capaz de apontar o urbanismo minucioso que ligava uma via à outra. Era como passear de bom grado por um labirinto em que todos os caminhos conduziam a uma criatura mitológica que devoraria as pessoas por inteiro.

Nicolas continuava voltando à sua época de escola.

— Não sei se ainda é assim, mas no fundamental era comum os alunos desenharem um mapa da cidade em pedaços de cartolina, para depois encaixar as partes como se fosse um quebra-cabeça. Depois as peças desse mesmo mapa eram usadas nas aulas de geometria.

Apinhado de árvores e jardins, o gramado da Praça da Primavera era ainda mais vibrante do que as fotos indicavam. A praça fazia jus ao nome graças ao conjunto das cores que despontavam na primavera de outubro.

Nicolas apontou para as torres do sino da Igreja de Sant'Ana, visíveis acima das árvores da praça.

— Essa igreja foi construída em estilo neogótico para seguir o estilo da diocese de Petrópolis. É por isso que ela é tão diferente dos outros prédios daqui.

Ele tinha razão. Era como se a igreja tivesse sido colocada ali por acidente.

Assim que atravessamos o portal da entrada, tanto Yuri como eu nos pusemos a tirar fotos e a filmar o exterior da igreja. No pátio frontal havia um jardim rústico, formado por plantas secas com galhos pontiagudos. Mesmo na claridade, o visual era fúnebre.

Nicolas esperou que terminássemos, procurando ficar fora do caminho das lentes.

— É bem legal aqui — comentou Yuri, animado, sem especificar se estava se referindo somente à igreja ou à Itacira inteira. — Bem legal.

— Só faltam umas gárgulas — falei, olhando para as torres. Nicolas sorriu.

— Imaginei que vocês fossem curtir. — Ele apontou para dentro da igreja. — E aí, vamos entrar para falar com o padre?

— Qual o nome dele mesmo? — perguntou Yuri.

— Raimundo — respondeu Nicolas. — Ele é um dos poucos que viveram na vila que existia aqui antes das obras.

— Você o conhece há muito tempo?

— Desde pequeno. Ele já era padre na época em que meu pai começou a me levar à igreja. Era auxiliar do pároco e celebrava algumas missas. Só que teve um período em que ele largou a batina.

— Sério? — indagou Yuri, interessado.

— Não só largou a batina como anunciou um noivado! O Raimundo diz que só a conheceu depois de deixar o sacerdócio e que ela não foi a razão de ele desistir de ser padre. Enfim, o noivado não deu certo. Eles nem chegaram a se casar, aí ele voltou a ser padre.

— Essa moça mora por aqui?

— Não cheguei a conhecer, nem sei quem é. Só lembro da fofoca sobre a "mulher do padre".

A lembrança fez Nicolas rir sozinho.

— Era o Raimundo quem dava as aulas quando fiz catecismo. Depois da aula, eu sempre ficava mais alguns minutos e perguntava muitas coisas. Tinha várias questões que hoje percebo que ele devia achar inconvenientes, mas acho que ele vai com a minha cara porque não tenho medo dele. Muitos frequentadores da paróquia mantêm certa distância, acham que ele intimida.

O interior da igreja emanava uma calma sepulcral. A luz do sol que atravessava as janelas na parte superior da igreja iluminavam o caminho da nave e conservava os corredores laterais na sombra. As pinturas nas paredes pareciam nos acompanhar com os olhos.

— Conheço todas essas pinturas — falou Nicolas, orgulhoso, apontando para um quadro próximo. — Nessa aqui é Jesus, a Virgem e a Santa Ana.

— Quem é Ana? — perguntei em voz baixa.

Aquele lugar dava a sensação de que era proibido falar alto.

— É a avó de Jesus — respondeu Yuri.

Fiquei satisfeito ao confirmar que ele não havia parado de filmar. Yuri tinha alguns resguardos com ambientes religiosos, e já havia acontecido de sua reserva ser mais forte que as necessidades do trabalho.

Nicolas parou diante de uma porta do lado do altar e foi abrindo sem bater.

— Fala, padre! — disse Nicolas, como se estivesse cumprimentando um surfista.

Um padre de batina estava sentado a uma mesa de madeira maciça, debruçado sobre um livro. Ele tinha uma barba branca que o fazia parecer mais velho do que realmente era.

Seria uma cena arcaica, quase singela, não fosse o susto que o sacerdote levou quando entramos.

— Nicolas, por favor! — repreendeu ele, fechando o livro com as mãos trêmulas. — Quando você vai aprender a bater na porta?

Estranhei a reação do homem e o livro diante dele. Não havia título nem autoria, com o desenho de uma maçã branca acima de uma mão aberta, ambas dentro de um losango.

O padre Raimundo se recompôs, fechou o livro e o guardou dentro de uma gaveta da mesa, trancando-a com uma chavinha dourada.

— Desculpa, não queria assustar o senhor — disse Nicolas. — Esses são os amigos de que tinha te falado. Rolou um atraso e não deu para virmos ontem. Eles estão interessados na história de Itacira.

— O que vocês querem saber exatamente? — perguntou Raimundo, com um timbre calmo e polido.

— Então — disse Nicolas —, pensei que o senhor podia contar a história da Cruz da Ana.

— Hmm... Só essa?

— Por ora, sim. Não quero alugar o senhor por muito tempo.

Raimundo alisou a barba, olhando para a câmera na mão de Yuri.

— Vocês querem gravar aqui mesmo?

— Pode ser em um dos bancos da igreja? — sugeriu Yuri. — O visual fica melhor.

— Claro. Vamos para lá.

Fiquei tão aliviado quanto desconcertado com a disposição do padre em participar. Pelo que lembrava da lista de Nicolas, a história da Cruz da Ana envolvia mutilação e assassinato. Mesmo que tivesse uma parcela de religiosidade na narrativa, não achei que seria sobre ela que falaríamos com o homem.

Enquanto Yuri posicionava as câmeras para filmar Raimundo, decidi que era hora de deixar claro qual seria nossa abordagem do assunto. Nicolas muito provavelmente não tinha mencionado essa parte.

Eu me sentei ao lado do padre no banco e falei:

— Padre, o nosso documentário vai abordar histórias misteriosas de Itacira, e essa vai ter um enfoque de terror quando for editada. Gostaria de saber se o senhor tem algum problema com isso.

— Problema nenhum — respondeu ele, alisando a barba. — É importante que os jovens conheçam histórias sobre pessoas de vida santa, e compreendo que o entretenimento faz parte disso. Contanto que minhas palavras não sejam distorcidas, não me oponho ao teor.

Agradeci. Raimundo era estranho, mas parecia sensato.

Nicolas saiu do alcance das lentes, e Yuri fez um sinal para eu começar a entrevista.

— Padre Raimundo, o que o senhor pode nos dizer sobre a Cruz da Ana?

Raimundo alisou a barba de novo, dessa vez com mais pose, e começou a contar.

— Cruz da Ana é como os devotos se referem ao cruzamento da rua Acácia com a rua do Cardo, onde fica essa igreja.

Ele gesticulou na direção do altar.

— E por qual motivo as pessoas usam esse nome?

— Foi por conta de uma tragédia que aconteceu muitas décadas atrás. Antes da fundação da cidade havia um vilarejo nessa região, habitado principalmente por famílias que trabalhavam nas plantações de café. Muitos andarilhos passavam por aqui ao realizar travessias pela serra, e as casas do povoado

eram populares por hospedar viajantes. Só que alguns desses visitantes eram mal-intencionados, e um deles se revelou um criminoso da pior estirpe. Foi esse o homem que matou Ana, uma fiel da igreja que dava aula para as crianças da vila. Ele...
— O padre fez uma pausa e fechou os olhos. — Ele a esfaqueou, cortou seus seios e os pendurou numa cerca na beira da estrada.

A precisão do relato soou como sacrilégio naquele ambiente, e os pelos dos meus braços se arrepiaram.

Raimundo continuou:

— Ana não apareceu na escola e foi dada como desaparecida no fim do dia. Os seios foram encontrados ao amanhecer por um lavrador a caminho do trabalho, mas demorou até que os moradores ligassem a atrocidade ao desaparecimento. A confirmação só veio alguns dias depois, quando um grupo de crianças achou uma das mãos enquanto brincavam na mesma encruzilhada onde os seios foram encontrados. Um dos meninos puxou a mão, descobrindo que junto dela estava enterrado o resto do corpo de uma mulher com o tórax dilacerado. Isso aconteceu aqui, neste cruzamento.

O braço do padre fez um movimento em arco, mostrando que se referia aos arredores da igreja.

— Nunca prenderam o assassino, mas Ana foi enterrada com dignidade, longe de onde foi encontrada morta. Uma cruz foi instalada na encruzilhada, que ficou conhecida como Cruz da Ana. Esse evento trágico teria terminado aí, não fosse o que aconteceu após o enterro: no mesmo ponto onde as crianças descobriram o corpo, surgiu uma nascente de água natural, que por fim formou um pequeno córrego. No começo, os moradores evitaram esse córrego, e somente viajantes desavisados bebiam nele. A postura dos habitantes da vila mudou nos anos seguintes, quando milagres passaram a ser atribuídos a essa mesma nascente. Viajantes de cidades cada vez mais distantes passaram a visitar a vila, trazendo os doentes para beber ou se lavar com a água. A fonte deixou de ser amaldiçoada para ser abençoada, e uma capela foi construída do lado dela. Como se por um desígnio divino, Santa Ana, mãe de Maria, era a padroeira da vila. A pobre professora Ana não chegou a ser declarada santa, mesmo assim a Igreja de Sant'Ana acaba tendo essas duas honras.

— Essa nascente ainda existe? — perguntei.

Não lembrava de ter visto nada do tipo no jardim da frente da igreja.

— Sim, claro. A água dela passa por um córrego nos fundos. Os devotos ainda viajam até aqui para recolher um pouco dessa água sagrada.

Terminada a entrevista, perguntei se podíamos filmar o córrego, e o padre nos levou até o local, nos fundos da igreja.

O jardim ali era mais viçoso e bem-cuidado que o da frente. A água surgia cristalina de uma abertura no muro de pedra, correndo sinuosa entre os arbustos. Yuri filmou alguns pontos da nascente e, depois de agradecermos pela atenção, fomos embora.

Não olhei para trás, mas tive a impressão de que o padre Raimundo nos observava atentamente até estarmos do lado de fora.

No cruzamento da frente, Nicolas disse:

— Tem uma parte que ele não comentou.

Yuri apontou a câmera casualmente para ele. Sentamos num banco da praça antes de Nicolas continuar.

— Muita gente acredita que o espírito da Ana ficou preso nesse cruzamento e que assombra os homens da cidade para vingar mulheres injustiçadas. Todo garoto que frequenta essa igreja já ouviu a mãe botando medo, dizendo que "a Ana vai te pegar" quando fazem alguma arte. Dizem que ela aparece com uma faca na mão, e que os seios ficam pendurados por uma corrente ao redor do pescoço.

— Você conhece alguém que já viu esse fantasma dela? — perguntei.

— Não. Digo, os moleques dizem que já viram, mas sabe como é criança, né? Outra coisa que rolava antigamente era aparecerem com peitos de borracha pendurados com uma corrente falsa nas festas à fantasia. Hoje em dia ninguém faz mais isso.

— É, dá para entender por que ele não mencionou essa parte — observei. — Apesar de ele não ter se acanhado com os outros detalhes do caso...

Assim que ele terminou de falar, o sino tocou as doze badaladas do meio-dia.

— Também dizem que o assassino da Ana comeu a maior parte do corpo dela. E que, quando encontraram o corpo enterrado, partes estavam sem carne.

Mais uma história envolvendo corpos mutilados. Senti outro calafrio ao pensar que talvez não desse para encontrar quem desaparecia em Itacira. Porque, quando isso acontecia, não restava nada.

• •

Almoçamos num restaurante de comida caseira numa casa perto da praça, do tipo que só se sabe que é um restaurante quando se entra.

Yuri se lembrou das pinturas que vimos nas laterais da igreja, comentando comigo que elas mostravam o caminho de Cristo na direção do calvário.

— Você é católico? — perguntou Nicolas para Yuri.

— Sou. Minha mãe canta no coral.

— Eu não sou nada — me adiantei, suspeitando que a pergunta também seria feita para mim.

— Ateu?

— Sei lá, não me considero ateu.

Nicolas continuou me olhando, então acrescentei:

— Tenho a mente aberta para o sobrenatural, mas me rotular dentro dos esquemas religiosos não é para mim, entende? — Parei de falar, com receio de soar grosseiro. — Não me incomoda alguém ser religioso, claro — acrescentei. — Só não gosto de ser obrigado a me identificar como nada. Nem ateu, nem agnóstico.

— Entendi — disse Nicolas. — Eu cresci católico, frequentando essa igreja aonde levei vocês. Ainda acredito em algumas partes do que aprendi, mas atualmente nem sei o que sou, na verdade. Devo ser o que chamam de católico não praticante...

— Por que você parou de frequentar? — perguntou Yuri.

— Foi aos poucos, na adolescência. Eu acompanhava o meu pai nas missas e, depois que ele morreu, eu ia com o meu tio. Só que passei a me sentir cada vez mais deslocado. Em grande parte por ser bissexual, sabe? Nunca cheguei a sofrer nenhum tipo de discriminação na igreja. Na verdade, nunca nem ouvi ninguém tocar no assunto lá. Só que aos poucos fui ficando com medo de ouvir algum comentário preconceituoso que me fizesse muito mal. Aí fui deixando de ir. Meu tio ainda chegava a me chamar para ir aos domingos, mas parou quando se ligou que eu não queria mais.

— Entendo — disse Yuri. — Entendo muito bem. Eu também cresci frequentando a igreja...

O silêncio pairou sobre a mesa. Hesitante, Yuri continuou:

— Minha fé é muito importante para mim. Sempre foi. Fui criado na igreja, fiz catequese, crisma, tudo. Minha mãe também é muito católica, e ficou indignada quando contei para ela que era gay. Foram meses muito difíceis. Eu me isolei cada vez mais. Aos poucos voltamos a nos falar, mas ela passou a ignorar completamente o assunto, como se eu não tivesse me assumido para ela. Só que me proibiu de falar qualquer coisa para qualquer um na igreja. Enfim, é complicado...

— Nossa, que difícil, Yuri — comentou Nicolas, pousando a mão de leve na de Yuri. — Sinto muito.

Os dois se olharam e sorriram. Eu me senti desconfortável, como se estivesse atrapalhando aquele momento íntimo entre os dois, e quase cedi ao impulso de me levantar.

— Aliás, vocês viram o livro que ele estava lendo quando nós entramos? — comentei, mudando de assunto.

Nicolas e Yuri fizeram que não.

— O que tem o livro? — perguntou Yuri.

— Não sei, achei estranho o susto que o padre tomou quando chegamos. E acho que já vi aquele livro em algum lugar — respondi.

— Pode ser algum livro de simpatia — disse Nicolas. — Ele está sempre estudando essas coisas de fora da igreja.

— Vamos indo? — falou Yuri, chamando o garçom para pedir a conta. — Quero aproveitar o sol para fazer mais tomadas da cidade.

Guardei a curiosidade sobre o livro para mim. Talvez eu estivesse ansioso demais para conectar pontas soltas, mas era impossível afastar a sensação de que tinha coelho naquele mato. Ou um animal bem mais perigoso. E eu não ia parar de sondar até encontrar.

CAPÍTULO 9

No dia seguinte, acordei cedo demais. A escuridão da madrugada mal tinha começado a se esvair.

Esperei a respiração desacelerar, tentando desapegar de mais um pesadelo.

Passei a hora seguinte pesquisando crimes. Mais especificamente, casos ocorridos nos arredores de Itacira. Não encontrei nada que fosse promissor, pois os crimes ocorridos na cidade só eram comentados junto aos ocorridos na região. Itacira era pacata demais, mesmo para uma cidade pequena. A morte de Daejung era lamentada em algumas matérias, mas não havia suspeita de ter sido algo além de um acidente. O desaparecimento de Cauan não era citado on-line em lugar algum. Seu perfil, que encontrei pelo de Nicolas, só parecia ser o de alguém que postava pouco.

As postagens mais antigas eram compatíveis com o que eu sabia: Cauan morava com uma tia em Macaé, mas eles não se davam bem. Depois de conhecer Nicolas, ele se mudou para Itacira para morar com ele no prédio. De acordo com Nicolas, Cauan era "muito vida louca", o que não chegava a transparecer naquelas fotos.

Vasculhei um pouco mais a conta, passando por fotos dele com Nicolas, com Vivian, com Sofia. Parei em uma com os quatro juntos. A banda completa. A última, postada antes de ele sumir, era uma selfie comum de um garoto magro de óculos. Ele até lembrava um pouco o Yuri.

Pensei no que Yuri havia falado: e se realmente tivesse acontecido algo ruim com o Cauan? Por mais que estivéssemos atrás de um mistério, ao ver aquelas fotos fiquei apreensivo. O drama de Nicolas era real demais. Aproveitei que Yuri se mexeu na cama e acordou para escapar da espiral de compaixão que ameaçou me engolir.

Naquele dia da programação faríamos uma visita ao Estúdio Blitz. Existia uma lenda urbana ligada ao prédio onde ficava o estúdio, que também era onde a Witch Time gravava. Além da lenda, havia mais um motivo para a visita: era o prédio onde Daejung havia morrido.

— Que pesado isso — disse Yuri, escovando os dentes. — Imagina produzir onde o próprio pai morreu?

O prédio do Estúdio Blitz ficava próximo da ponte, beirando o rio das Esmeraldas. O quarteirão era do lado norte, o que o tornava distante o bastante para que fosse melhor irmos de Kombi.

Era um prédio de seis andares, alto para os padrões de Itacira. Nicolas mencionara que ali funcionavam escritórios de várias empresas, mas visto de fora mal dava para desconfiar de que se tratava de um imóvel comercial.

Internamente, não havia dúvida: diferente da arquitetura colonial externa, o salão principal do lugar era uma grande área comum com móveis de escritório modernos. Bonecos de vinil cabeçudos enchiam as prateleiras, e as paredes eram recheadas de LPs e quadros de arte pop de artistas que eu desconhecia. No melhor estilo start-up, para cada detalhe profissional havia um elemento espirituoso, dando ao salão um aspecto deliberadamente casual. De alguma forma, a mistura funcionava.

Nicolas nos guiou pelas instalações, tão à vontade ali quanto em casa.

Cumprimentava todo mundo e às vezes parava para trocar ideia com alguém. Era importante deixá-lo à vontade, pois a parte difícil estava por vir.

— Nicolas, em que parte do prédio exatamente o seu pai foi encontrado? — perguntei, com delicadeza.

— Foi numa sala de gravação nos fundos. Vamos, eu levo vocês lá.

Era uma sala de gravação normal, cheia de equipamentos de áudio, computadores e uma cabine com microfones e instrumentos.

— Ele foi encontrado ali, debaixo dos escombros.

Nicolas apontou para um canto da sala, e Yuri filmou.

Fiquei sem saber o que dizer. A naturalidade com que falava daquilo era tão útil quanto inquietante. Um garoto apontando para o local onde o pai morreu, como se mostrasse o ponto de ônibus para alguém perdido. Entretanto, Nicolas estava vinculado pelo coração àquela fatalidade, e esse era um vínculo que podia cegar.

Yuri e Nicolas olharam para mim como se eu fosse capaz de solucionar um enigma com um estalar de dedos. Olhei para o chão e para as paredes, tentando enxergar algo que Nicolas não tivesse visto nos anos em que frequentou aquela sala.

— Tem como você conseguir a planta do prédio? — perguntei.

— Tenho lá em casa.

Provavelmente ele já tinha olhado aquela planta inúmeras vezes, tentando extrair algum sentido daquela tragédia.

— Vamos subir? — disse ele, a voz soando como uma virada de página. — O mural fica no último andar.

O mural era a origem da lenda urbana que existia no prédio. Enquanto subíamos, Nicolas explicou isso para a câmera.

— Teve um período em que Itacira foi berço de muitos artistas experimentais, com uma arte bem alternativa. Esse prédio é dessa época, então aproveitaram a cena artística que estava rolando e chamaram alguns pintores para pintar murais nas paredes. Era para cada andar ter o trabalho de um artista diferente.

A porta do elevador se abriu num corredor de tons sóbrios.

— Um desses caras era o Sigma, um pintor de corpos. A arte dele era bem original. Além de pintar em tela, ele gostava de pintar no corpo de modelos nus, que depois fotografava de vários ângulos.

Havia pouco do trabalho daquele pintor na internet. A maioria das informações era sobre o que aconteceu em seguida.

— Ele começou a pintar e a instalar esculturas nesse andar inteiro. Só que o projeto desandou quando descobriram que ele tinha abusado dos modelos depois de drogá-los durante as sessões.

No final do corredor, Nicolas abriu a porta do banheiro. O andar tinha sido coberto por novas mãos de tinta, e a única arte de Sigma que restava ficava ali, num mural de azulejos.

Para entrar nos banheiros propriamente ditos, passava-se por um ambiente com sofá e espelhos, com portas adjacentes que dividiam as cabines das mulheres das dos homens. No fundo daquele espaço ficava o mural.

Parecia inofensivo e abstrato, mas, quanto mais o olhar se demorava na peça, mais nítidos ficavam os traços, e o verdadeiro teor das imagens se revelava: corpos se enroscavam de maneiras impossíveis, com apêndices surgindo de pontos aleatórios dos membros entrelaçados. As figuras retratadas tinham cabeças de animais e decididamente não eram humanas, mas eram antropomorfizadas o suficiente para causar uma mistura de familiaridade com estranheza.

A imagem também era extremamente sexual. Experimental ou não, eu me perguntava como é que aquilo tinha sido aprovado.

— A vibe nesse banheiro é excepcionalmente ruim — comentou Yuri.

— É pior do que eu lembrava — disse Nicolas do meu lado. — A última vez que estive aqui foi com o Cauan.

— Vocês vieram ver o mural juntos?

— Nem. Esse banheiro tá sempre vazio, daí a gente se pegava aqui de vez em quando.

O prédio onde o pai morreu. O banheiro onde ele beijava o namorado. De novo aquela sensação de intimidade invasiva.

— O que aconteceu com o Sigma? — perguntou Yuri.

— Ninguém sabe. Na história ele some quando vira suspeito de ter abusado dos modelos. Tem poucas fotos on-line das pinturas que ele fazia nos corpos, mas dizem que ele chegou a pintar até cadáveres. E que acharam pedaços de corpos no ateliê dele.

Fotografei a parede em diferentes ângulos, e Yuri filmou. A ilusão sinistra criada por aquele mural tomava os meus olhos como reféns, obrigado a descobrir os detalhes deformados nas cores.

Respirei melhor quando fomos embora. Ao sair do prédio, foi como se uma multiplicidade de mãos e dedos tivessem soltado o meu corpo e voltado para dentro daquele mural.

Um lugar bonito e moderno, com morte e abuso pelos cantos.

• •

Mais tarde, após uma parada para Nicolas botar comida no pote de Satanás, descemos com ele para o Sétimo Selo. Era uma das noites de caraoquê no bar. Segundo Nicolas, era a noite que mais enchia, fora os fins de semana, quando a Witch Time se apresentava.

— Cheio, muito cheio — acrescentou João, como se odiasse aquilo.

Finalmente conheci o tio do Nicolas. João era um homem de poucas palavras. Tinha a pele tão clara quanto a de Nicolas, mas no caso dele a palidez parecia ser fruto de nunca sair ao sol. Ia de um lado para o outro, atendendo os clientes.

Na mesa, Nicolas nos apresentou rapidamente aos amigos, e não consegui guardar o nome de ninguém. Tive dificuldade de me conectar com tanta gente ali, e fiquei um pouco desconcertado. Yuri se saía melhor naquilo: foi recebido aos aplausos, pois mal chegou e já saiu pedindo uma torre de cerveja para o garçom.

Mais de uma hora depois eu ainda não tinha passado do primeiro copo. A bebida já estava quente, mas era parte da minha estratégia social. Dizer que não era chegado em álcool geralmente levava a uma insistência cansativa por parte dos que bebiam, então me acostumei a beber pelo menos um pouco para evitar aporrinhação.

Yuri também se saía melhor do que eu nisso: ele entornava que era uma beleza.

— Não acredito! — falou ele em resposta a algum comentário que não ouvi, gargalhando em seguida.

— Sério! — disse Nicolas, num tom de voz mais alto ainda.

Além de Sofia e Vivian, havia uma série de amigos da banda à mesa, mas, mesmo com o falatório e a cantoria, o ambiente mantinha um ar intimista. A luz baixa junto da estética alternativa criava um clima cativante, que distinguia o bar dos outros locais da cidade que eu tinha conhecido.

— Eu não gosto de filme de terror — falou Vivian do meu lado para outra pessoa.

— Mas você gosta de bruxaria! — disse o cara com quem ela conversava.

— Uma coisa não tem absolutamente nada a ver com a outra — argumentou ela.

— Cuidado pra não ofender o Theo, hein! — disse o garoto, como se fosse meu amigo. — Ele vive disso!

— Não tenho problema com as pessoas não curtirem terror — expliquei, mas o cara já tinha se voltado para outra conversa.

Vivian se virou para mim e balançou a cabeça.

— Não esquenta com ele, não — comentou ela. — Tem uns amigos do Nicolas que são um porre.

— Tranquilo, estou acostumado. Eu curto terror desde pequeno. É de família.

— Como assim?

Puxei o celular e procurei uma foto no perfil do meu pai. Vivian se virou um pouco na cadeira para olhar a tela.

— Uau!

A foto mostrava meu pai e minha mãe. Ele, vestido de Drácula, fingia morder o pescoço dela, que usava um vestido de noiva com motivos vampirescos.

— Eles são viciados em terror também, então desde criança eu vejo esses filmes — contei.

— Você diz desde adolescente, né?

— Não, desde pequeno mesmo. Seis anos, por aí. O primeiro filme da coleção dos meus pais que eu vi foi *Uma Noite Alucinante*. Depois acho que foi *Suspiria*. O original, não o de 2018. O de 2018 é excelente também.

— Você tá dizendo que eles te faziam ver filmes de terror desde que tinha seis anos? Pra quê?

— Eu que comecei vendo escondido, mas, depois que eles descobriram, meio que virou uma atividade em família. Era divertido.

Vivian olhou para a foto na tela de novo.

— Que figuraças. E você é tão sério!

Vivian se voltou para outra pessoa para responder a alguma pergunta, e o papo sobre meus pais chegou ao fim.

Sempre me perguntei se minha obsessão por filmes de terror era a causa dos meus pesadelos constantes, mas com o tempo entendi que era justamente o contrário: eu não tinha pesadelos porque gostava de terror. Eu gostava de terror *porque* tinha pesadelos. De certa forma, ver esses filmes era como estar em casa e reencontrar velhos amigos. Ali, eu me sentia menos anormal. Mais adequado.

— Os três juntos? — disse Yuri ao meu lado, o fio solto de alguma outra conversa. — Ao mesmo tempo?

— Sim — disse Nicolas. — Nós namoramos.

Tentei entender do que eles estavam falando. Suas vozes estavam mais baixas, quase conspiratórias.

— Você, a Vivian e o Cauan? — perguntou Yuri.

— Isso... — respondeu Nicolas. — Formamos a banda nessa época.

— Certo, vocês se gostavam. Mas vocês *dormiam* juntos? Isso que quero entender.

Eu me ajeitei na cadeira. Nicolas não pareceu incomodado com a pergunta de Yuri e continuou falando:

— Dormíamos. A Vivian acabou se afastando com o tempo, mas foi de boa. Eu e o Cauan continuamos juntos.

— Também tive um rolo recente que terminou — comentou Yuri.

Senti uma insinuação mordaz na voz embriagada dele, do tipo que surgia quando não queria ser passado para trás numa conversa. Desejei que Yuri não acrescentasse mais nada à frase, mas, para o meu azar, foi exatamente o que fez.

— Com o Theo.

— Nada a ver falar disso, Yuri — disparei, sem conseguir conter meu constrangimento.

— Tudo a ver, ué — rebateu Yuri.

Fiquei enjoado com o cheiro de álcool no hálito dele.

— Que rolo? — perguntou Nicolas, com um sorriso provocante.

— Então... Eu e o Theo já ficamos várias vezes — respondeu Yuri.

Droga.

— Eita, sério? Quer dizer, os fãs do canal vivem shippando vocês, mas não sabia que vocês tinham um lance real.

Meu rosto e as pontas dos meus dedos esfriaram. Conferi as demais pessoas do grupo para ver se alguém tinha escutado e avistei Sofia, prestando atenção do outro lado da mesa. Nossos olhares se encontraram por um instante.

— Pois é, no começo a gente não ficava, mas acabou acontecendo. Agora acho que o Theo não quer mais.

Droga. Droga. Droga.

— Por que não? — questionou Nicolas, sem deixar claro se a pergunta era para Yuri ou para mim.

Eu estava ficando enjoado de verdade. Tive que me levantar e pedir licença a Yuri para sair do banco encostado na parede.

— Tudo bem? — perguntou ele, se levantando e tocando de leve no meu braço.
— Tudo, sim. Só preciso tomar um ar.
— Quer companhia?
— Tranquilo. Não precisa.

Enquanto ele se afastava para eu passar, percebi que Sofia continuava me encarando. Tentei me mover sem pressa. Queria sair discretamente, não criar uma cena.

Saí do bar e subi as escadas do beco, inspirando fundo. A brisa com aroma floral de mais cedo continuava soprando.

Puxei o celular do bolso e comecei a navegar pelas contas do Visão Noturna, sem atentar de verdade a nenhuma notificação ou comentário. Então, parei na postagem com a nossa selfie no hotel.

Essa noite era literalmente a primeira vez que Yuri falava sobre termos parado de ficar. Tinha começado com um beijo aqui, outro ali. Depois uns amassos repentinos, que em alguns casos chegaram a atrasar a produção dos vídeos.

Quando parecíamos prestes a passar para algo mais intenso, senti o perigo. Meu corpo queria mais, mas meu coração começou a reclamar da casualidade daquilo. Passei a negar fogo nas investidas de Yuri. Fomos parando sem nem conversar sobre o que houve.

Em retrospecto, teria sido bom se ele tivesse perguntado se estava tudo bem, embora nem eu mesmo soubesse direito o que queria.

Minha única certeza era que nossa amizade e nosso trabalho ficavam acima de qualquer dilema romântico. Não dava para prever o que aconteceria se eu começasse a expor meus *sentimentos* para o Yuri, por isso me esforçava para deixar o assunto de lado.

Resumindo, era confuso. E eu definitivamente não queria tratar disso numa mesa de bar. Só queria fingir que aquele papo não tinha acontecido. Respirei fundo.

Mais calmo, já estava preparado para voltar quando escutei um barulho diferente. Parecia um gemido. Ergui o rosto e vi um homem sentado no chão do beco, meio escondido pelas sombras. Devia ser um cliente do bar, provavelmente bêbado. Notei que sua camisa estava empapada com o que devia ser cerveja. Só que não era cerveja.

Era sangue.

E o rosto do homem estava contorcido pela dor.

— O senhor está bem? — perguntei.

O sangue jorrava sem parar.

O chão debaixo dele também estava molhado.

— Cadê o Tonho? — chamou ele, com a voz vacilante.

— Quem?

— O Antônio! O Tonho!

Só então o reconheci.

— Seu Anderson? É você mesmo, do posto? O que tá acontecendo? — Minhas dúvidas saíam entrecortadas, sem sentido, como se eu tivesse esquecido como se falava. — Espera, vou chamar ajuda.

Ao invés de entrar no bar, meu impulso foi pegar meu celular, ligar para alguém, fazer alguma coisa. Não conseguia me mexer.

— O que fizeram com o Tonho? Cadê meu irmão?

— Não sei... Eu não sei... — respondi, minha voz ficando cada vez mais baixa.

A vertigem aumentava, e me recostei na parede, escorregando nela até me sentar, atordoado.

Fechei os olhos. Só podia ser mais um pesadelo.

CAPÍTULO 10

— O que você viu, Theo?

Já tinham me perguntado aquilo.

Dessa vez o questionamento partia da polícia.

— Eu saí para tomar um ar e ele estava sentado no chão. Pensei que estivesse bêbado. Ele perguntou sobre o Antônio, acho que é o irmão dele ou coisa assim. Fiquei assustado quando percebi que ele estava sangrando. Aí ele... caiu.

— Certo — disse a mulher.

A policial escrevia num bloco enquanto eu falava. Bebi mais um pouco de chá e balancei o líquido no copo.

Depois de me encontrar do lado de fora, junto ao corpo sem vida e ensanguentado de Anderson, Yuri tinha me levado para dentro do bar e me dado um chá gelado com bastante açúcar. A clientela tinha se retirado, exceto pelos três integrantes da Witch Time e nós dois. João, o tio do Nicolas, falava com outro policial.

— Já levaram o corpo? — perguntei.

Tinha escutado alguém dizer que Anderson havia morrido antes de a ambulância chegar.

— Já, sim.

A policial olhou para mim, como se quisesse entender o motivo da pergunta. Eu só não queria vê-lo de novo quando passasse por lá.

Sofia se aproximou e se sentou numa cadeira ao meu lado.

— O Theo não tem nada a ver com isso, Cristina — disse ela para a mulher. — Ele estava aqui com a gente.

A policial fez um muxoxo.

— Deixa eu fazer o meu trabalho, Sofia — rebateu ela.

Sofia se remexeu na cadeira.

— Estou preocupada com ele.

—Vocês se conhecem de onde? — perguntei.

— Theo, essa é minha irmã, Cristina — respondeu Sofia. — Cristina, esse é o Theo.

Enquanto Sofia tinha o cabelo loiro, o de Cristina era preto e estava preso num coque. Ela era musculosa e parecia não usar maquiagem, mas, tirando isso, dava para ver que as duas compartilhavam os mesmos traços.

— Prazer, Theo — falou Cristina, sorrindo. Então se levantou, guardando a caneta e o bloco no bolso. — Talvez nós entremos em contato com você de novo, mas não se preocupe. Você não é suspeito de nada.

Ela se afastou e se juntou ao outro policial, que falava com João no balcão do bar.

—Você está bem? — perguntou Sofia.

— Sim. Não é a primeira vez que lido com a polícia.

— Estou falando sobre o que aconteceu lá fora. Como você está se sentindo?

— Ah. Foi péssimo, mas acho que estou legal. Obrigado.

Assim que Cristina se afastou, Yuri, Nicolas e Vivian se aproximaram da mesa e se sentaram conosco.

— Que loucura — disse Nicolas. — Eu conhecia aquele cara.

Todos olhamos para ele ao mesmo tempo.

— Como assim? — perguntou Sofia.

— Digo, não conhecia pessoalmente. Ele era um mendigo que aparecia aqui de vez em quando. Meu tio costumava ajudar com comida e tal. Ele tá sempre ajudando os moradores de rua. — Nicolas olhou para o balcão, onde João se despedia dos policiais. — O que faz a fama dele não ser muito boa por aqui.

— Na verdade, a gente também conheceu ele — comentou Yuri. — Encontramos ele e o irmão num posto no caminho e demos carona até aqui.

— Sério? — disse Vivian, surpresa. — Mas que coincidência bizarra!

— E, na verdade, ele não era mendigo — emendei. — Estava atrás de trabalho no festival.

— Desculpa, é força do hábito — disse Nicolas. — O povo desse bairro é muito nariz em pé e vive chamando as pessoas que não se encaixam nos padrões de riqueza deles de mendigos. Eles pagam de hippies desconstruídos, mas têm horror a pobre.

— Enfim... — falou Sofia. — Acho que chega por hoje.

Por mais cansado que estivesse, estava ficando elétrico e queria continuar ali. Precisava falar com João para coletar mais informações sobre Anderson e Antônio e tentar descobrir o que a polícia sabia.

Yuri massageou o meu ombro.

— Amanhã a gente continua, Theo.

Esfreguei o rosto.

— Beleza. Melhor mesmo.

● ●

Não tive pesadelos nessa noite. A realidade do que aconteceu devia ter sido perturbadora o suficiente.

Apesar de todos terem dito que fiquei em estado de choque com o ocorrido, na manhã seguinte acordei bem-disposto.

Estremecia quando era atingido pela lembrança do homem ensanguentado, num misto de horror e fascínio. O que tinha acontecido era terrível, mas só conseguia pensar que deveria ter erguido o celular para filmar. Achei melhor não comentar isso com ninguém.

Passamos boa parte do dia no prédio de Nicolas, editando vídeos e lidando com as mídias sociais do canal. Yuri se sentou perto de mim, e Satanás se acomodou ao seu lado.

— Ele gostou de vocês — falou Nicolas, sorrindo.

Yuri fez um carinho na cabeça do cachorro e desdobrou suas orelhas grandes, que insistiam em ficar viradas para trás sempre que ele se sacudia.

— Nós vamos incluir o que aconteceu ontem no documentário? — quis saber Yuri, deixando o cachorro de lado.

Ele olhava para mim com certa hesitação, sem deixar transparecer se achava a inclusão uma ideia boa ou ruim.

— Pode pegar mal, é muito recente — respondi. — Além de parecer uma forçação de barra tremenda eu ter visto alguém morrer assim que cheguei aqui. Se colocarmos no primeiro episódio, provavelmente vão dizer que foi combinado. Melhor não, pelo menos por enquanto.

— Sério que alguém acharia isso mesmo? — questionou Nicolas.

— Você ficaria surpreso — falei. — Ainda não acredito que isso rolou. Devo ser amaldiçoado mesmo.

— Nada a ver, Theo — disse Yuri, colocando a mão na minha perna e tentando me confortar.

Dei de ombros.

Por conta de barulhos inexplicáveis e situações inusitadas nos nossos vídeos, era comum dizerem nos comentários que eu era um ímã de bizarrices.

— Foi uma coincidência péssima mesmo você ter saído bem naquela hora — comentou Nicolas.

Senti um peso no estômago ao lembrar dos motivos que me fizeram sair do bar naquele momento.

— O que aconteceu com o cara, afinal? — perguntou Yuri.
— Ele foi atacado?

— A Sofia soube pela Cristina que ele tinha cortes de faca no peito e na barriga — informou Nicolas. — Mais detalhes, só depois da perícia.

— Nicolas, eu queria falar com o seu tio mais tarde sobre isso — avisei. — Uma entrevista formal mesmo, para o caso de citarmos isso depois.

— Posso até pedir, mas já adianto que ele não vai topar. Nem comigo ele queria falar do assunto.

— Por quê?

— Meu tio não é chegado nessas coisas de... *conversar*. Especialmente quando é algum tema pesado. Sempre fica falando: "Não tem por que ficar se intrometendo onde não é chamado. O que aconteceu aconteceu e pronto."

— Bom, nesse caso é diferente, né? — falei. — Eu meio que estou envolvido.

Satanás saltou do sofá e foi para o colo de Nicolas.

—Também acho. Mas ele é assim.

— Onde ele está agora?

— Lá no bar mesmo. Ele tem um quarto nos fundos.

— Achei que ele morasse num dos apartamentos — disse Yuri, erguendo os olhos da tela do computador.

— Não. Ele não quer. Me admira ele ter o bar aqui, na verdade. Meu tio e meu pai não se davam muito bem.

— Nicolas, você acha que ele pode saber alguma coisa sobre o que houve com seu pai?

Nicolas respirou fundo.

— Acredito que não... Nem gosto de pensar nisso. Ele ajudou a me criar, sabe? Ele é bem reservado, mas não é má pessoa.

— E o Antônio, você sabe se ele aparecia por aqui com o irmão também?

— Esse eu não via tanto, mas ouvi meu tio explicar para a polícia que ele também ia até o bar pegar latinhas usadas. Já fazia um tempo que não aparecia.

Continuamos trabalhando enquanto eu ruminava, deixando as informações se associarem livremente na minha cabeça.

Desaparecimentos. Mortes. Algo me dizia que aquilo tudo estava conectado.

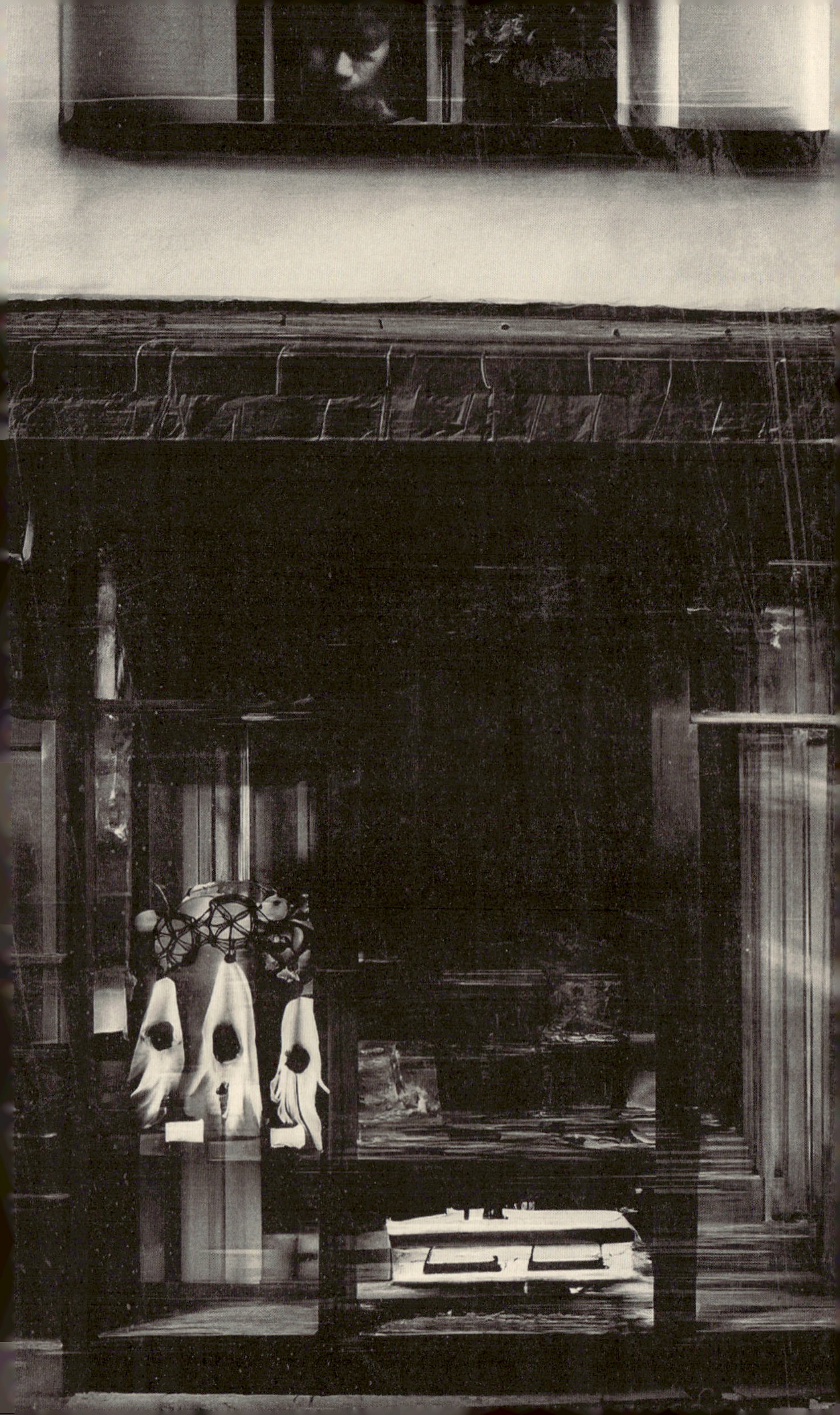

CAPÍTULO II

Todos se mostraram preocupados comigo e fizeram questão de confirmar se eu estava bem para seguir adiante com o trabalho. Até Yuri afirmou categoricamente que não teria problema interrompermos o projeto depois do que testemunhei na entrada do bar.

Eu repetia que, sim, estava bem e que queria continuar. Na verdade, depois de me recuperar do choque, precisei esconder a *empolgação* que estava sentindo. Era óbvio que ver alguém morrer na sua frente era um impacto e tanto, mas as perguntas que aquele acontecimento suscitara eram sedutoras demais para serem ignoradas.

A etapa seguinte das filmagens foi decidida depois que chegamos a Itacira, quando ficamos sabendo por Nicolas que Vivian trabalhava num antiquário. A loja não estava na nossa lista por não guardar nenhuma lenda em particular ou estar envolvida em eventos misteriosos, mas não podíamos deixar de visitar um antiquário local, nem que fosse para descolar umas boas imagens.

O estabelecimento se chamava É Velha Mas é Boa e tinha um ar mais divertido do que eu esperava. Era uma mistura de butique de velharias com loja esotérica.

— E aí? — disse Vivian, quando entramos.

Ela usava um avental gasto e tinha um espanador na mão. Apesar do cabelo rosa, Vivian se encaixava bem em meio aos objetos aleatórios do antiquário, como se fosse mais uma incoerência num ambiente que já não fazia muito sentido.

Andamos pelo corredor principal, com forte cheiro de incenso. Entre filtros de sonhos e baús antigos, entendi o conceito do lugar. Fui acompanhado pelo olhar de animais em vários materiais diferentes. Pequenas estátuas de gesso ou cobertas por cristais, mais ligadas à parte esotérica, e bichos empalhados ou esculpidos em madeira maciça, provavelmente antiguidades que não se encontrava em qualquer lugar. Ali o mundano se misturava com o místico de um jeito despretensioso.

Por mais fascinante que o ambiente fosse, ele me deixou meio abatido. Os objetos místicos me davam a sensação de serem o último recurso da esperança em algo melhor que nunca chegava. Já a parte do antiquário não passava de um cemitério de objetos indesejados. Um lugar excepcional para encontrar algum item amaldiçoado, de fato, mas a realidade costuma ser bem menos romântica. Aquilo que se ama pode virar lixo com uma velocidade cruel. Senti um aperto no peito ao considerar que relações eventualmente também se desgastavam.

Resolvi me afastar um pouco e explorar sozinho os recantos da loja.

— Procurando algo em especial? — perguntou Vivian, como se eu fosse mais um freguês.

— Nada específico. Você tem algum objeto que já venha com um fantasma embutido? — brinquei.

— Não que eu me lembre. Mas temos vários livros sobre o assunto, novos e usados. Quer dar uma olhada?

Sorri e aceitei o convite. Ela me levou a uma estante do outro lado da loja.

— Tem vários assuntos aqui, todos com uma pegada esotérica ou de autoajuda. Vários sobre chacras, medicina alternativa, óleos, bruxaria e mais um bando de outras designações.

De repente, me veio uma lembrança à mente.

— Cara, isso me lembrou um livro que vi um dia desses. A capa tinha um losango e uma mão segurando uma maçã branca.

— Acho que já vi esse símbolo. Calma aí.

Ela procurou na estante até chegar ao setor de feitiçaria. De lá, tirou um livro antigo e empoeirado.

— Aqui, dá uma olhada nas imagens — disse Vivian. — Acho que tem esse símbolo em uma das páginas.

— Nossa, que memória boa!

— Eu estudo um pouco do assunto. Esse livro é bem geral, bom para quem está começando.

Folheando, encontrei as páginas a que ela se referia. Na da esquerda, havia ilustrações antigas de círculos com desenhos em seu interior. Na da direita, estava o símbolo que eu procurava: o losango, a mão e a maçã.

— Eu lembro dessa parada — comentei com Vivian. — Falamos disso em um vídeo nosso sobre feitiçaria no Brasil, sobre São Cipriano e tal.

— Isso. Cipriano foi um bruxo que se converteu ao cristianismo e depois virou santo.

— "Além do Capa Branca, existem também os volumes Capa Preta e Capa de Aço" — li em voz alta. — "Os livros supostamente registram o aprendizado que ele adquiriu em viagens pelo mundo, com listas de suas magias e encantamentos. Pouco se sabe sobre a veracidade de tal conteúdo, e ainda não há comprovações de sua real autoria. Muitas cópias falsas incluem seu nome em busca de credibilidade, sendo que a maioria só surgiu séculos depois de sua morte. Mesmo a existência de São Cipriano é duvidosa. Apesar de a Igreja Católica reconhecer um santo com esse nome, suas histórias envolvendo feitiçaria são cheias de mitos populares."

Um santo católico. Talvez o padre estar lendo isso fosse menos estranho do que eu suspeitava.

— Você acredita em bruxaria? — perguntou Vivian.

— Tenho vontade de provar que existe.

— Nunca me aprofundei na doutrina de São Cipriano, apesar de gostar de bruxaria. Não a da versão das histórias, a do paganismo real mesmo. Wicca e tal.

Procurei Yuri com o olhar para ver se poderia filmar aquela conversa, mas ele estava em outro canto da loja com Nicolas. Senti vontade de erguer a câmera que estava comigo, mas fiquei com receio de Vivian se sentir constrangida e desistir de falar, já que ainda não tínhamos feito qualquer entrevista formal com ela.

Isso me fez lembrar dos questionamentos de Sofia sobre o documentário. Ainda precisava entender aquilo.

— E a Sofia? Curte bruxaria?

— Não — respondeu Vivian. — A Sofia é legal, mas foi criada toda certinha e se sente obrigada a ficar na linha.

Observei os livros nas prateleiras. Estavam organizados por gênero e título.

— Como é trabalhar aqui? — perguntei.

— Normal. Tem dias legais e dias chatos. Só não recomendo para quem tem rinite.

Eu ri. A loja era limpa, mas devia ser impossível eliminar totalmente a poeira ali dentro.

— A minha mãe sempre gostou de antiguidades — contou Vivian. — Ela que me arrumou esse emprego. É amiga de infância do dono, o seu Quinho.

— Sua mãe mora por aqui?

— Mora comigo aqui perto, mas no momento ela está no hospital tratando um câncer.

— Caramba. Sinto muito.

— Valeu. O tratamento está indo bem. O hospital que tem aqui é pequeno, mas felizmente é ótimo.

Passei os dedos na lombada do livro *A cidade & a cidade*, de China Miéville.

— Já leu esse? — perguntou Vivian.

— Não. Gostei do título.

— O autor é show, sou fã. Esse livro é bem louco. É sobre duas cidades que existem sobrepostas. Aí os moradores de uma são educados desde pequenos a não enxergar os moradores da outra. É difícil explicar, mas no livro faz sentido.

Puxei o livro e folheei. Então, aproveitando que Yuri e Nicolas estavam mais afastados, perguntei:

— O que você acha que aconteceu com o Cauan, Vivian?

Ela olhou para baixo, apreensiva, então focou a atenção na estante à nossa frente.

— Sei lá, Theo. Não faço a menor ideia. Só sei que ainda dói.

Uma resposta curta, mas com muito sentimento. Suspeitava que ela preferia não tocar naquele assunto com Nicolas tão perto, mas talvez Vivian só não soubesse o que pensar mesmo.

— Fico dividida — continuou ela depois de um instante. — Tem uma parte de mim que acha que ele pode ter ido embora sem falar nada. É improvável e seria uma merda, mas ao menos significaria que ele está de boa em algum lugar. E tem outra parte que acha que...

Ela não concluiu. Nem precisava.

— E o pai do Nicolas? Você acha que a morte dele foi criminosa?

— Também não faço ideia. O Nicolas e o Cauan ficaram obcecados com a ideia de assassinato. Aí o Cauan sumiu. E o Nicolas entrou em uma fase bem ruim.

— Ele parece bem agora.

— É. Parece. — A expressão de Vivian ficou taciturna. — Não sei se ele vai ficar realmente bem de novo um dia. Amo essa cidade, mas não sei se Itacira é boa para ele.

— Como assim?

— O pai do Nicolas projetou essa cidade e morreu aqui. Isso ferra com a cabeça dele. Só que também não sei *onde* ele seria feliz. — Ela espanou uma parte da prateleira que já estava limpa. — Confesso que também não gosto de você e do Yuri remexendo essa história. Nada contra vocês, não é pessoal, mas o Nicolas vai ficar chafurdando nessa merda de conspiração de novo. Não sei se foi crime ou não. Só sei que não vai ser bom para ele.

Podia tentar me defender, apesar de não haver muito o que dizer. A ideia da investigação partiu de Nicolas. Qualquer decisão quanto àquilo cabia a ele.

— Entendo — falei.

Ela suspirou.

— Também sei que não adianta ficar falando para o Nicolas fazer isso ou aquilo. Então paciência, né? Só quero que as coisas fiquem bem.

— Não quero machucar ninguém, Vivian.

— Obrigada, Theo. — Sua expressão se suavizou. — Não estava achando nada do tipo, mas é bom escutar isso.

A alguns metros de nós, Nicolas brincava com uma máscara de demônio e fazia Yuri rir enquanto filmava. Coloquei *A cidade & a cidade* de volta na prateleira e me juntei a eles.

No final das contas, estávamos todos no mesmo barco. Um barco que não sabíamos onde ia parar.

• •

— Acabei!

O grito de Yuri ecoou pelo apartamento quando ele terminou de editar o vídeo. Assistimos juntos ao episódio na televisão de Nicolas, com um sorriso no rosto. A edição de Yuri estava, como sempre, primorosa.

— Ficou ótimo — elogiou Nicolas. — Parece um filme.

— Só senti falta de mais tomadas aéreas — comentou Yuri. — O trecho que filmamos do mirante ficou irado, é uma pena não termos umas vinhetas que mostrem mais do vale.

— Ah, eu tenho um drone — disse Nicolas. — Podem usar se quiserem.

— Tá zoando? Demorou! — comemorou Yuri.

Cliquei em alguns botões para disponibilizar o episódio no canal do Visão Noturna. Senti o arrepio familiar de saber que nosso esforço seria apreciado por milhares de pessoas.

O vídeo não explorava todos os elementos que eu queria, mas abordava os pontos principais da nossa visita. Estava ótimo para um começo. Mesmo que a morte do pai de Nicolas fosse um acidente, em breve teorias insanas e pistas inventadas dominariam os comentários. Também haveria pessoas fingindo ser o Cauan e coisas ainda piores.

O circo digital estava armado, mas aquele furor on-line também tinha suas vantagens. No meio de tudo isso talvez aparecesse alguma informação útil.

O primeiro episódio estava pronto. E estava no ar.

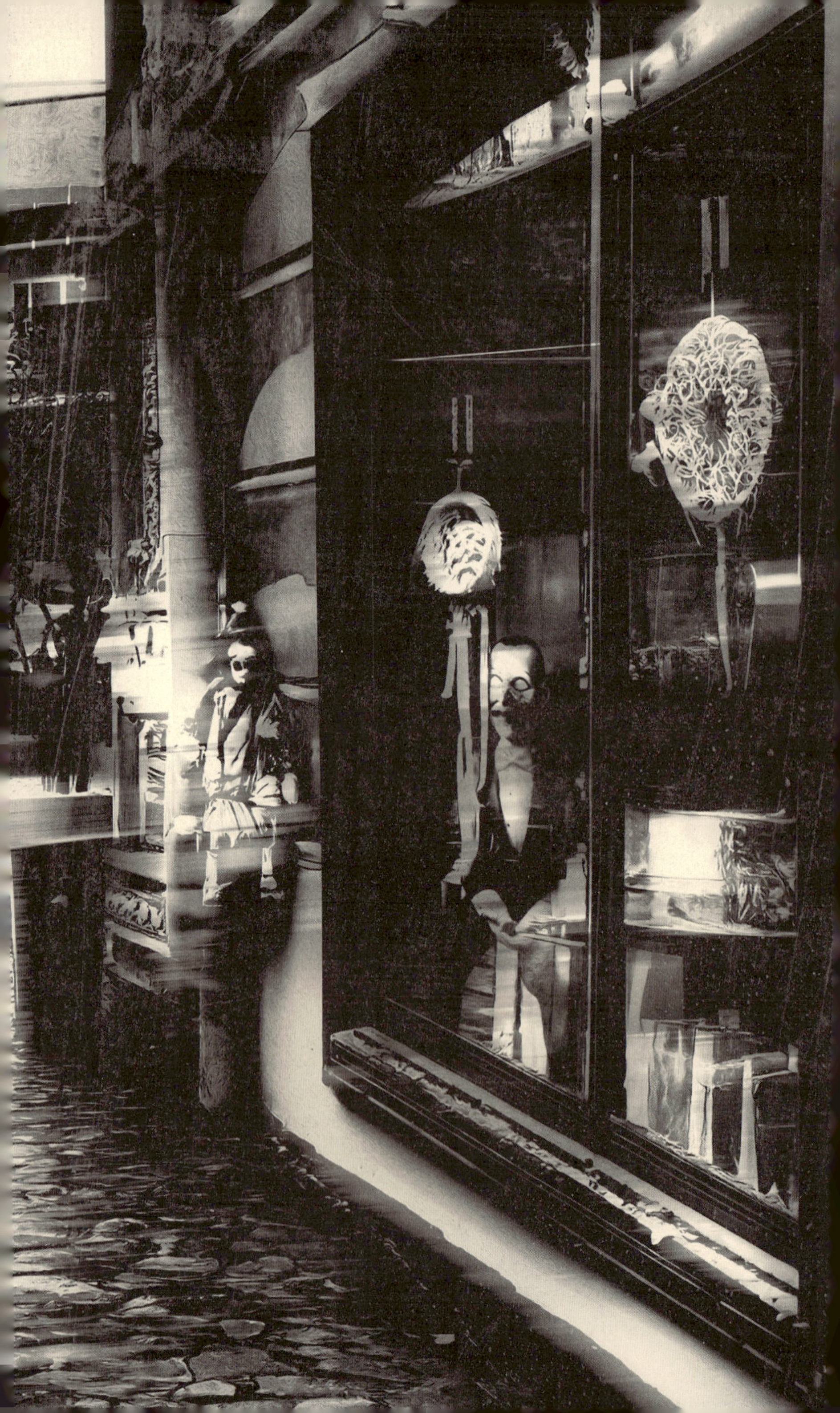

CAPÍTULO 12

A NOITE SEGUINTE seria dedicada à música ao vivo no Sétimo Selo. Qualquer um podia participar, contanto que se inscrevesse antecipadamente. Segundo Nicolas, as noites de música ao vivo atraíam um público mais exigente.

— Por exigente quero dizer chato — acrescentou ele, rindo. — Galerinha que usa óculos escuros de noite, que estala os dedos em vez de bater palmas e que torce o nariz para qualquer interpretação diferente da que considera a "certa" de uma música.

— Que específico — comentei, achando graça.

Preferi não me juntar à mesa de Nicolas e seu grupo de amigos, pelo menos não de cara. Depois da última experiência com eles eu simplesmente não estava a fim de lidar com muita gente ao mesmo tempo. Então fiquei perto do bar, vendo João trabalhar.

O movimento ainda estava brando, e consegui conversar com ele. Entre um assunto e outro, ele me contou que tinha emigrado da Coreia do Sul com o irmão, Daejung. Seu nome coreano era Jinhwan, mas ele adotou um nome brasileiro, um hábito comum entre asiáticos naquelas circunstâncias, pois facilitava a adaptação.

— O senhor tem mais informações sobre quem atacou o Anderson? — perguntei, quando senti abertura.

— Tenho — disse João. — Segundo a polícia, ele se matou.

— Se matou? Como assim?

João respirou fundo.

— Isso mesmo. Disseram que a perícia confirmou que ele se mutilou com uma faca numa rua perto daqui e veio cambaleando até a entrada do bar.

— Quê? Isso não faz o menor sentido. Por que ele sairia andando se queria se matar?

João me olhou, muito sério. Havia um brilho gélido no seu olhar quando ele falou:

— Foi o que eles disseram.

— E o irmão dele, o Tonho? Alguém sabe onde ele está?

— Não. Mas é capaz de estar escondido em algum lugar por aí — respondeu João, num tom áspero de quem não queria conversa.

Alguém o chamou de outra parte do balcão. Fiquei alguns segundos assimilando aquela informação sozinho, antes de ir até Yuri contar o que tinha acabado de ouvir.

— Pô, que estranho — disse ele. — Por que o Anderson se esfaquearia e sairia andando?

— De repente ele ficou fora de si — sugeri, sem muita certeza. — Drogado, talvez?

— É, talvez. Ou se arrependeu e foi buscar a ajuda do irmão.

Nenhum de nós acreditava naquela hipótese.

— Será que o tio do Nicolas sabe de mais alguma coisa? — cogitei.

— Se sabe, parece que não quer dizer.

— De repente ele só estava abalado por conhecer o falecido — sugeri. — Se foi um choque para a gente, que só deu carona para o cara, imagine para ele, que teve muito mais convívio com o Anderson. Sem contar o fato de a morte ter acontecido bem na frente do bar.

Em todo caso, o bar em si não se tornou uma cena de crime, visto que Anderson não chegou a entrar no local naquela noite. Apesar do evento trágico, tudo já parecia ter voltado ao normal ali dentro. Além da gente, ninguém no bairro parecia ter se afetado.

A bebida começou a rolar solta na mesa. Utilizei meu velho truque de não sair do primeiro copo. Enquanto algumas pessoas se levantavam para cantar e tocar, fui ficando cercado de rostos estranhos.

Yuri e Nicolas conversavam animadamente em uma das pontas e mal olhavam para as pessoas em volta, o que já estava se tornando um hábito. Vivian estava sentada à minha frente, trocando sorrisos com uma mulher até começarem a se beijar. Enquanto afundava constrangido na cadeira, senti a mão de alguém segurar meu braço e me puxar.

— Oi! Vim te resgatar.

Era Sofia, me levando para a mesa ao lado.

— Nossa, obrigado — falei, ainda meio sem graça. — Fiquei sem saber o que fazer.

— Sei como é. Também estou acostumada a ficar sozinha no rolê. — Ela apontou com a cabeça na direção de Vivian e da outra garota, que engataram num amasso completo. — Nem o Nicolas nem a Vivian são baluartes da delicadeza social, digamos.

— Que saco, hein?

— Tento levar na boa — disse Sofia. — Não acho que eles *planejam* fazer isso nem nada. Penso assim: os dois me largarem dessa forma indica que eles se sentem bem confortáveis com a minha amizade.

Olhei para ela, confuso com a afirmação e com o fato de ela estar tão falante. Depois da nossa primeira interação um tanto quanto fria, supus que Sofia não tivesse ido com a minha cara.

— Como assim?

— No sentido de que eles sabem que eu relevo se acontecer algum imprevisto e eles precisarem me deixar de lado.

— Tipo o "imprevisto" de pegar alguém — brinquei, fazendo aspas com os dedos.

— Exatamente.

Rimos juntos e aproveitamos para nos sentarmos.

— Pior que para esses dois isso é algo importante — continuou Sofia. — Por motivos diferentes, mas é. Enfim, isso não me impede de ficar mal se eles me deixam sozinha, mas as pessoas só agem assim com quem elas são próximas de verdade, não é?

— A intimidade é uma merda — afirmei.

— É, sou obrigada a concordar.

Deixados de lado. Eu me identificava com aquela situação até demais. Por sorte, era exatamente daquilo que eu precisava no momento para tentar me aproximar de Sofia.

Resolvi puxar mais assunto. Se não funcionasse, ela no máximo me acharia meio aleatório.

— O que você quis dizer com a pegação ser importante para eles por motivos diferentes?

— É uma longa história.

— Sou todo ouvidos. Longas histórias são a minha praia.

Ela sorriu.

— Como você ouviu o Nicolas dizer para o Yuri, ele e a Vivian já namoraram.

— Certo.

O ouvido dela era mais aguçado do que eu imaginava.

— Infelizmente a Vivian acabou se sentindo meio que... a vela no trisal, sabe? Ela sobrou um pouco no lance com o Nicolas e o Cauan. Eles gostavam dela, não me entenda mal, mas gostavam *muito mais* um do outro.

Olhei de novo para o canto onde Vivian estava com a garota. As duas conversavam animadas.

— Enfim — prosseguiu Sofia —, a Vivian não fala muito sobre isso, mas acredito que é bom ela ficar com outras pessoas. Mostra que está conseguindo superar.

— O término foi traumático?

— Não exatamente... Não foi nem dramático, eles não a trataram mal nem nada do tipo. Acho que ela só começou a se sentir deixada de lado mesmo.

— Complicado.

— Quando que não é, né? — disse ela.
— E o Nicolas? Por que pegação é importante para ele?
— Porque aquele moleque é insaciável!

Olhando de relance para Nicolas e Yuri, ainda hipnotizados um pelo outro, dei uma risada sem jeito e falei:

— Faz sentido. O Yuri faz essa linha também. Adora uma "baguncinha", como ele gosta de dizer.

Ela revirou os olhos e explicou:

— No caso do Nicolas, ficou estranho nos últimos tempos, depois do Cauan sumir. Não parece mais diversão, e também não é carência. Parece mais pesado, mais... triste — comentou, olhando o amigo com ternura. Então, afastando aqueles pensamentos, voltou-se para mim novamente: — Mas qual é o lance entre você e o Yuri? Não precisa contar se não quiser.

Seria fácil fugir daquela pergunta. Inclusive era o que eu teria feito normalmente. Só que Sofia estava demonstrando ser uma pessoa bem legal.

— Você ouviu o papo naquele dia, né? — falei. — O que o Yuri falou para o Nicolas. Sobre nós dois.

— Ouvi. Sei que ele é seu amigo, mas achei que foi meio babaca naquela hora. Deu para ver que você ficou desconfortável.

Ela ter percebido me deu mais tranquilidade que vergonha.

— É, foi babaca mesmo. Engraçado você dizer isso, porque eu vinha tentando me convencer de que estava sendo sensível demais e que está tudo bem. Só que não está.

— Vocês terminaram tem pouco tempo?

— Não é bem assim. Tecnicamente nós não terminamos, porque nem chegamos a começar direito.

— O famoso rolo — disse ela, me fazendo dar uma risada sincera.

— Eu e o Yuri sempre combinamos muito. A gente se conheceu num grupo de mensagens e fizemos amizade em segundos.

— Grupo sobre o quê?

— Terror. Lendas urbanas, assassinos em série. Essas coisas.

Sofia deu uma risada.

— Óbvio!

— Aí logo depois descobrimos que morávamos perto o suficiente para que nossa amizade saísse da internet. Sempre discutimos bastante sobre o sobrenatural, porque eu não descarto nenhuma possibilidade, enquanto o Yuri não acredita, embora seja religioso e tal. Depois de um tempo ele sugeriu que criássemos um canal sobre isso, falando que ia dar supercerto. Resolvi topar, mas não esperava que fosse dar no que deu.

— E assim nasceu o Visão Noturna.

— Foi. Um lugar para postar nossas conversas sobre terror. O Yuri fazia faculdade de cinema e leva a edição bem a sério, então o fluxo de vídeos foi intenso desde o começo. O canal ganhou inscritos bem rápido, todo mundo curtiu demais o conteúdo. E a galera adora ver a gente junto. Acho que isso ajudou a confundir a minha cabeça.

— Já imagino aonde isso vai dar, mas continua.

— Depois de pouco mais de um ano, já estávamos participando de eventos e fazendo colaborações com outros canais. Com a coisa dando tão certo, resolvi investir em um equipamento melhor.

As palavras escapavam com facilidade pela minha boca. Nunca tinha conversado sobre aquilo com ninguém além da minha terapeuta, e agora estava despejando tudo de uma vez para uma garota que eu mal conhecia. Talvez justamente por não conhecê-la direito fosse tão fácil me abrir daquela forma.

— A gente fazia live até quando jogava videogame para relaxar, e depois o Yuri editava os melhores momentos e fazia upload dos cortes. Foi no segundo ano do canal que ele sugeriu que saíssemos atrás de lugares misteriosos e relatos inexplicáveis para fazer documentários. Era trabalhoso, mas muito divertido, e a resposta da galera foi incrível. O canal começou a dar retorno o suficiente para que eu trancasse a faculdade e dedicasse todo o meu tempo a ele. O Yuri fez o mesmo, mas ele quer voltar a estudar. Ele gosta mesmo do curso de cinema. Eu cursava ciência da computação, mas era só para fazer alguma coisa.

Sofia apoiou o queixo na mão, com uma expressão interessada.

— Entendi — disse ela, com um olhar penetrante. — Chegou ao ponto de você ficar totalmente voltado para o canal e, consequentemente, para o Yuri.

— Pois é. Esse tempo junto foi ficando cada vez mais íntimo. Foi quando vimos *Hereditário* que complicou de vez. Já viu esse filme?

— Não.

— É de terror e tem uma morte extremamente chocante no meio. Nós tomamos um susto na hora e chegamos mais perto um do outro, chocadíssimos com a cena horrível. Uma coisa levou a outra, e de repente estávamos nos beijando.

— Rolou um clima por causa de uma cena de morte chocante? — Ela deu mais uma risada. — Sensacional!

— Depois daquele dia passamos a nos pegar, mas sem compromisso. Isso foi evoluindo, até que tive que pisar no freio, porque senti que ia me apaixonar. Foi aí que ficou complicado.

A expressão de Sofia foi se suavizando enquanto eu falava. Tinha me exposto mais do que gostaria, mas parte de mim celebrou a vitória de conseguir entretê-la.

— Me parece que foi você quem complicou a situação — comentou.

Olhei para ela, surpreso.

— Só fiz isso para não piorar as coisas e todo mundo sair machucado — falei, tentando me justificar.

— Você chegou a falar sobre isso com ele?

— Não consegui. O Yuri nunca fala dessas coisas. A gente até conversa sobre assuntos pessoais, mas parece que ele não liga muito para romance. Sei lá.

— Será que ele é aro? — perguntou Sofia.

— Aro?

— Arromântico.

— O que é isso?

— É a pessoa que simplesmente não sente atração romântica — respondeu Sofia.

— Ah... Talvez? Nunca considerei essa possibilidade. Ele definitivamente parece ser imune a esse tipo de coisa.

— Eu não usaria o termo "imune"... Faz parecer que é uma doença. Além disso, ser aro não torna a pessoa *incapaz* de amar. Ela ainda pode querer ter relações próximas, só que é mais um tipo de parceria. Não totalmente de acordo com o que se espera de um namoro padrão. Entende?

— Nem sabia que isso existia.

— Pois é, tem orientações que são pouco conhecidas mesmo. Eu, por exemplo, sou o que você pode chamar de assexual heterorromântica, o que significa que eu me apaixono por meninos, mas não tenho interesse em ter relações sexuais com eles. Você é gay, né?

— Devo ser. Só gostei de garotos até hoje. E gosto de fazer sexo também, só que não vivo para isso. Meio que não sei me definir direito nesses rótulos.

— Bom, nem precisa. Rótulo não é para ser obrigatório. Essas categorias são só para entender melhor os outros e a si mesmo. Você não é obrigado a se identificar com nenhuma delas.

— Saquei. Faz muito sentido.

Ela falava do assunto com uma desenvoltura admirável, o que ajudava bastante.

— Mas voltando ao seu caso: se o Yuri for aro, é bom você conhecer o assunto. Porque aí você vai poder entendê-lo melhor. Seria bom falar dos seus sentimentos com ele também, claro. Não precisa ser uma coisa de outro mundo.

— Não é tão fácil assim — comentei.

— Claro que não — falou ela, sem se alterar. — Theo, falo por experiência própria. Já fui apaixonada pelo Nicolas. Inclusive ainda gosto muito dele.

— Eita. Não sabia.

— Enfim, eu sei que conversar "não é tão fácil assim". Também sei que, quanto mais tempo você leva para falar, mais difícil fica.

Uma verdade incontestável.

Depois de trocarmos algumas amenidades, pedi licença para ir ao banheiro.

Lavei o rosto, respirando fundo ao me enxergar no espelho. A luz do banheiro era muito mais forte que a do resto do bar. Quase outra dimensão.

Tentei arejar um pouco as ideias, deixar os conselhos de Sofia assentarem um pouco na mente. Eu sabia que aquela piração toda era só minha, então era melhor deixar as mágoas de lado ou tomar logo uma atitude. Mas não ali, não no meio de tanta gente no bar. Pelo menos por enquanto, lidar com aquele assunto significava não tocar nele. Pois, de todas as coisas de que eu tinha medo, Yuri se afastar de mim era a maior delas.

Voltei para a mesa ainda um pouco atordoado, porém mais leve. Mais tarde o grupo todo subiu para o apartamento de Nicolas. Pessoas falavam alto e riam mais alto ainda. Satanás latia, girava e dava saltos, empolgado com as visitas. Eu sentia que não conhecia ninguém.

Nicolas pegou um violão e começou a tocar enquanto a galera acompanhava cantando. Alguém pediu "Faroeste Caboclo", do Legião Urbana, o que levou a uma cantoria interminável de dez minutos, que não pude acompanhar por não saber a letra.

— Toca alguma da Taylor! — pediram em seguida, e o resultado foi parecido para mim, porque, apesar de gostar de algumas músicas dela, não sabia a letra de nenhuma, só um refrão ou outro.

Depois de mais bebida, canções e gargalhadas, alguém sugeriu um jogo de tabuleiro. Quando Nicolas foi pegar uma caixa na estante, aproveitei para escapar para o apartamento da frente, deixando para trás o coro cantando *"It's me, hi, I'm the problem, it's me"*.

Joguei o celular no sofá e me esparramei. Precisava de alguns minutos desconectado.

Fechei os olhos e adormeci sem perceber.

Despertei rápido, sem sonhar e tentando me situar. Podia ter passado um minuto ou uma hora. No corredor do segundo andar só se ouvia o leve zumbido dos cabos nas entranhas do prédio. A luz do apartamento do Nicolas estava acesa, mas o silêncio indicava que todo mundo tinha ido embora. Yuri ainda devia estar lá dentro.

Então simplesmente girei a maçaneta e entrei.

O arrependimento foi imediato quando deparei com Yuri e Nicolas no sofá. Os dois estavam se beijando, sem camisa, as mãos percorrendo lugares secretos.

Nenhum dos dois pareceu notar a minha chegada, graças a Taylor Swift, que agora cantava numa caixa de som: "*I don't like a gold rush, gold rush.*" Só Satanás virou a cabeça para mim, antes de voltar a observar o teatro sensual que se desdobrava ao seu lado.

Fechei a porta sem fazer barulho. Peguei meu celular e desci as escadas de volta para o Sétimo Selo.

Mais uma noite alucinante.

Pela primeira vez naquela viagem, eu estava me sentindo verdadeiramente exausto.

CAPÍTULO 13

Ninguém cantava no palco, e o quadro indicava que não haveria mais apresentações na noite. A jukebox estava ligada tocando jazz, com as luzes da máquina piscando em cores diferentes de acordo com o ritmo da música.

Com o término dos shows, boa parte da clientela tinha se dispersado e ido embora. De rostos conhecidos só restava Sofia, sentada à mesa, e Vivian em um canto, ainda com a moça de antes.

— Oi, voltou sozinho? — perguntou Sofia, mexendo no celular. — Cadê os meninos?

— Estão lá em cima.

Tentei me manter impassível, mas algo na minha resposta a fez desviar a atenção do celular.

— Eles estão se pegando, né?

Ela adivinhou com tanta naturalidade que só pude dar de ombros e assentir.

— Exato — confirmei.

Meus olhos lacrimejaram, e eu me senti absolutamente ridículo e frágil.

Por sorte, antes que eu desabasse por completo, Vivian passou na nossa mesa para se despedir, indo embora com a ficante, uma mulher de cabelo raspado e braços sarados. As duas acenaram e saíram do bar.

João lançou um olhar sugestivo na nossa direção, deixando claro que nossa hora de partir tinha chegado.

— Acho que vou ser obrigado a voltar lá para cima — avisei, ao conferir o horário no celular. — Você vai embora sozinha? Onde você mora?

— Eu estou sozinha, mas vou dormir na Cristina. Ela mora pertinho daqui, no final da rua. Se você quiser, pode vir comigo. Vai que você escuta alguma coisa do corredor. Meio desagradável. Não é a primeira vez que salvo um convidado do Nicolas por conta desse tipo de trapalhada.

— Opa, vou aceitar o convite. Acho que prefiro dormir longe daqui, sim.

Sofia estava me jogando uma boia de salvação, uma chance de fugir de uma situação péssima. Além do mais, Cristina, sua irmã, foi a policial que conversou comigo depois de Anderson morrer bem na minha frente.

Era uma oportunidade imperdível.

• •

De noite, a vizinhança do bairro Jardim Ipiranga se revelava mais boêmia. Casas que aparentavam ser residências de família se transformavam em estabelecimentos de caráter dúbio, com fachos de neon escapando pelas janelas, substituindo a suavidade da manhã.

Pessoas surgiam da escuridão com copinhos de plástico, garrafas, cigarros ou tudo junto. Falavam alto, dançavam, batucavam, riam, bebiam. Mesmo que Itacira fosse pacata, suspeitei que não fosse incomum por ali a polícia ser chamada quando alguém desrespeitava a lei do silêncio.

Sofia cumprimentava conhecidos pelo caminho, e eu me distraía com o movimento da rua nas vezes em que ela parava para trocar uma palavra com alguém. O bairro noturno era mais desleixado, mais humano. Aquele contraste estava aliviando um pouco o peso que eu sentia no peito.

Eu flagrava a minha mão indo involuntariamente na direção do celular, alisando o aparelho por cima do bolso, até perceber o que estava fazendo e mudar de ideia. Lutava contra o impulso de conferir se Yuri tinha postado uma foto nova com Nicolas ou se algum deles tinha enviado alguma mensagem no nosso grupo do projeto.

O n.º 431 da rua Gardênia ficava numa travessa a três quarteirões do prédio de Nicolas. Um conjunto de casas comum, que naquele horário parecia um oásis de tranquilidade em meio à gandaia, sem música alta nem cheiro de álcool.

Sofia destrancou a porta, e Cristina levantou uma caneca para cumprimentá-la quando entramos. Estava de moletom e com o cabelo solto, bem mais despojada do que no nosso encontro anterior.

Ela arregalou os olhos de leve quando me viu atrás da irmã. Não consegui concluir se estava surpresa ou horrorizada com um convidado inesperado àquela hora. Talvez um pouco dos dois.

— Como foi no Sétimo Selo? — perguntou Cristina quando nos sentamos no sofá.

— Normal — disse Sofia. — Trouxe o Theo para cá. O Nicolas está aprontando as dele de novo.

Cristina balançou a cabeça de leve.

— Cadê o outro garoto?

Sofia olhou para a irmã com um sorrisinho sem graça.

— Ah, aprontando as dele *com* o outro. — Cristina riu. — Bom, fique à vontade, Theo. Aceita um chá? Tem alguma preferência?

— Tem de hortelã?

— Com certeza tem — respondeu Sofia por ela. — A Cristina é a louca do chá, tem até dias específicos para cada um. Hoje é dia do quê? Erva-doce?

— Isso — confirmou Cristina. — Mas pode tomar hortelã sem problema. Vou lá preparar e já volto.

O chá que Cristina me ofereceu era encorpado, diferente dos de sachê que eu estava acostumado a tomar. Antes de eu começar a beber, Sofia foi até a cozinha e voltou com açúcar e mel.

— Pode adoçar, se quiser — disse Sofia. — A Cristina é purista, mas para mim a pessoa toma chá como ela quiser.

Agradeci e coloquei açúcar na bebida. Cristina tentou disfarçar um semblante de desagrado de um jeito tão engraçado que não pude deixar de rir.

— Você tem um canal, não é mesmo, Theo? — perguntou Cristina.

— Isso. Se chama Visão Noturna.

— E os vídeos são sobre o quê, exatamente?

— Sobre histórias de mistério — respondi, satisfeito.

A conversa já estava indo pelo caminho que eu queria. Cristina encarou Sofia.

— Espera. É aquele canal que se meteu num caso de polícia?

— O próprio — confirmou Sofia. — Eles estão hospedados no Nicolas e vão fazer uma série documental sobre Itacira.

A postura de Cristina mudou de uma hora para outra, abandonando a informalidade para voltar à firmeza profissional de quando ela falou comigo depois do ocorrido na entrada do Sétimo Selo.

Ela já estava na defensiva. Com medo de que eu fizesse perguntas inconvenientes. Aquilo era um problema, pois era exatamente o que eu pretendia fazer.

— Nós não nos envolvemos com a polícia sempre — falei, buscando melhorar o clima estranho que se instalara. — Aquele caso foi especial.

— Mas o canal de vocês é sobre crimes, não é? Vocês não deviam se meter nisso.

— Mistérios em geral — expliquei. — Nós não fazemos nada de mais...

— Não quero ser chata, mas por conta do que tem acontecido eu tenho meus motivos para ficar com o pé atrás.

Senti um arrepio na nuca.

— O que tem acontecido? — perguntei.

— Não importa — disse Cristina, se dando conta do deslize. — Vamos mudar de assunto.

— Que assunto? — questionou Sofia.

— Tem a ver com o Anderson, não tem? — A morte do homem se repetiu na minha memória. Respirei fundo. — O homem que vi morrer.

Cristina rangeu os dentes e se ajeitou no sofá. Ela não só tinha algo a dizer como parecia *querer* dizer, embora sentisse que não deveria.

— Antes do Anderson morrer — prossegui —, ele perguntou pelo Antônio, o irmão. É algum outro caso de desaparecimento? Tipo o do namorado do Nicolas?

Fiz aquele questionamento com a voz mais séria que consegui. Estava abusando da hospitalidade alheia para investigar uma teoria, mas agora não tinha mais volta.

— Que história é essa, Cristina? — Sofia ficou boquiaberta. — O que isso tem a ver com o Cauan?

Cristina esfregou o rosto.

— Eu não vou falar disso com vocês — declarou a policial.

— Vai, sim — rebateu Sofia.

— Não, Sofia.

— Sim, Cristina.

— Ai, inferno! — Cristina relaxou os ombros e balançou a cabeça. — Theo, como é que você soube dos desaparecimentos?

Contive um sorriso.

— Foi mais um chute. É uma cidade pequena e acontecem poucos crimes aqui, o que torna mais fácil notar um padrão.

— É, você está certo — confirmou Cristina. — Percebi a mesma coisa.

Sofia olhava para a irmã, apreensiva.

— Cristina, você descobriu algo sobre o Cauan?

— Não. Eu...

— Fala. Por favor. Você prometeu.

Cristina apontou para mim.

— Só se ele não colocar nada disso no canal.

— Não se preocupe — afirmei, sem hesitar. — Não estou gravando nada. Essa conversa é extraoficial.

Cristina pareceu razoavelmente satisfeita com a minha resposta. Não incluir alguma informação nos vídeos era um compromisso arriscado, mas eu não podia deixar de escutar o que ela tinha a dizer. Por enquanto teria que bastar. Dependendo do que ela contasse, eu poderia fazê-la mudar de ideia no futuro.

— Tem poucas semanas que comecei a me dar conta desses casos de desaparecimento — disse Cristina. — Aos poucos, fui notando que os relacionados a indigentes recebem pouca atenção na delegacia. Esse do Antônio agora é mais um. Tenho a sensação de que ninguém se interessa em investigar esses casos, e mal consigo apoio para realizar as buscas. Isso infelizmente é comum, mas também já ouvi dizer que às vezes nem se faz o boletim de ocorrência por lá. Bem... na maioria das vezes.

— Por que não fariam? — perguntou Sofia.

— Primeiro acreditei que fosse para manipular as estatísticas. Fazer Itacira parecer um lugar ainda mais seguro. Agora acho que vai além disso.

Cristina levou a caneca aos lábios, só percebendo que já estava vazia quando tentou beber. Ela fez uma careta e continuou:

— Conversei com uma idosa moradora de rua que falou de um amigo que foi levado por uma mulher. Essa mesma senhora me ajudou a preparar um retrato falado da tal mulher com o programa de computador na delegacia. É um procedimento normal, mas a senhora não enxerga muito bem, e era noite quando o fato aconteceu. Então estou com certa dificuldade de colocar o retrato falado na seção de "procurados" do site da polícia, porque estão desacreditando o testemunho dela. Além disso, esse retrato em particular ficou atravancado de um jeito que nunca vi antes, uma burocracia sem fim para conseguir a aprovação.

— E você conseguiu? — perguntei.

— Não. Estou tentando até agora.

Cristina pegou o celular e mostrou o retrato.

— Essa é a suspeita. Nunca a vi por aqui e ninguém parece saber quem é.

Olhei para o desenho. Uma mulher comum, sem nada que a destacasse.

Sofia apontou para a tela.

— Cristina, você está dizendo que o Cauan pode ter sido sequestrado por essa pessoa?

— Ai, Sofia... Era por isso que não queria comentar nada com você. Não, eu não acho isso. Não sei o que aconteceu com o Cauan.

— Você prometeu que ia me falar se descobrisse alguma coisa. *Qualquer coisa.*

— Eu sei. Isso continua valendo — afirmou Cristina, com um olhar gentil para a irmã.

Senti mais uma vez que não deveria estar ali, interrompendo aquele momento de cumplicidade.

— Você acha que os desaparecimentos estão sendo ocultados pela própria polícia? — sugeri.

— Não acho nada — disse Cristina, ríspida. — Ainda estou investigando. Já não é fácil normalmente. Sendo a única mulher negra naquela delegacia, eu tenho que agir com cuidado. Portanto, bico fechado vocês dois.

Minha mão corria para o celular, e precisei reunir todas as minhas forças mais uma vez para deixá-lo onde estava. Queria muito ter gravado aquela conversa, tanto em áudio quanto em vídeo. Queria ligar para Yuri e fazê-lo participar de tudo.

— Pode deixar — falei.

Os desaparecimentos eram um padrão. Minha impressão estava confirmada. Por ora isso era suficiente.

Com o fim do papo e o avançar das horas, as duas se recolheram para o quarto e eu me deitei para dormir no sofá da sala. Numa das paredes havia luzinhas penduradas. Quanto mais o sono se aproximava, mais elas lembravam vaga-lumes.

Peixes luminosos voaram pela sala. Um deles me guiou até uma clareira onde havia uma raposa. Ela me encarou e começou a se lamber, sua boca de repente vertendo sangue. Os peixes começaram a cair no chão, fazendo um som asqueroso enquanto se debatiam até desaparecerem numa nuvem de poeira.

● ●

Acordei ofegante. Notei que ainda era madrugada.

Normalmente teria continuado deitado, mas minha garganta estava seca a ponto de incomodar. Eu me levantei e fui até o filtro da cozinha em busca de água. Sentei à mesa com um copo, que levei aos lábios para beber devagar.

Parei antes do primeiro gole.

Tinha um vulto no corredor entre a cozinha e a sala. Talvez eu ainda estivesse sonhando, mas isso não me deixou menos tenso. Engoli a água devagar e prendi a respiração. Quando comecei a levantar, o vulto apareceu de vez, iluminado pela luz da cozinha.

Soltei o ar. Era Cristina.

— Desculpa — falei, por reflexo. — Acordei com sede.

Quando me recompus, vi que ela estava de pijama e com cara de quem também tinha acordado sem querer.

— Tudo bem — disse ela, indo pegar água no filtro.

O relógio da cozinha indicava que ainda não passava nem das três da manhã. Era improvável que Cristina tivesse acordado para ir trabalhar.

— Eu não te acordei, né? — perguntei.

— Acordou, mas não é culpa sua. Sou muito sensível aos barulhos dentro de casa. Tentaram entrar aqui uma vez.

Não conseguia imaginar uma invasão de domicílio em Itacira, mesmo que fosse o tipo de coisa que acontecia o tempo todo em outras cidades. Será que o invasor sabia que estava entrando na casa de uma policial?

— Como foi? — indaguei, não conseguindo conter a curiosidade.

Cristina me olhou com a mesma desconfiança do nosso papo de mais cedo.

— Você gosta de saber de tudo mesmo, hein? — disse ela, com um toque de humor na voz. — Aconteceu logo depois que me mudei. Itacira não é tão tranquila quanto querem que a gente pense.

— Como assim? — perguntei.

— Perdi o sono — disse ela. — Aceita mais um chá?

— Aceito, sim.

Tomamos o chá em silêncio. Estava delicioso e, feito uma poção mágica, senti o sono voltar devagar.

— Você conhece o Grupo Ferreira? — quis saber Cristina.

— Da imobiliária onde a Sofia trabalha?

Eu me lembrei de uma matéria sobre o casal Ferreira que havia lido por alto recentemente. Fábio e Emily, dois socialites em evidência, que desciam a serra para festas cariocas e eventos beneficentes. Era impossível pesquisar sobre Itacira na internet sem esbarrar com fotos dos dois. Minha primeira impressão deles foi de que eram tão brancos que pareciam vampiros.

— Isso. Eles basicamente mandam na cidade, inclusive na imagem dela na mídia. É muito marketing. Eu preferia que a Sofia não trabalhasse lá.

— Por quê?

— Tem algo estranho nessa cidade, Theo — disse ela com rispidez.

Eu estava no meio de um gole e quase me engasguei ao ouvir a frase.

— Ainda não sei o que é exatamente, mas vou descobrir — prosseguiu Cristina.

— Você acha que os Ferreira têm alguma coisa a ver com isso? — perguntei, colocando todas as cartas na mesa.

O olhar de Cristina quase me cortou ao meio. Não era a primeira vez que alguém me encarava daquela forma, portanto sustentei o olhar dela com firmeza.

Cristina amenizou a expressão.

— A influência deles é grande demais, então é difícil não levar isso em consideração. Não duvido que tenha muita gente na folha de pagamento deles. Só que é provável que eu esteja procurando pelo em ovo, e não seria algo inédito. É por isso que estou tomando cuidado. Principalmente pela Sofia.

— Entendi.

— Já falei demais — murmurou ela, parecendo arrependida por ter me revelado suas desconfianças. — Vamos tentar dormir — falou ela, levantando e recolhendo o jogo de chá para colocar na pia. — Daqui a pouco tenho que trabalhar, e imagino que você também.

— Obrigado por me receber aqui hoje, Cristina.

Ela parou e se virou para mim.

— Theo, você é abelhudo, mas é legal. Se a Sofia te curte a ponto de te trazer aqui, você ganha muitos pontos comigo. Só que você tem que prometer que não vai mencionar nada do que falei hoje num vídeo. E se por cargas-d'água vocês realmente encontrarem algo, manda a Sofia me avisar imediatamente, ok?

De novo aquele olhar intenso. Dessa vez não era uma reação espontânea. Era calculado.

— Certo — concordei, com um receio genuíno.

CAPÍTULO 14

Logo cedo peguei o celular para ler as mensagens de Yuri que eu havia ignorado.

Onde você tá?
Cara, me liga quando puder. Por favor.
Desculpa.

Bufei quando vi aquilo. As mensagens começaram a chegar quando eu já estava na casa da Cristina, e a última havia recebido de madrugada, mais de duas horas depois. Considerei responder, mas em breve nos falaríamos ao vivo.

Não sabia o que achar, principalmente em relação a Nicolas. Seria problemático para o documentário se ficasse algum mal-estar entre nós três.

Durante o café com Sofia e Cristina, achei melhor não falar de desaparecidos ou da família Ferreira, aproveitando a oportunidade para conversar sobre assuntos mais leves. Após mais um chá de ótima qualidade, agradeci a hospitalidade das irmãs e voltei sozinho pela rua Gardênia.

O Jardim Ipiranga tinha retornado ao seu estado matinal de residências pacatas. Não tinha qualquer vestígio de lixo no chão. Era como se a noite fosse uma realidade paralela daquela mesma rua, que se transformava quando a luz do sol a atingia.

Yuri estava no apartamento de Nicolas. A falta de um banho me dava a sensação de estar voltando de uma balada, mas eu queria falar logo com eles.

— Por que você não me respondeu, Theo? — perguntou Yuri.

— Hein?

— As mensagens de ontem. Você sumiu.

— Acabei indo parar na casa da irmã da Sofia.

— Fiquei te procurando — disse Yuri, mais suave. — Só soube onde você estava quando o Nicolas recebeu uma mensagem da Sofia.

— Foi mal, esqueci de avisar — falei, mesmo sem sentir que devesse alguma explicação.

Nicolas tinha uma expressão indiferente. Seu rosto dizia que havia acabado de acordar, e seu cabelo estava úmido de um banho recente.

— Vocês já tomaram café? — perguntei.

— Já — respondeu Nicolas, com seu tom sossegado, difícil de decifrar. — Tem suco na geladeira e pão, se quiser.

— Eu comi na casa da Cristina, mas preciso de mais cafeína. Vamos dar um pulo no café aqui da frente? — sugeri, mais para Yuri que para Nicolas.

— Pode ser.

— Não vai dar para acompanhar vocês — disse Nicolas, saltando do sofá. — Preciso resolver um lance agora de manhã, mas fiquem à vontade.

Se Nicolas percebeu que precisávamos conversar a sós, eu não tinha como saber. Talvez ele fosse mais perspicaz do que deixava transparecer.

No café, pedimos dois lattes, e as bebidas chegaram rápido. Yuri tirou uma selfie com o café para postar, insistindo em me incluir na foto.

Segurei o copo, curtindo o calor da bebida. O sol estava forte do lado de fora, mas o ar-condicionado do café estava a todo vapor.

— Desculpa não ter respondido às mensagens — falei, dessa vez realmente me sentindo culpado. — Acabei me distraindo.

— Tá tranquilo. — Yuri bebericou o café e fez uma careta. — Ai. Quente demais. — Ele respirou fundo. — Theo, a desculpa na mensagem foi sincera, viu?

A conversa podia ter terminado ali. Era o que geralmente acontecia. Pedíamos as desculpas devidas sem entrar em detalhes. Porém alguma coisa me impediu de ser o amigo compreensivo de sempre. Os meus sentimentos por Yuri estavam *mudando* e se tornando difíceis de ignorar.

— Desculpa pelo quê? — perguntei, dando o meu melhor para não soar sarcástico.

Yuri ergueu uma das sobrancelhas.

— Pelo que eu fiz...?

— Mas o que você fez?

A outra sobrancelha de Yuri também subiu. Eu nunca era combativo quando resolvíamos um desentendimento, então aquela postura equivalia a uma guerra de trincheiras se comparada com as nossas discussões conciliadoras.

— Por ter falado sobre o nosso rolo para o Nicolas naquele dia no bar. Deu para perceber que você ficou chateado.

Eu não soube o que dizer. Yuri realmente ignoraria o fato de ter ficado com Yuri? Sem cabeça para aquela história, resolvi dançar conforme a música.

— Olha, fiquei mesmo. Nunca conversamos direito sobre isso, saca? A forma como você falou foi nada a ver.

Yuri passou os dedos pela borda do copo.

— Eu estava bêbado e fui babaca. Sei que isso não justifica, mas... É, vacilei. Desculpa. — Yuri colocou uma das mãos na cabeça e a balançou, frustrado. — Não sabia que isso era uma questão para você. Achei que a gente só tivesse parado de ficar e... pronto?

Estava prestes a dizer que eu ainda queria algo com ele. Algo *mais*. Então mudei a trajetória da conversa:

— Eu te vi com o Nicolas ontem. No apartamento dele.

— Como assim? — Uma pausa. — Ah! Depois da festa.

Fiz que sim.

— Mas o que tem isso?

Suspirei, desanimado. Eu sei que não ajudava em nada minha incapacidade de dizer a verdade com todas as letras, mas era difícil demais. Era como empurrar as cartas na base do castelo e ver tudo desmoronar.

E era tão *óbvio*. Seria tão mais fácil se ele entendesse sozinho.

Yuri semicerrou os olhos e me encarou, desconfiado.

— Theo, por que você não joga aberto comigo? Fala logo o que tá rolando.

— Eu fico preocupado que esse seu caso com o Nicolas possa atrapalhar a gente... digo... o nosso trabalho.

Droga. A frase ficou no ar. Eu não estava preparado para dizer a verdade e colocar tudo a perder.

Yuri ficou pálido, com uma expressão que ao mesmo tempo transmitia irritação e compreensão.

— Entendi — disse ele, dando um gole no café. — Prometo que não vai atrapalhar em nada, Theo. Pode confiar em mim.

Aquela possibilidade certamente o deixava constrangido. Quase humilhado. Especialmente porque o que eu disse fazia parecer que Yuri não estava levando o trabalho a sério, quando, na verdade, ele queria que o documentário funcionasse tanto quanto eu. Talvez até mais.

O problema é que eu não queria assustá-lo com a verdade sobre o que eu de fato pensava sobre a relação dele com Nicolas. Não estava pronto para colocar tudo a perder.

Por conta disso, fui terrivelmente covarde.

— Bom... — Yuri respirou fundo. — Eu pedi desculpas por ter sido babaca ao falar da gente para o Nicolas daquele jeito. E você pediu por sumir sem dizer aonde ia. Você não é obrigado a me dizer sua localização, mas estamos juntos numa outra cidade. Então vamos tentar nos manter informados um sobre o outro, beleza?

— Beleza, concordo. Não foi de propósito. Você também não é obrigado a me dizer com quem fica ou deixa de ficar, mas é bom evitar enquanto a gente estiver trabalhando — insisti.

Por mais que eu me odiasse por ter dado essa cartada, parte de mim realmente acreditava que, independentemente dos meus sentimentos pelo Yuri, se envolver com Nicolas assim durante o documentário era uma péssima ideia.

— Claro, né. Não sou tão sem-noção assim. Não vai rolar de novo. — Ele escondeu o rosto atrás do copo. — Mas se você mudar de ideia e quiser se juntar à gente, tudo bem...

— Fala sério, Yuri.

— É zoeira! — falou Yuri, rindo. — Só para descontrair. Você cai na pilha muito fácil, Theo.

— Socorro. Chega. — Acabei me permitindo rir para quebrar o gelo de vez. Estava tudo certo e nada resolvido, mas havia assuntos mais urgentes para discutirmos. — A propósito, descobri uma coisa ontem na casa da irmã da Sofia.

— É?

— Ela é a policial que falou comigo, lembra? Ontem confirmei com ela algo de que eu estava suspeitando: que essa cidade tem um problema com pessoas desaparecidas. E que pode ter alguém por trás disso.

Relatei os detalhes da conversa para Yuri, incluindo a dificuldade de Cristina em conseguir um retrato falado decente.

Yuri se ajeitou na cadeira e olhou para trás, aflito.

— Ela te falou disso sem mais nem menos? — perguntou ele.

— Não, Sofia e eu demos uma insistida. Tive que prometer que não usaríamos no vídeo nada que ela falasse, então não pude gravar, mas pode ser uma pista sobre o sumiço do Cauan. Talvez tudo isso esteja relacionado.

— Cara, isso é sério — alertou ele, mas seu olhar brilhava.

— Eu sei — respondi, com um sorriso.

Mal podia conter a empolgação. Estávamos nos aproximando de alguma coisa grande.

Enquanto terminávamos o café, Yuri puxou o celular do bolso, e seu rosto se iluminou com um sorriso. Não sei se ele tinha visto uma mensagem, um comentário ou uma postagem aleatória.

Era uma cena que eu já tinha presenciado um milhão de vezes, mas foi a primeira vez que aquele sorriso me deu um aperto no peito. A possibilidade de ele estar lendo uma mensagem de Nicolas me atingiu feito uma pedrada.

Não havia mais por que ter medo de me apaixonar pelo Yuri. Já era tarde demais.

• •

Girei a chave na ignição, e o motor da Rita Lee ressoou na garagem do prédio. Mesmo com apartamentos ocupados, o espaço continuava relativamente vazio. Pelo visto os hóspedes que ficavam no prédio de Nicolas não viam a necessidade de trazer carro. Era tão fácil se locomover a pé por ali que, não fosse o equipamento, talvez nem precisássemos usar a Kombi.

O prédio do Nicolas. Era bizarro aquilo ter um significado literal. Nem saberia o que pensar se fosse dono de um prédio na serra, todo mobiliado, e recebesse o aluguel dos apartamentos. O dinheiro viria bem a calhar.

Nicolas era inteligente. Bonito. Rico. E tinha ficado com o garoto de quem eu gostava. Dei uma mordida num sanduíche de inveja e ciúme recheado de admiração. O sabor era tão intoxicante que me fez estremecer.

Quando o som do motor ficou mais brando, Yuri disse:

— Dá um tchauzinho.

Ele segurava o celular no alto para nos enquadrar dentro da Rita.

— É vídeo ou foto? — perguntei.

— Vídeo.

Dei um tchau, e o minivídeo ficou repetindo na tela do celular. Voltei as mãos para o volante, mas Yuri disse:

— Ficou ruim. Faz de novo.

Eu fiz.

— Pronto, agora sim.

Esse ritual era tão comum que eu nem percebia mais, só que dessa vez ele fez questão de me incluir, e isso aqueceu meu coração. Teria repetido o tchauzinho trinta vezes se ele pedisse. Que ridículo.

No vídeo, Yuri tinha escrito "mais um dia de trabalho", com um emoji de braço flexionado. O vídeo deixou de ser exclusivamente nosso para virar conteúdo para os fãs. Não queria que isso mudasse a minha percepção do momento, mas mudou.

Manobrei Rita Lee para fora do prédio.

— O que você acha de começar a aceitar financiamento coletivo agora? — perguntou Yuri, ainda olhando para o celular.

— Continuo com o mesmo pé atrás — respondi, cauteloso.

— Cara, não vai atrapalhar. No início do canal concordei que era melhor a gente se estabelecer primeiro. Só que agora temos muito conteúdo. Vamos continuar fazendo as mesmas coisas, com a diferença de que para algumas pessoas o acesso será prioritário e elas vão ter uns bônus.

— Ainda é uma responsabilidade grande demais, na minha opinião. Se essa galera falar o que prefere assistir, isso com certeza vai influenciar o que produzimos.

— As pessoas querem dar dinheiro para a gente, Theo. Toda hora alguém pergunta se temos um esquema de apoio. Podemos tentar, pelo menos. E já somos influenciados pelas preferências de quem assiste, não? É inevitável.

— Ok. Podemos tentar.

Ele olhou para mim, surpreso.

— Sério?

— Não estou dizendo que vamos lançar *hoje* nem nada, mas podemos tentar. Prepara um esquema de financiamento de fãs para eu avaliar.

Yuri abriu um sorriso todo bobo, e tive que me segurar para não sorrir também. Era uma decisão séria para mim, mesmo que deixá-lo feliz fosse tão prazeroso.

— Você vai gostar! — reforçou Yuri. — Se pensar bem, é a sua cara, superartístico. Os artistas de antigamente viviam de colaboração de patronos, afinal.

— Do jeito que você fala pareço um hipster.

— Estou mentindo?

Dei de ombros, e começamos a rir.

A Kombi avançava pelas ruas na direção do centro da cidade. Imaginei nosso carro visto de cima, colorido e velho em meio a todo aquele requinte e organização, feito um elemento sobreposto numa pintura.

A agenda do dia incluía uma visita à Casa de Cultura de Itacira, que passava a impressão de ter sido uma residência um dia. Fiquei na dúvida se realmente era o caso ou se ela fora projetada exatamente para lembrar um casarão de fazenda. A vaga artificialidade dos elementos da cidade chamava cada vez mais a minha atenção. Em contrapartida, o disfarce não era menos eficaz ao ser percebido. Pelo contrário: quando o embuste ficava evidente, a ilusão me impressionava mais ainda.

— Agora que me ocorreu: será que vamos ter problemas para filmar lá dentro? — indagou Yuri. — Tem lugar que encrenca.

— Acho melhor a gente sair filmando e só parar se reclamarem — falei. — Tem casos que só de perguntar você perde a chance, porque os funcionários nem sabem se é permitido ou não. Você diz "Posso filmar aqui?", e a pessoa fica confusa, porque realmente não faz ideia. Aí, na dúvida, responde que não.

Yuri riu da minha lógica, mas concordou que fazia certo sentido.

— Bom, vamos ter que pedir permissão de uso das imagens de qualquer maneira — disse ele. — Então, em vez de já chegar na transgressão a gente avisa que *vai* filmar, sem perguntar se pode. Assim aumentam as nossas chances no caso de ninguém saber dizer com certeza o que é permitido ou não.

— Boa! Ser assertivo é essencial.

Apesar da preocupação de Yuri, felizmente o que ocorreu foi o oposto: os funcionários do local se mostraram bastante animados e solícitos com a ideia do projeto. Fiquei agradecido, pois tudo que eu queria era um dia fácil e sem muitos empecilhos.

Um dos artistas que faziam parte da exibição corrente era um taxidermista chamado Neymar Bates — o que supus ser um pseudônimo, considerando que o sobrenome e a atividade eram idênticos ao do personagem de *Psicose*. Sua área na exibição era um canto que imitava uma floresta em miniatura, com alguns animais empalhados. Dois coelhos se entreolhavam de pé sobre as patas traseiras e tinham uma expressão de alegria quase humanizada, como se a qualquer momento fossem começar a cantar um dueto.

Na sala seguinte havia várias fotografias, com placas de informações abaixo de cada moldura.

— Dá uma lida em voz alta — pediu Yuri, apontando a câmera para mim.

Li um texto referente a fotos antigas do Vale Esmeralda.

— "Itacira fica num vale cercado por florestas. Por centenas de anos a região atraiu diferentes grupos, desde povos originários a pesquisadores portugueses. Todos os que visitavam o vale registraram eventos singulares, como desaparecimentos e acessos de loucura. Esses grupos acabavam se retirando da área depois de algum tempo, e a única visitação constante era a dos mineradores, atraídos pelas esmeraldas que se depositavam no fundo do rio que cruza o vale."

Passei para o mural seguinte, com mais fotos em preto e branco de cabanas e casas de pau a pique.

— "Na década de 1960, uma pequena vila surgiu no vale, com habitantes que viviam do cultivo de café. O vilarejo ganhou o mesmo nome da região, que além da alcunha de Vale Esmeralda também era chamada de Itacira, que significa "pedra cortante" em tupi. A vila de Itacira era um povoado pacato, exceto por alguns distúrbios de pouca notoriedade, causados por viajantes de passagem e andarilhos."

Os dados naquela exposição não especificavam quais tinham sido os problemas causados pelos viajantes, mas àquela altura já sabíamos muitos deles.

A sala próxima à saída da exposição continha pinturas de estilos variados, sem seguir um tema específico. O ambiente onde os quadros estavam em exibição era muito iluminado e quieto, o que nos levou a observar tudo em silêncio.

— Acho que já acabamos as filmagens por hoje — afirmou Yuri. — Vou passar ali na lojinha para ver se encontro algo para o Nicolas.

Respirei fundo.

"Acho difícil venderem camisinha aqui", a pior parte de mim ficou com vontade de dizer. Ao invés disso, falei:

— Vai lá, quero dar mais uma olhada aqui.

O que me dava mais ciúme era que Yuri falava sério: sempre gostou de escolher presentes para os amigos. O fato de nem sempre poder gastar aquele dinheiro os tornava ainda mais especiais.

Sozinho na sala e sem a pressão de gerar conteúdo, pude observar melhor os quadros. Um deles despertou minha curiosidade. A pintura tinha traços singelos e cores etéreas, do tipo que acalma o observador. Fiquei hipnotizado por uma tela que retratava uma fada voando perto de uma árvore.

Meu olhar dançava por cada um dos toques de tinta. A luz que transpassava as folhas da copa era vista através das asas translúcidas da fada, dando um efeito efêmero que me deixou em transe, como quem olha as nuvens do céu em busca de formas novas. Nesse estado, consegui enxergar um rosto e, algumas pinceladas mais abaixo, o corpo. Aos poucos, meu interesse se transformou em delírio. Ao redor do pescoço, havia uma corda que pendurava a figura feminina aos galhos. Era uma menina enforcada, oculta na pintura.

Assustado, passei para outra tela para confirmar minhas impressões. Era uma cena de animais numa floresta, numa miscelânia que me pareceu um pouco incoerente: elefantes e leões das savanas africanas em meio a uma floresta tropical com botos e papagaios. No entanto, quanto mais o olhar se perdia na exuberância verde da mata, mais era possível distinguir o contorno humano.

Mais corpos. Corpos se enroscando, deformados em um amálgama ora erótico, ora grotesco. Consumiam um ao outro e se fundiam aos animais, criando novos seres em um novo mundo, uma gênese da agonia. E, no centro deles, espaços vazios escondidos, áreas imaculadas e protegidas que só reforçavam o caráter macabro dos arredores.

Todas as obras desse artista tinham esse caráter ilusório em que, dependendo do tempo de observação, uma realidade diferente se apresentava.

— Será que é gringo? — perguntou Yuri, já de volta, me tirando do transe.

— "Toddy" — falei, lendo o nome em voz alta. — Pode ser nome artístico.

Yuri logo se afastou, mais interessado num mural de outro artista, que misturava expressionismo com grafite. Pensei nos grafites que ele costumava fazer e no quanto ele suprimia aquelas tendências ao focar tão completamente no conteúdo de terror do canal.

Supressão parecia ser um tema recorrente entre a gente.

— Engraçado não ter história de casa mal-assombrada na lista do Nicolas — comentou Yuri.

— Tudo aqui é muito novo, mesmo quando parece antigo. Qualquer casa que pudesse ter história de assombração foi demolida há muito tempo.

— É uma pena — disse Yuri.

— É uma questão de tempo até mais assombrações se instalarem — acrescentei, saindo dali.

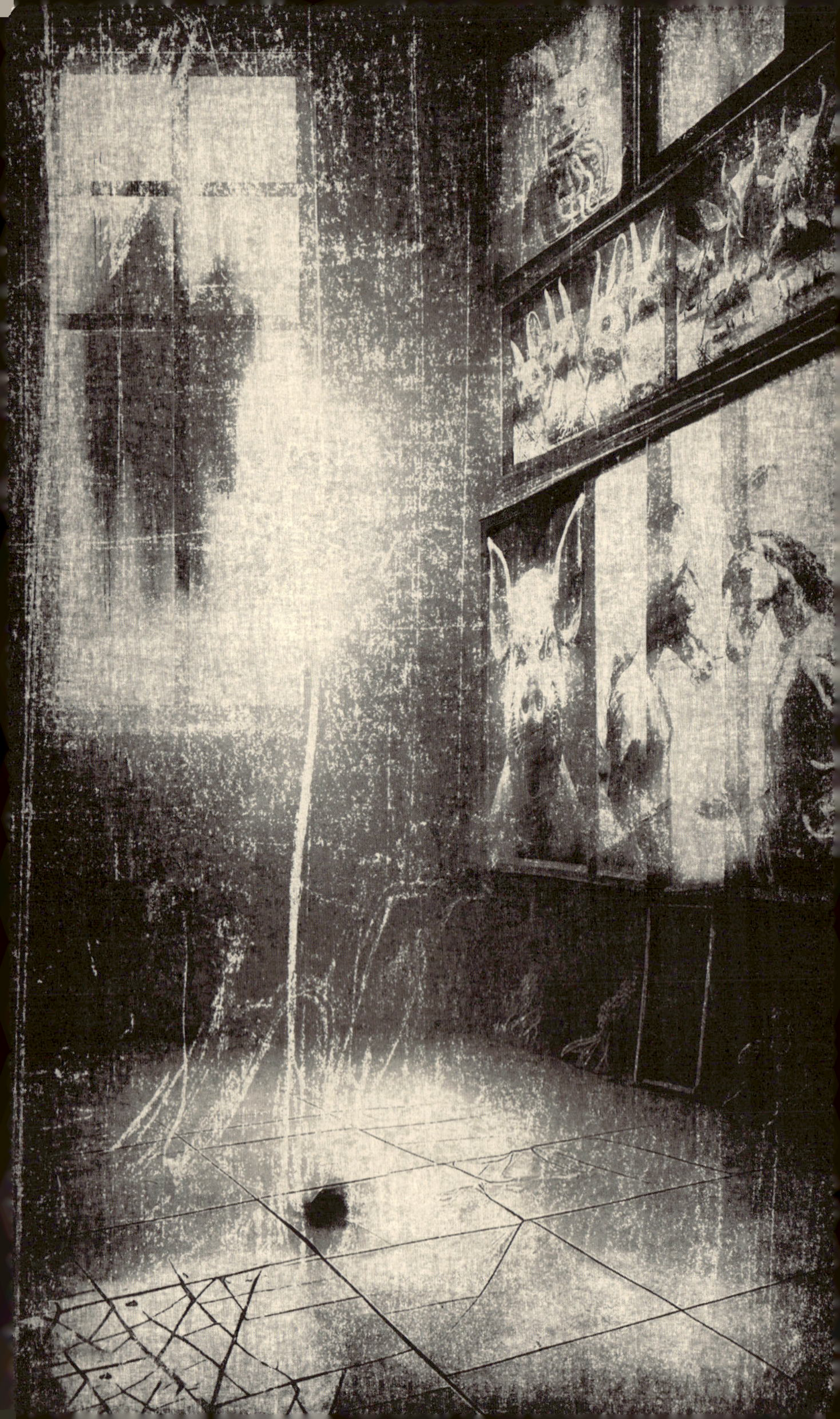

CAPÍTULO 15

Eu estava satisfeito com o conteúdo das exposições, mas meus devaneios ameaçavam embaçar de vez a objetividade que me restava. Será que os desaparecimentos de anos atrás poderiam estar conectados com os de hoje? Cauan poderia ter sido uma vítima do sobrenatural? Pensar na reação de Nicolas me atordoava.

Ao passar pela loja da Casa de Cultura, algo me chamou a atenção. Entre os itens costumeiros, como cartões-postais de pontos turísticos, fotos panorâmicas da cidade e chaveiros com brasões e dizeres, avistei réplicas das pinturas que vi na exibição, incluindo as do tal Toddy.

O efeito de realidades sobrepostas ficava ainda mais perceptível naquelas versões reduzidas. Uma das pinturas tinha um grupo de aldeãos festejando em uma praça, mas abaixo deles era possível enxergar uma silhueta com enormes tentáculos entrelaçados. Um ritual para chamar uma criatura das profundezas.

Não sei o que me atraía tanto naquelas pinturas. Tinha uma impressão inexplicável de que me lembrava delas. Como se elas tivessem *acontecido*.

— O que foi? — perguntou Yuri, olhando para mim com uma expressão preocupada.

Levei a mão ao rosto, contendo uma lágrima que descia devagar.

— Pior que não sei — respondi, só então percebendo o quão abalado estava. — Acho que fiquei emocionado com essas pinturas.

Outra pessoa teria ficado desconfortável ou aproveitado para fazer uma piada. Não Yuri. Ele olhou para as miniaturas. Depois de alguns segundos, perguntou:

— Essa não parece o pesadelo que você me contou uma vez?

Uma pintura com pássaros e sangue. De fato lembrava algo com que eu tinha sonhado.

Talvez eu acabasse fazendo aquela associação por conta própria, mas a comparação de Yuri ativou algo na minha mente. Comecei a ligar elementos da arte de Toddy a coisas que já haviam aparecido em meus sonhos. Eu não tinha como ter certeza de que eram lembranças reais ou se as pinturas já estavam se misturando aos pesadelos no meu inconsciente.

De qualquer forma, fiquei intrigado. Não imaginava que as pinturas de Toddy continham algum segredo sobre meus sonhos, mas era impossível não ficar curioso.

— No Instagram diz que ele mora na cidade — comentou Yuri. — Já seguiu?

— Hein?

— Essa é a conta dele — disse Yuri, me mostrando a tela do celular. — Segue a conta e faz um comentário. Se ele é de Itacira, de repente a gente pode tentar entrevistá-lo. Assim que vir seu número de seguidores, ele vai querer te conhecer.

Por insistência de Yuri, peguei meu celular e segui a conta, enviando uma mensagem privada para puxar assunto. Nem tinha considerado conhecer o autor daquelas artes tão singulares.

— A arte dele é legal, mas não chega a ser um mistério ou uma lenda, né? — comentei, sentindo que aquilo podia ser perda de tempo. — Não tem muito a ver com o que estamos fazendo.

—Tem a ver com você. Então vale a pena.
— Ah.

Meu rosto esquentou.

— Vamos nessa — disse ele. — Já consegui o que queria.

Yuri tirou do bolso o que tinha comprado para Nicolas, me mostrando com orgulho uma pulseira feita de cordas de guitarra entrelaçadas. Fiquei chocado por haver algo tão elaborado na lojinha do lugar.

Quando Yuri se afeiçoava a alguém, seus presentes eram como uma flecha mirada no coração. Ele não se satisfazia com um item que fosse ficar esquecido numa gaveta depois de alguns dias, então sempre escolhia algo que de alguma forma marcasse o presenteado.

A pulseira combinava com o estilo do Nicolas e era feita de um material relacionado a um instrumento que ele tocava. Com ela, Nicolas poderia levar Yuri no pulso e lembrar do contato dele no seu corpo sempre que o metal das cordas encostasse na sua pele.

Pensei nos presentes que Yuri já me dera. Eu tinha adorado o mais recente: um pin do bode Black Phillip, do filme *A Bruxa*, um dos meus favoritos nos últimos anos. Junto do bode havia uma frase do filme: "Você quer viver deliciosamente?" Estava na minha mochila no meio de outros pins, todos presentes de Yuri. Desde que percebeu que eu gostava de usá-los, ele sempre me surpreendia com um novo, e eu, claro, adorava.

Elogiei a pulseira que ele comprara para Nicolas, tentando ignorar a mágoa por não ser o objeto das atenções dele. Pensei em aproveitar aquele papo para mencionar que tinha voltado a ter pesadelos vívidos com uma frequência alarmante. Desde a noite no hotel não toquei no assunto, para não arriscar preocupá-lo à toa.

Também considerei ligar para a minha terapeuta, mas não o fiz pelo mesmo motivo de não ter contado nada para Yuri: com certeza era algo temporário. Bastaria voltar para casa e para as sessões que eles parariam de novo.

Dava para aguentar mais uns dias.

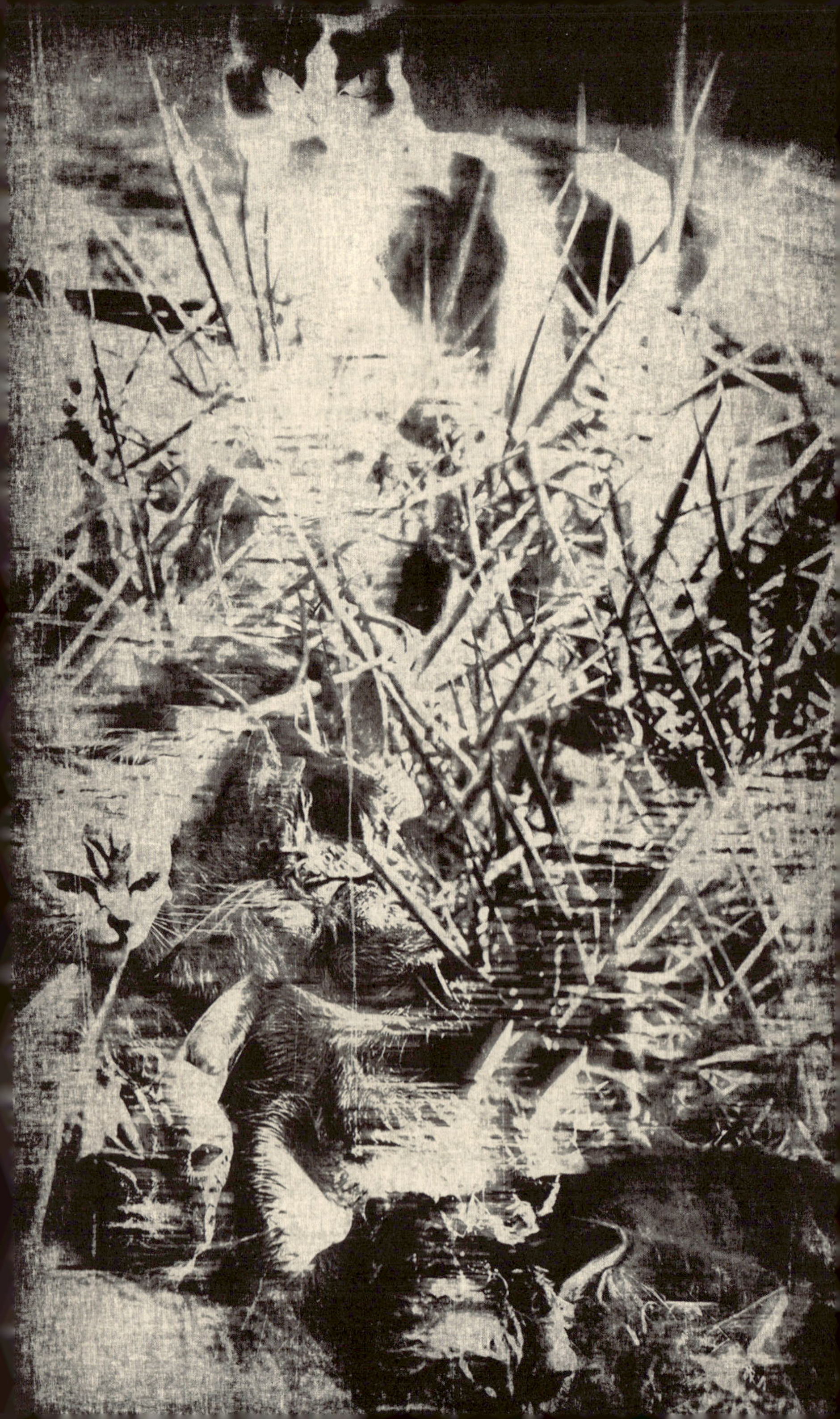

CAPÍTULO 16

No final de semana, partimos na Rita com a Witch Time inteira para o parque Ponta de Flecha, que ficava nos limites da zona urbana.

— Os bonecos ficam para a esquerda da entrada, né? — perguntou Vivian.

— Isso — confirmou Nicolas. — A maioria aparece lá.

Os "bonecos" eram uma espécie de planta que crescia no parque. Sem qualquer interferência humana, vários pés de manacá-da-serra cresciam com formas que lembravam seres humanos. Um caso clássico de pareidolia, o fenômeno que faz as pessoas verem significados em formas aleatórias, como o rosto de Jesus em manchas. Mesmo assim, aquelas plantas eram bem estranhas e mereciam entrar na série.

A sombra das árvores maiores espalhava uma frieza impiedosa pelo parque, feito um domo de proteção do calor do dia. Mesmo seguindo a trilha eu tinha a impressão de que podia me perder ali dentro, e mais de uma vez pareceu que andávamos em círculos.

— Gente, o festival tá chegando. Temos que ensaiar mais — disse Sofia para Vivian e Nicolas.

— Nós estamos ensaiando, né? O Nicolas é que não aparece — reclamou Vivian.

— Estou aparecendo, sim — defendeu-se Nicolas. — E ensaiar para quê, se eu já sei o que fazer? — Ele desviou de um soco de Vivian, acrescentando: — Tô zoando! Vai ficar tudo bem.

Nicolas gesticulava eufórico enquanto falava. A ideia de estar ao ar livre com os amigos parecia fazer bem a ele.

Não era comum ver Nicolas tão animado. Na maior parte do tempo, ele exibia um ar silencioso e desinteressado, compatível com os astros do rock que o inspiravam. Não era uma postura forçada e, quando precisava estar mais presente, ele ganhava uma energia magnética que dominava a atenção de todo mundo. Acontecia nas reuniões com os amigos, onde ele sempre era a alma da festa.

Apesar de essa energia garantir o movimento incessante de pessoas no seu apartamento, elas pareciam entrar e sair de sua vida com a mesma facilidade que seu humor mudava. Só com Sofia e Vivian era diferente — elas eram seu porto seguro.

Cauan também. Até que deixou de ser. Os três continuaram a falar da apresentação da banda no festival. Yuri participava do papo, mas, quanto mais eles falavam de música e artistas pop, mais quieto eu ficava.

Distraído, eu acompanhava uma forma ou outra que já despontava pelo caminho. No início, a semelhança entre as plantas e seres humanos era muito vaga, mas parecia ganhar força à medida que nos aproximávamos do local.

O caminho de terra batida deu lugar a uma escada de madeira que descia em zigue-zague num declive. Dali já era possível visualizar os bonecos.

O manacá floresce até o fim do verão, e as árvores estavam cobertas de flores de tons rosa e arroxeados. Eles realmente lembravam pessoas. Os troncos e galhos pareciam ter sido obrigados por alguma força desconhecida a crescer numa harmonia abstrata, de forma a terem pernas, braços e cabeças. O resultado era uma espécie de arte orgânica antropomórfica, uma imitação quase perfeita, com os tons das folhas simulando os volumes de um rosto e o posicionamento de um galho criando uma clavícula.

Apesar do estranhamento que causavam, todas aquelas estruturas tinham um ar de serenidade e alegria, como o encontro de uma família feliz em uma propaganda na tevê, o que parecia quase proposital.

— Que maneiro — murmurou Yuri, sem parar de filmar.

Por entre os troncos e galhos, avistei ao longe alguns trabalhadores. Pareciam estar fazendo a poda de algumas daquelas árvores.

— Olha lá! — Apontei. — Será que estão esculpindo mais uma? — insinuei, dando vazão à minha suspeita.

— Ah, não. Elas ganham essas formas sozinhas mesmo — explicou Sofia. — A esposa do meu chefe faz bonsai. As técnicas de modelagem usam arames, e leva tempo para mudar o formato das plantas a esse ponto. Não daria para alguém fazer isso sem ninguém perceber.

As árvores pequenas pareciam crianças e exibiam o mesmo ar de humanidade das maiores. Enquanto olhava para uma delas, avistei uma camisinha usada que me tirou completamente da atmosfera do bosque.

— Ninguém merece, viu? — comentei, apontando para o achado.

Nicolas deu uma risadinha.

— Rola muito disso aqui. Tem câmeras instaladas pelo parque, mas as dessa área sempre são vandalizadas. — Ele colocou no chão a mochila, tirou o drone de dentro e começou a desdobrar as hélices do equipamento. — Uma vez o Cauan trouxe a gente para uma festa aqui, mas a galera era meio descontrolada.

Nicolas não percebia, mas toda menção casual que fazia ao nome de Cauan projetava uma sombra nos rostos de Vivian e Sofia. Para ele, era como se o namorado pudesse ressurgir a qualquer momento. Para elas não parecia ser esse o caso.

Chegamos a falar da possibilidade de Cauan ter voltado para a casa da tia em Macaé. Nicolas descartou a hipótese, explicando que entrou em contato com a mulher inúmeras vezes e que ela também estava preocupada com o sobrinho. Não havia sinal dele lá.

Quando soube que eles ainda não haviam pendurado cartazes de desaparecido pela cidade, não cheguei a perguntar o motivo nem sugerir que o fizessem. Dava para entender. Cartazes nos postes são símbolos que fortalecem a hipótese de a pessoa ter partido para sempre. Além disso, do jeito que a polícia dali lidava com os desaparecidos, era provável que os cartazes também sumissem sem deixar vestígios.

As hélices do drone giraram, e ele subiu com elegância, fazendo um ruído bem mais baixo do que eu esperava. Nicolas movia o aparelho usando um controle com tela acoplada, que transmitia o que a câmera via de cima. O drone flutuou de um lado para o outro com a precisão de um zangão eletrônico.

Cheguei mais perto da tela e vi nós cinco parados no meio das árvores, pequenos devido à altura que o drone nos observava. Naquele bosque, éramos todos corpos estranhos. Invasores de uma catedral biológica.

● ●

Os lados norte e sul de Itacira eram ligados por uma ponte, com o rio das Esmeraldas cortando sinuoso as duas metades. O conjunto tinha a simetria perfeita de um yin e yang colorido — exceto pela obra inacabada da segunda ponte.

Ninguém na prefeitura soube me dizer os motivos da construção não ter ido adiante. A explicação mais comum era a de que houve uma grande quantidade de acidentes de trabalho devido a inundações na área, o que levou à paralisação das obras. Desde então havia a promessa de conclusão da travessia.

De longe a ponte parecia bem avançada, mas, quanto mais perto se chegava, mais drástico se mostrava o estado da construção. Ela partia do lado sul e cessava na metade do rio, e no lado norte não havia nada — apenas um matagal, esperando uma conexão que não acontecia. Tecnicamente, a ponte nunca "quebrou", mas o título de ponte quebrada foi o que ficou fixado no imaginário dos moradores da região.

A grade na entrada da obra tinha faixas de "proibido ultrapassar", que só serviam para serem ignoradas pelos curiosos. Estávamos ali para fazer o mesmo. Devido à falta de vigilância, a ponte também era um local popular para festas.

— A ponte quebrada acabou virando point da galera. Rola de tudo, várias festinhas — disse Nicolas. — Dizem que até suruba já aconteceu. Mas a maioria das pessoas tem medo de andar por aqui.

O lugar era um poço de histórias e de lendas urbanas. Dizia-se que um assassino fantasiado de coelho rondava a ponte e mutilava os corpos das vítimas com um machado. Também havia relatos de ser possível ouvir o choro de crianças de madrugada, como se o som viesse da parte de baixo da ponte. Além dos casos mais inverossímeis, a extremidade incompleta no meio do rio ainda servia de chamariz para suicídios.

Talvez a lenda mais alucinante era a de que a segunda ponte fazia parte de um portal e que, se a obra fosse concluída, se tornaria uma passagem para as profundezas. De acordo com essa história, o pouco que foi construído já tinha sido suficiente para que um demônio tivesse se apossado dela.

Antes de escurecer, Yuri fez uma live no celular com participação da Witch Time, e, aos poucos, todos se mostraram animados com as perguntas dos espectadores. A live foi ficando cada vez mais ridícula, a ponto de Yuri começar a chamar o tal demônio dono da ponte para uma disputa.

— Demônio! Se você não aparecer agora, essa ponte vai ser minha.

— Você tá doido — retruquei, rindo de nervoso.

— Olha como eu danço na sua ponte, demônio! Ela é minha agora. Se quiser que eu saia, vai ter que me tirar daqui pessoalmente.

Eu acreditava de verdade que pudesse haver um espírito dominando aquela obra e adoraria que algo acontecesse. Entretanto, caso existisse, ele muito provavelmente não se importaria com nossa existência.

Depois de nos abastecermos com hambúrgueres e fritas numa lanchonete próxima, nos sentamos à beira do rio para ver o sol se pôr. Nicolas usou o drone para capturar de cima a explosão de cores à nossa volta.

Passamos o final da tarde conversando, esperando a noite cair para realizar tomadas noturnas do lugar. Quando Yuri, Nicolas e Vivian se embrenharam numa discussão interminável sobre a qualidade dos filmes mais recentes de *Star Wars*, eu e Sofia nos afastamos um pouco para falar de outra coisa.

— Eu assisti ao vídeo de vocês sobre a Laura Padilha — comentou Sofia.

Já fazia um ano desde aquele caso, mas eu ainda ficava eletrizado quando alguém o mencionava.

— O que você achou?

— Horrível, né? Não o vídeo, a situação toda. Ela só tinha vinte e dois anos. E não era a única vítima...

Assenti. Laura Padilha fora encontrada no quarto, deitada na cama como se estivesse dormindo. Como o caso tinha acontecido relativamente perto da nossa cidade, demos um jeito de entrevistar amigos e parentes da vítima. Crimes reais eram fascinantes para o público do canal, principalmente quando conseguíamos fazer o espectador se sentir uma espécie de detetive.

— Incrível vocês terem descoberto que o culpado foi o primo dela.

— Nós só olhamos mais de perto — falei. — É muito comum que crimes sejam cometidos por alguém próximo da vítima.

O que chamou a minha atenção na notícia foi o objeto encontrado sobre a cabeça da falecida: uma coroa de flores. Era um detalhe que eu já tinha visto em pelo menos dois outros casos recentes, mas a polícia não parecia ter feito a conexão. Pelo menos não publicamente.

Enquanto falava com Sofia, as memórias relevantes passavam editadas na minha cabeça. As pistas pouco a pouco indicando que o culpado era Diogo, o primo de dezenove anos de Laura. Eu e Yuri conseguindo sua confissão durante uma entrevista, com a polícia de tocaia na sala ao lado. Diogo aos prantos diante das provas, assumindo as outras mortes, dizendo que tinha sido vítima de possessão demoníaca.

Jornais em todo o país cobriram o caso, e nós viralizamos. Dois garotos de dezenove anos, desvendando mortes e identificando um jovem assassino em série. Chegava a tão almejada fama de internet, mas desde então não tínhamos mais conseguido um hit como aquele. Parecia impossível algo do tipo acontecer de novo.

Por mais terrível que fosse, era tudo que eu queria. Algo grande de novo, para provar que eu era capaz de vencer o terror mais uma vez.

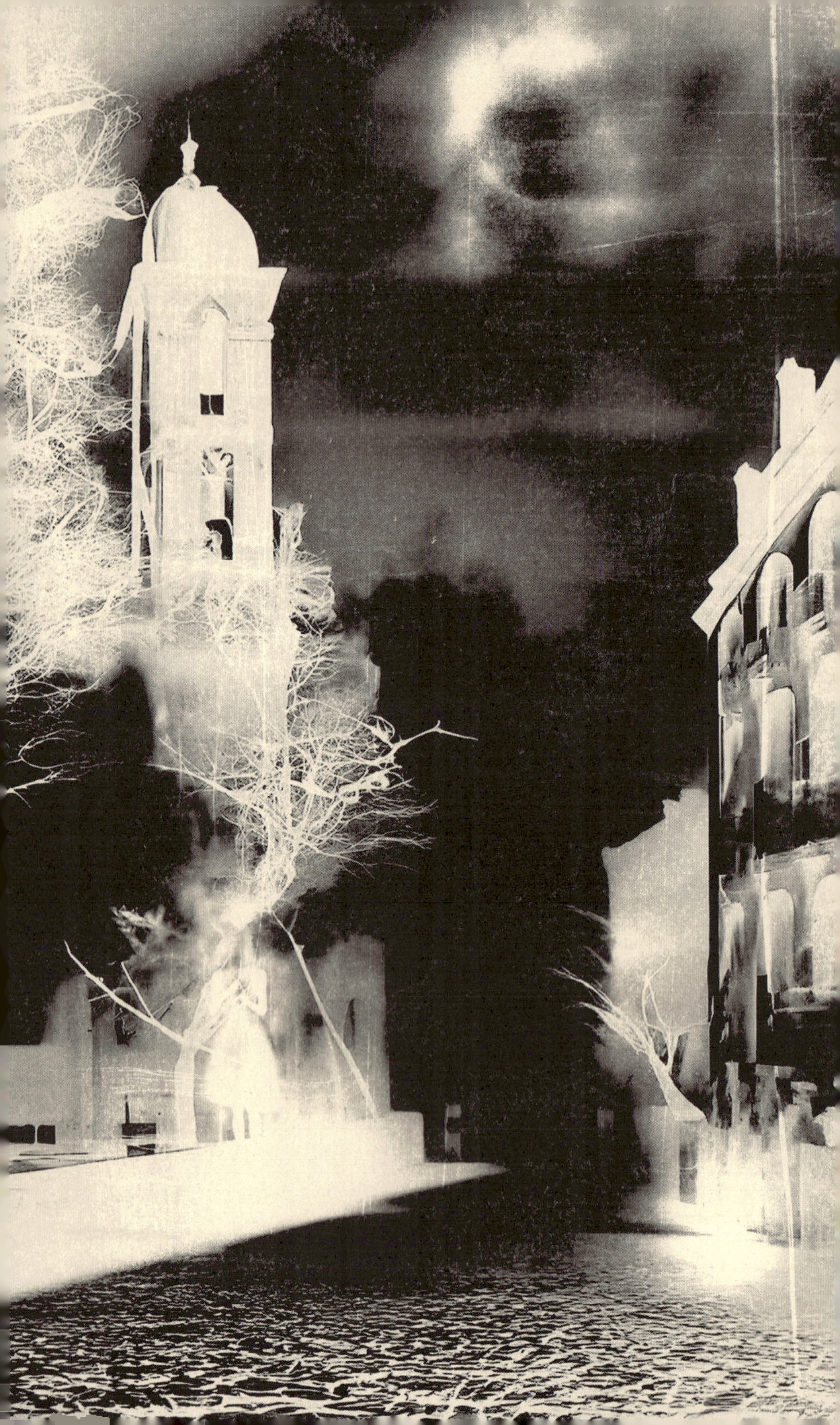

CAPÍTULO 17

Quando paramos de filmar na ponte, o escuro nos obrigou a ligar as lanternas dos celulares. Não havia postes que alcançassem aquele ponto, e dava para entender por que as pessoas evitavam aquela parte do rio.

Os feixes de luz distorciam os detalhes, fazendo a ponte parecer mais completa do que realmente era. No escuro, o maior sinal de desgaste eram as pichações.

De pé, Yuri apontava a luz do próprio celular para um grafite extremamente elaborado, num muro também inacabado próximo da ponte. Anjos, demônios, animais, cores muito fortes. A tinta desgastada parecia respirar.

Parei ao lado de Yuri para apreciar a arte.

— Foi o Cauan quem fez esse — disse Nicolas atrás de mim. — Ele fazia pela cidade inteira, justamente porque não podia.

Não precisei olhar para Yuri para saber que seus olhos brilhavam com fascínio. Desde a primeira foto que eu vira de Cauan, e depois do que Nicolas nos contou sobre a personalidade do namorado, percebi como ele e Yuri eram parecidos em vários aspectos.

— Eu ficava apavorada quando ele subia onde não devia para fazer isso — contou Vivian, em um raro momento em que se propunha a falar de Cauan por vontade própria.

Vivian e Sofia começaram a recolher o lixo dos lanches enquanto Nicolas e Yuri colocavam as câmeras e o drone nas bolsas.

Ajudei com as sacolas, distraído. Era hora de partirmos, mas agíamos com morosidade, como se algo na noite nos segurasse ali.

Acabei me afastando um pouco, tomando cuidado para me manter longe da margem do rio. Havia mais pedaços de concreto e muros ao largo da área da ponte, e todas elas estavam grafitadas. Mesmo no escuro era fácil de deduzir quais artes eram de Cauan. Seu estilo era distinto. Àquela altura era como se eu o conhecesse.

Querendo ou não, eu me identificava com Nicolas até certo ponto. Não conseguia imaginar o que seria de mim se Yuri desaparecesse do mesmo jeito. Ainda que nossa complicada relação muitas vezes me deixasse desconcertado, perdê-lo do nada seria como ter um membro do corpo arrancado.

Enquanto observava o grafite, senti o impulso de desligar a lanterna do celular. A baixa visibilidade deixou todo o resto mais vívido — os sons e os cheiros da mata, e, do rio corrente, a sensação da umidade na minha pele e nas minhas narinas.

Grilos, sapos, cigarras, eu mal conseguia distinguir os sons. Não sei como não tinha notado que a natureza era tão... sonora. O silêncio que eu percebia em Itacira era só mais uma ilusão superficial. O vale inteiro respirava e pulsava sem parar, e na ponte quebrada, onde não se ouvia carros passando, rádios ou música ao vivo, isso ficava ainda mais evidente. Na verdade, nesse momento os sons do rio me soavam mais melodiosos que qualquer composição.

Meu mergulho terminou quando ouvi um som que destoava da orquestra.

Um som humano.

Acendi a lanterna do celular de novo, bem a tempo de ver Sofia se aproximando, apressada.

— Que susto, Theo! — reclamou ela. — A gente não estava mais te vendo. O que você tá fazendo? Veio fazer xixi?

— Estava aqui pensando um pouco, aproveitando o silêncio — respondi, com sinceridade. — Escuta, você também está ouvindo isso?

Apontei para o ar, a esmo. Sofia tentou prestar atenção, logo dizendo:

— O quê? O rio?

— Não. Outro som, meio molhado...

Enquanto tentava identificar o barulho com ela, o restante do grupo se aproximou, carregando as bolsas e as sacolas com lixo.

— O que tá rolando? — quis saber Yuri.

— O Theo está ouvindo alguma coisa — respondeu Sofia, desistindo de identificar a origem do barulho.

— Shhh — falei, pedindo silêncio.

Alguns segundos se passaram, até que Nicolas anunciou:

— Caramba. Parece alguém chorando.

— Acho que está vindo de debaixo da ponte — indicou Vivian.

Todos pareciam conseguir ouvir agora.

— Será que é o tal fantasma da criança que fica chorando? — comentou Sofia, apreensiva. — Isso nem existe, gente — acrescentou, como que para si mesma.

— Só tem um jeito de descobrir — disse Yuri, com um sorriso fantasmagórico banhado pelas luzes dos celulares.

● ●

Bastava que eu e Yuri fôssemos até a origem do som, mas, por algum motivo, a banda nos seguiu. Havia algo no ar naquela noite, naquele ponto, naquele momento. Algo que eu não conseguia entender nos unia.

Tomei a dianteira e desci o pequeno barranco que dava acesso à parte de baixo da ponte. Era um risco absurdo fazer isso em qualquer horário, ainda mais de noite e com o rio na velocidade que estava. Afastando esse pensamento, olhei para trás. Ver que Yuri me filmava e me seguia devagar me deu toda a coragem de que eu precisava.

Ao ultrapassar a parte mais precária do barranco, alcancei um ponto mais sólido, de chão de cimento, com uma parede que levava até a ponte. Essa parede também estava toda pintada, mas não era só com o grafite de Cauan.

Desenhos bem mais recentes e simples, que mal passavam de bonecos de palito. Alguns tinham membros distorcidos, enquanto outros apresentavam símbolos estranhos, ou corações no peito. Nenhum deles tinha rosto. E todos eram feitos de giz.

O som do choro estava mais alto agora. Parecia vir de um ponto bem na minha frente.

Então o choro virou um grito gutural, e no mesmo instante avistei um vulto adiante no escuro. Apontei a luz do celular na direção do movimento, e antes que eu pudesse me aproximar, dois olhos brilharam e o volume ganhou velocidade, desaparecendo no mato embaixo da ponte.

Depois disso, o grito cessou.

— Que diabo foi isso? — perguntou Yuri, ofegante, me alcançando.

— Cara. Eu acho que era o Tonho.

• •

Ao ouvir o grito, Nicolas decidiu ver o que tinha acontecido e, usando a lanterna do celular, também desceu o barranco, mais rápido do que deveria.

— Tá tudo bem? O que aconteceu? — indagou Nicolas, chegando perto de nós com uma agilidade admirável. — Quem gritou?

— O que está acontecendo aí embaixo? — questionou Vivian, aflita, mais acima. — Vocês estão bem?

— Estamos, sim! — gritei, para tranquilizá-las. Só dava para ver as silhuetas das duas garotas, com os celulares em punho e as lanternas ligadas. — Não precisam descer! Já vamos subir.

— Tem certeza de que era o Tonho, Theo? — perguntou Yuri.

— Não, mas parecia muito. Ninguém mais teve notícia dele depois da morte do Anderson. Nenhum corpo encontrado, nenhuma pista. A Cristina me disse que tentou investigar, mas não teve qualquer respaldo da polícia para realizar uma busca.

Yuri e Nicolas me encaravam enquanto minha cabeça tentava conectar pontos no escuro.

— E tem outra — prossegui. — Lembra que o Anderson comentou que eles ficavam pela ponte quando vinham pra cá?

— Verdade... — concordou Yuri.

Ele continuava com a câmera erguida para mim, como se o objeto fosse quase uma extensão do seu corpo. Quando olhei para o lado que o vulto tinha corrido, ele apontou a lente na mesma direção. Ao nosso lado, a água do rio ondulava em resposta ao vento forte.

— Vamos — falei, resignado.

Nosso próximo passo era óbvio: precisávamos achar o Antônio. Mais que um mistério, era questão de ajudar uma pessoa vulnerável em uma situação delicada.

De impedir uma morte.

Fui na frente seguindo o caminho estreito de cimento, com Yuri e Nicolas em meu encalço. Poucos metros adiante, Nicolas parou e disse:

— Gente, dá uma olhada nisso aqui.

Ele apontou a lanterna do celular para o lado. No muro, os desenhos de giz continuavam pela lateral do caminho, uma série de bonecos simples que parava abruptamente. Havia um acesso ali, quase invisível. Da parte de cima, era impossível perceber aquela entrada, encoberta pelo mato.

— Tem uma porta na lateral da ponte — afirmou Yuri.

Era uma passagem estreita, então Yuri tomou a dianteira para poder filmar, e entrei logo em seguida.

— Nicolas, volta lá para cima e explica para as meninas o que está acontecendo — pedi.

— Não, eu vou com vocês — disse ele.

— Por favor — falei, olhando bem nos olhos dele. — Fica com as duas e tenta tranquilizar elas. A gente se vira aqui. Se você se machucar, eu nunca vou me perdoar.

Nicolas engoliu em seco, apertou os lábios, e então fez que sim com a cabeça.

— Eu já volto — disse ele, virando-se e voltando pelo caminho, ao encontro das amigas.

Segui Yuri pelo acesso. Foram passos lentos e tortuosos. Minha adrenalina estava a mil, e percebi que Yuri lutava para não tremer demais. Chegamos a uma pequena escada de concreto que levava a outra porta. Parei, tomado pela sensação de que ali havia um limite invisível, um tipo de lacre prestes a ser rompido, onde o tal demônio da ponte aguardava o último sinal para finalmente se libertar.

Seguimos com cautela, e do outro lado do acesso havia um cômodo amplo, sem qualquer outra abertura. Os vários tons de cinza criados pela umidade só eram rompidos por alguns pontos de mofo nas paredes. O único sinal de que algum humano já estivera ali eram duas esteiras de palha no chão.

— Era aqui que Anderson e Tonho ficavam quando vinham para a cidade... — deduzi.

— Achei que era em alguma casa, um barraco, sei lá — comentou Yuri. — Não imaginei que fosse literalmente dentro da ponte.

Não havia sinal de Tonho ali. Ele devia ter seguido o caminho por baixo da ponte quebrada e subido pelo outro lado na mesma margem.

— Isso devia ser espaço de depósito durante as obras — supus. — Provavelmente para colocar material de manutenção, essas coisas.

— Ou então tinha algo a ver com escoamento da água na cheia — comentou Yuri. — Theo, se liga naquilo ali — indicou ele, com a câmera apontada para um pedaço de papel sob uma das esteiras.

Levantei a esteira com cuidado e puxei os papéis que estavam ali.

— São desenhos — falei, mostrando para a câmera.

— Ele que fez?

— Não, não. Esses são diferentes — corrigi. — Parecem umas mandalas, e foram xerocadas. Parecem ter sido arrancadas de um livro — concluí, apontando a borda rasgada das cinco páginas.

Filmamos o local como pudemos e voltamos pelo mesmo caminho de antes. Quando chegamos em cima, suados e sujos, contamos o que vimos.

— Vou ligar para a Cristina e contar que vocês viram o Tonho — disse Sofia, já selecionando o número da irmã no celular. — Se ele ainda estiver na área, temos que agir rápido.

Vivian pegou as folhas que encontramos da minha mão, apontando o celular para elas.

— Parecem os símbolos mágicos do livro que a gente viu lá na loja.

De queixo caído, olhei para a câmera para encontrar os olhos de Yuri. No mesmo instante, a bateria do meu celular acabou e minha luz se apagou.

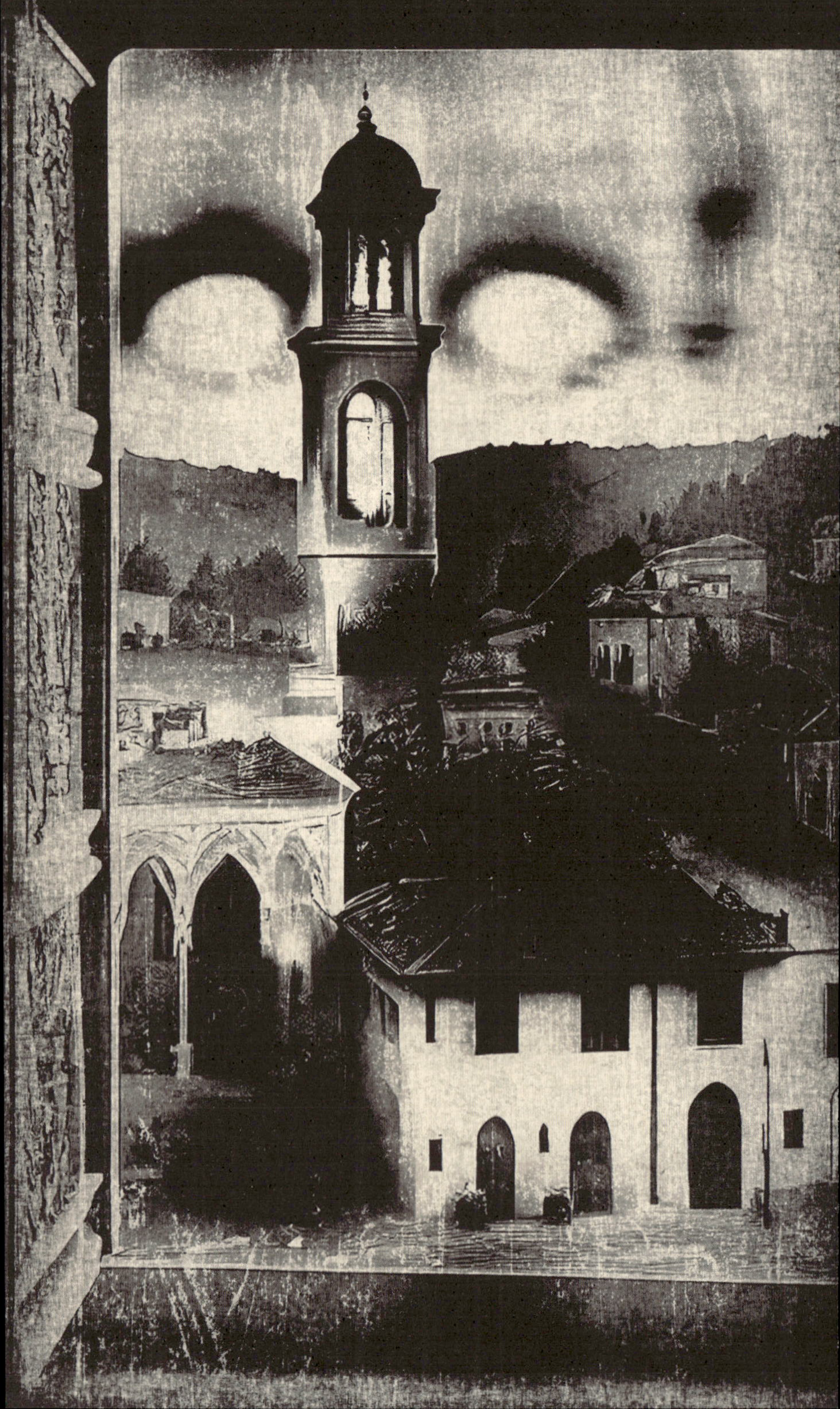

CAPÍTULO 18

NA MANHÃ SEGUINTE, nos reunimos na varanda de Nicolas para tomar bebidas quentes e conversar sobre os últimos acontecimentos, tentando encaixar as peças daquele quebra-cabeça macabro. As descobertas renderam muitas teorias, e minha imaginação voava, embora na noite anterior nem os pesadelos tivessem me encontrado, tamanha minha exaustão.

— Tem certeza de que você viu o Tonho correr? — questionou Sofia. — Aquele grito foi estranhíssimo.

— Só pode ter sido ele. Tudo encaixa. E tem outra coisa que só lembrei depois: quando nós encontramos o Tonho e o irmão no posto, ele estava desenhando com giz no chão.

— Bom, avisei a Cristina ontem mesmo, e ela ficou de ver o que fazer. Espero que esse cara esteja bem. Por que ele iria para a ponte ao invés de procurar alguém?

— Ele parece ter algumas dificuldades cognitivas — expliquei. — Acho que esses desenhos são a forma que ele tem de se comunicar. De pedir ajuda.

A cena da morte de Anderson voltou à minha mente. Se Antônio tivesse caído no rio e se afogado, eu teria visto o momento da morte dos dois irmãos. Não queria trazer o assunto à tona, então guardei aquele pensamento só para mim.

— Tem mais uma coisa que pensei hoje cedo — falei. — Yuri, lembra que eles iam encontrar com o padre Raimundo para conseguir emprego? — perguntei. — Tá aqui a prova do envolvimento dele. Essas páginas parecem ter sido arrancadas daquele livro que o padre estava lendo quando entramos na sacristia. Por que o Tonho arrancaria isso do livro?

— Lembro sim, Theo, mas a gente não tem nada disso gravado. Não dá para afirmar que o padre é um bruxo que matou um cara — contestou Yuri. — E mesmo que essas páginas venham do livro do padre, elas são cópias. Pode ter várias delas na cidade, até na loja em que a Vivian trabalha.

Olhei para Vivian em busca de apoio, mas pela sua expressão vi que ela concordava com Yuri. Frustrado, recorri a Nicolas, que estava com seu semblante impassível de costume. Provavelmente eu não ia conseguir que ele desconfiasse do padre que conhecia desde a infância.

— O que a gente faz, então? — perguntei, tentando conter a frustração.

— A gente continua o documentário — respondeu Yuri. — A Cristina já sabe o que a gente viu e vai investigar. Vamos esperar para ver o que ela tem a dizer. A Sofia vai informar assim que souber de algo, né, Sofia?

Sofia confirmou que sim. Ela tinha levado as páginas que encontramos para a irmã depois que eu fotografei tudo. Sem ter para onde correr, aceitei a derrota e decidi sossegar o facho. Até porque, apesar de algo me dizer que o padre tinha as respostas para o que aconteceu com Anderson, eu precisava dar o braço a torcer: não fazia ideia de como proceder. O mais sensato era deixar aquela investigação a cargo das autoridades competentes. Dessa vez, pelo menos tínhamos alguém do nosso lado.

Era um sábado ensolarado, perfeito para curtir com Yuri e o pessoal e bater perna pela cidade. Estranhamente, essa promessa de diversão não surtiu o efeito esperado.

Mesmo com poucos dias de convívio, um incômodo crescia em meu peito, cada vez mais difícil de ignorar.

Nem sempre eu acompanhava o ritmo e a energia das conversas que Nicolas tinha com Yuri. Não sei se eles me excluíam sem perceber ou se eu me excluía de antemão, feito um réptil acuado que abandona a cauda e se esconde.

O fato é que eu estava ficando de escanteio. Uma piada aqui, uma referência que eu demorava para entender ali. Minha mente viajava para longe nas conversas e, quando voltava a ficar presente, eu sentia que não tinha feito a menor falta.

Quando uma das garotas estava por perto, as interações ficavam mais balanceadas, mas, quando éramos só os três, esses pequenos momentos iam se acumulando. Mesmo que Yuri e Nicolas não dessem sinais de incômodo, eu ainda era a vela proverbial, imaginando que talvez fosse melhor me afastar para eles poderem se beijar ou ficarem juntos como bem entendessem. Eu não havia mais visto nada rolando entre eles, embora fosse provável que os dois só tivessem passado a ser mais discretos.

Chegou ao ponto de eu desistir de descer com eles para o Sétimo Selo quando me chamaram, com o pretexto de continuar trabalhando no documentário. E, bem, testemunhar a morte de alguém na frente de um estabelecimento pode diminuir bastante sua vontade de frequentar o lugar, então ninguém estranhou.

Mesmo quando Anderson não aparecia nos meus pesadelos, eu ainda me lembrava do seu corpo sem vida quando me deitava para dormir.

Os pesadelos, no fundo, não me incomodavam tanto. Claro, seria melhor *não ter* sonhos ruins durante a noite e acordar descansado, mas pelo menos um pesadelo é um problema com começo e fim evidentes, que tem soluções mais ou menos claras: descanso, terapia, remédios.

Os problemas realmente difíceis de lidar eram os de caráter mais sutil. Daqueles que vão se alterando devagarinho, que não têm uma solução aparente. Do tipo que você nem consegue dizer se *é* um problema *mesmo* ou apenas a vida seguindo em frente.

Esses dava para ir levando. E era exatamente esse o problema.

Apesar do conteúdo que conseguimos filmar, outra dificuldade que vinha se revelando ao longos daqueles dias era a falta de tempo para editar. Para mim estava claro que Yuri tinha subestimado o trabalho que daria lançar os episódios durante a viagem, mas nenhum dos dois queria admitir isso.

Enquanto ele mergulhava na edição para manter o cronograma, eu continuava revendo o material relacionado a Nicolas. Fotos de Daejung e as plantas das obras que ele coordenou, fotos de Cauan, arquivos e mais arquivos que eu interpretava de várias maneiras sem chegar a lugar nenhum.

Eu precisava de um conteúdo explosivo. Tinha que achar *alguma coisa*. E logo. Então aproveitei os momentos sozinho para pesquisar mais sobre São Cipriano. Postei num grupo de investigação amadora, que eu sabia ter entusiastas do santo/bruxo. Mencionei que tinha visto um livro Capa Branca, sem dar nomes ou detalhes além de ter sido na região serrana do Rio. Todos ali acreditavam em feitiçaria, mas também havia um interesse histórico no assunto.

No meio disso tudo, Toddy respondeu à minha mensagem e ficou empolgado com o Visão Noturna, disposto a dar uma entrevista sobre as pinturas. A princípio eu estava tão mergulhado no material do Nicolas que nem consegui dar muita atenção àquilo.

Até que me ocorreu de novo: e se estivesse tudo interligado?

Um mural tenebroso em um prédio, feito anos atrás por um pintor criminoso. Um outro pintor atual, que criava imagens enigmáticas que me lembravam o que eu sonhava — sonhos que voltaram a ficar estranhos assim que pisei em Itacira. E agora os desenhos a giz supostamente feitos por Antônio.

Eu tinha achado que o trabalho de Toddy não se conectava ao que estávamos buscando na cidade. Talvez eu estivesse errado.

● ●

— O que você acha? — perguntei para Vivian, que olhava as postagens da conta de Toddy no meu celular.

Vivian costumava passar no prédio quase todos os dias, e quando estávamos a sós havia um outro efeito inesperado: eu não falava de Nicolas e Yuri com ela, e ela não falava de Nicolas e Cauan comigo. Na verdade, mal falávamos qualquer coisa, mas isso de alguma forma não nos constrangia. Apenas ficávamos confortáveis na presença um do outro, ela jogando videogame e eu no computador. Era uma sensação muito próxima da que eu tinha com Yuri em circunstâncias normais: o de ser capaz de ficar em silêncio ao lado de alguém, só curtindo a companhia da pessoa.

Naquele dia, no entanto, um assunto captou nossa atenção.

— Os seus sonhos são assim mesmo? — perguntou ela, apontando para a tela.

— São. O visual não é assim exatamente, mas a sensação é a mesma. Não sei se dá para entender.

— Dá, sim. Eu tenho uma teoria, Theo, mas você provavelmente vai achar que é maluquice.

— Não, pode falar.

— Na wicca os sonhos são importantes, porque é um dos canais que as deidades usam para se comunicarem.

Vivian hesitou antes de continuar, avaliando minha reação e minha receptividade ao assunto.

— Certo... — falei, interessado.

— Pode ser que você seja sensível a essas manifestações, e esse Toddy também. Talvez Itacira seja um bom canal para essas comunicações. Quando falo das minhas experiências com wiccanas de outras cidades, parece ser o caso.

— Mas o que esses sonhos significam?

— Isso não sei dizer, até porque ainda estou aprendendo e não gostaria de fazer uma leitura errada dos símbolos. Já errei bastante com a minha mãe.

— Como ela está, aliás? O tratamento.

— Na mesma — respondeu Vivian, com um suspiro. — Câncer é horrível, mas para mim o mais horrível é como eu estou me... acostumando com a situação. Com a ideia de que ela poderá não estar mais aqui.

— Que barra. Imagino como deve ser difícil.

— Antes de conhecer Nicolas e Cauan, a minha mãe era a coisa mais importante da minha vida. Aí o Nicolas e o Cauan meio que se tornaram isso, por um curto espaço de tempo. Só depois fui entender que ninguém pode ser "tudo" para mim. Nem eu mesma.

As palavras dela foram mais pesadas do que eu esperava. Não tive escolha além de registrá-las dentro de mim.

— Sobre o Toddy — prosseguiu ela —, que tal entrevistar o cara? Ele falou que topa, né?

— Quer ir comigo?

Satanás latiu de algum lugar do apartamento, ecoando a confusão no olhar de Vivian.

— Eu? — perguntou ela.

— É. Vamos?

— Partiu.

Como se estivesse a par do nosso trato silencioso, Vivian não questionou meu convite, e eu não senti necessidade de justificá-lo. Algo me dizia que ela era a melhor pessoa para me acompanhar naquela empreitada.

Enviei uma mensagem para marcar uma hora com Toddy.

— Ele pode hoje mesmo — comentei ao ler a resposta. — Disse que está organizando o estande para o festival, na área do barracão artístico.

— Ótimo! Eu te levo lá.

● ●

O festival de Dia das Bruxas de Itacira era o mais controverso da cidade. Parte das pessoas achava absurda a ideia de importar uma comemoração que não tinha nada a ver com a realidade nacional.

Nicolas me explicou o esquema do festival com mais detalhes.

— É tipo uma festa de Halloween gigante.
— É um festival artístico como os outros — acrescentou Sofia. — Só que, por conta do tema, costuma atrair artes mais mórbidas e pagãs. E, apesar de não ser obrigatório, muita gente participa das atividades fantasiadas e tal. Aí o clima fica outro.
— Maneiro! — comentei. — E ninguém na cidade implica ou fica criticando?
— Nunca ouvi nada a respeito. E a prefeitura apoia o festival. Aumenta muito o turismo.

Yuri não apreciava tanto a ideia.

— Acho Dia das Bruxas divertido, mas sei lá... É meio bobo, não? Coisa de gringo — disse ele, com um sorrisinho brincalhão.
— Ah, não! Lá vem o senhor "viva a cultura nacional" — falei, entrando na piada, mas revirando os olhos mesmo assim.
— É que Halloween é um troço importado.
— Muita coisa da nossa cultura é importada.
— Mas aqui Halloween é só uma festa, não tem a bagagem histórica e cultural que tem lá fora.
— E daí? Para muita gente Carnaval também é só uma festa, no final das contas.
— Theo, daqui a pouco você vai me dizer que a gente tem que fazer Ação de Graças também.
— Ação de Graças *sim* é um troço estranho. Mas olha só, a Black Friday está aí. Aliás, a gente comprou boa parte do nosso equipamento nessas promoções e você não achou nada ruim. Meu lema é: deixa as pessoas se divertirem.
— Mas Halloween não tem o menor contexto!
— Cara, se for assim, não podemos fazer nada que tenha influência dos portugueses, pois é importado. Vamos banir o Papai Noel também, ele é o mais importado de todos.
— É isso! Nada de Papai Noel, esse símbolo capitalista!

A discussão foi ficando cada vez mais esdrúxula, e em determinado ponto eu e Yuri começamos a competir para ver quem falava mais absurdos, quase chorando de rir.

Eu amava aqueles momentos simples ao lado dele. Amava saber que podíamos discutir sobre qualquer assunto, por mais bobo que fosse, pelo simples prazer de fazer uma piada ou alfinetar um ao outro.

Queria voltar a sentir que isso bastava. Sem necessidade de provar nada.

A Witch Time ia tocar na festa de abertura do festival, o que seria a maior exposição na carreira deles até então. As performances na abertura eram de artistas convidados, e era difícil que bandas menores integrassem o setlist do evento.

O palco das principais apresentações de música durante os festivais acontecia na Escola Municipal de Itacira, que ficava próxima dali. No mesmo local havia o barracão artístico.

— Como estão indo os ensaios? — perguntei para Vivian quando chegamos à escola.

A fachada do prédio lembrava uma múmia, com banners pendurados por todos os lados.

— Indo. Agora, além do Nicolas, a Sofia também está aparecendo menos, então tem dia que sou só eu ensaiando. — Ela balançou a cabeça. — Eu tô de boa. Sei que vou fazer o meu melhor. Confio que eles dois também vão, mas, se não fizerem, não vou sofrer com isso.

— É uma ótima postura.

— O Cauan sempre me falava isso, que temos que nos concentrar só no que podemos controlar.

Não consegui dizer nada, mais uma vez surpreso pela súbita menção a Cauan. Já tinha me acostumado com Nicolas fazendo aquilo, mas não Vivian. Ela parecia sempre evitar falar do amigo o máximo que podia.

Quanto mais convivíamos, mais ela parecia se sentir segura para mencioná-lo. Nesses momentos, eu sentia a dor que Vivian carregava, mas, de certa forma, ficava feliz em saber que ela começava a confiar em mim.

— Depois que ele sumiu, essa lição ficou mais importante ainda — acrescentou.

● ●

Havia uma agitação no ar que deixava a cidade mais viva. A energia do festival já estava fervendo, pronta para lançar a tampa da panela para o alto em uma ebulição de sons e visuais distintos. Além da escola, as casas e as lojas também se adaptavam ao fluxo de visitantes durante a semana.

Caminhamos por entre os estandes e os dois palcos em montagem. Entre o corre-corre final da organização e dos enfeites macabros de caveiras, morcegos e fantasmas, já havia bastante o que registrar com a câmera.

Em um dos estandes do barracão estavam expostas algumas das pinturas de Toddy. Um rapaz negro de uns trinta anos de idade organizava os quadros. O dia começara abafado, e ele vestia uma bermuda e uma camiseta regata, manchadas de tinta. Os dreads do cabelo estavam amarrados num rabo de cavalo.

Fiquei paralisado.

O que eu faria caso minhas suspeitas se confirmassem? Se ele realmente tivesse os mesmos sonhos que eu e estivéssemos conectados espiritualmente? Seria o sinal da existência de deidades, como Vivian tinha sugerido? De alguma força obscura?

Não estava preparado para rever os meus conceitos a esse ponto.

— Quer que eu fale com ele? — perguntou Vivian, percebendo minha reticência.

— Não. Tudo bem.

Usei toda a minha força de vontade para me aproximar, vencendo os tremores e suando de nervoso. Não costumava ficar ansioso ao abordar desconhecidos profissionalmente, mas aquilo era diferente.

Era pessoal demais.

Tinha levado a câmera, mas não sabia se queria filmar esse encontro.

— Acho que não vou querer gravar por enquanto — falei.

— Ok — disse Vivian. — Se mudar de ideia me fala.

Entreguei a câmera para ela, que ficou um pouco mais atrás, me dando a segurança de que só interferiria caso necessário.

— Oi — cumprimentei, me esforçando para não gaguejar.

Só me acalmei um pouco quando Toddy se virou com tranquilidade, abriu um sorriso e disse:

— E aí, Theo, suave? Ainda não terminei de arrumar as coisas, mas pode olhar se quiser!

— Eu... eu quero, sim. Você é o Toddy mesmo, certo?

— Sou — confirmou ele, com um sorriso.

Toddy limpou a mão na camiseta e a estendeu para me cumprimentar.

Apertei sua mão e não pude deixar de sorrir ao perceber várias caixinhas de Toddynho perto de uma mochila no chão.

— Essa é a Vivian — apresentei, apontando para ela.

— Prazer, Vivian. Tudo bem? Cabelo maneiro.

— Tudo certo. O seu é bem maneiro também.

Toddy fez um *hang loose*, e Vivian o imitou. Será que eu era o único ansioso ali?

— Gostei muito da sua exposição na Casa de Cultura — falei, já conduzindo a conversa para onde queria.

Se aquele artista tivesse respostas, eu precisava fazer as perguntas certas.

— Obrigado! Finalmente consegui expor lá. Você não é daqui de Itacira, né?

— Não, sou da Baixada Fluminense.

— Qual cidade? Eu tenho uma tia que mora em Duque de Caxias.

— Moro em Nova Iguaçu.

— Tenho uma prima lá! Tenho parentes na Baixada inteira.

Continuei sustentando a conversa com amenidades até me sentir confiante o suficiente para dizer:

— Posso te fazer umas perguntas sobre as suas pinturas?

— Claro! Qual delas?

Ele apontou para os quadros que já estavam pendurados no gradil do estande.

— Não, é... é sobre sua arte no geral. O que te inspira? Digo, de onde você tira as suas ideias?

Aquela era uma pergunta vaga e insípida, mas foi o melhor que consegui fazer.

Toddy semicerrou os olhos, o que me deixou tenso de novo, mas foi o que perguntou em seguida que fez o meu coração saltar para a garganta:

— Vocês sabem de alguma coisa?

— Eu não... Do que você está falando?

Olhei para Vivian em busca de ajuda, mas ela parecia tão perdida quanto eu.

— Por que você está perguntando de onde eu tiro as minhas ideias? — questionou ele.

Ele estava *desconfiado*. Não era a reação que eu esperava. Decidi ser honesto.

— Não me leve a mal. É que... Promete que não vai achar estranho?

Ele cruzou os braços, me observando com seriedade.

— Pode falar.

— É por causa dos meus pesadelos.

Meu esforço para dizer aquilo acabou com minha energia. Para ele podia não ser nada, mas eu estava abrindo meu coração. Estava ligado ao trabalho dele pelos meus sonhos mais profundos. Isso era íntimo demais.

Contei sobre o que tinha sentido quando vi suas pinturas na exposição e da semelhança com os meus sonhos. O semblante de Toddy voltou a se suavizar enquanto eu falava. Havia algo em sua expressão que demorei a entender. Acho que era um pouco de pena.

— Caramba, Theo, desculpa pela minha reação, de verdade. É que eu sou meio paranoico com a origem dessas pinturas. Agora sou eu que vou ter que te pedir para não achar estranho o que vou falar...

— O quê?

— É mais fácil mostrar — disse ele. — Chega mais.

Toddy nos levou até os fundos do estande. Ele parou diante de uma mesa de madeira e abriu um computador.

— Vocês conhecem o sistema de SSTV?

Fizemos que não, e ele explicou:

— A sigla é de *slow-scan television*, em português algo como "televisão de varredura lenta". É um sistema de transmissão de imagens que usa ondas de rádio. O sinal é transmitido por uma modulação em banda lateral, e é possível traduzir a transmissão sonora numa imagem, varrendo linha por linha. Não é muito diferente do sistema de um fax, só que, em vez de papel, se usa uma tela de computador.

Nós nos sentamos em banquinhos enquanto ele abria um programa para demonstrar o que tinha acabado de explicar. Primeiro Toddy ativou um sinal de rádio cheio de *bips* e *bops* que parecia uma sonoplastia de filme de alienígena da década de 1940. Depois, utilizando um programa com funções que eu nunca tinha visto, fez a conversão do áudio para uma imagem colorida embaçada e de baixa resolução. Lembrava um horizonte montanhoso.

— Que bizarro — disse Vivian. — Nem fazia ideia que dava para transmitir imagem por som.

— É basicamente isso que eu faço: recolho ondas de rádio pela cidade e converto em imagens. Por algum motivo, tem muito sinal de origem desconhecida aqui em Itacira. Estranhei a sua pergunta porque na hora achei que vocês fossem espiões russos ou coisa do tipo! Sem zoeira. Vai saber, né? Não sei mesmo a origem da transmissão desses sinais, então tenho certo medo de estar mexendo com o que não devo.

Ele riu, aliviado. Eu só ficava mais e mais intrigado com os possíveis significados daquela teoria.

— Você pode me mostrar as imagens que usou para pintar os quadros?

De volta ao entusiasmo de antes, Toddy mostrou os arquivos convertidos. Tratava-se realmente de representações cheias de estática das imagens que ele tinha pintado. Algumas delas requeriam uma extrapolação enorme para chegar ao resultado que ele pintou, mas a inspiração era inegável.

— Você falou que sonha com coisas parecidas, né? De repente sua cabeça funciona que nem um sistema de SSTV e você converte os sinais!

Ondas de rádio inexplicáveis que transmitiam imagens misteriosas.

Era bem próximo da teoria de Vivian. Cheguei a me voltar para ela buscando alguma confirmação, mas seus olhos estavam vidrados na imagem na tela.

— Isso seria bem doido — afirmei, sorrindo sem muita convicção.

— Como falei: vai saber, né? É um lance misterioso mesmo. Mas poxa, curti bastante te conhecer. Você pode me falar mais dos seus sonhos?

Contei para ele dos pesadelos que tinha desde criança e de como isso me fez ficar obcecado por filmes de terror e por tudo relacionado ao assunto. Também falei sobre como a terapia vinha ajudando. Vivian não se sentiu muito à vontade para mencionar sua teoria wiccana. Devia ser o tipo de coisa que ela trazia à tona depois de conhecer melhor o interlocutor.

Trocamos contatos e nos despedimos. Minha conexão com Toddy não era tão profunda quanto eu tinha suspeitado, e, indo contra as minhas expectativas, ele não era alguém perturbado que usava o medo como forma de expressão.

Também não devia ser um criminoso responsável por desaparecimentos. Era só um cara como eu, descobrindo algo interessante e surreal, e indo o mais fundo que podia.

Apesar disso, as ondas de rádio ainda eram intrigantes. Toddy disse que já tinha tentado de tudo para rastrear a origem, sem obter sucesso. A possibilidade de serem mensagens de criaturas sobrenaturais era atraente. Mas se seres de outro mundo se conectam com a sua cabeça, você deve seguir o que eles sugerem? Ou fazer o oposto? Não que eu entendesse o que estariam pedindo, se é que queriam algo.

Independentemente dos significados, aquele encontro com Toddy me deu muito no que pensar.

Lamentei um pouco não ter gravado aquela conversa, confesso, mas eu precisava entender que, ao contrário do que Yuri achava, nem tudo precisava virar conteúdo para o canal. O mais importante foi que as palavras de Toddy me deixaram energizado.

— Qual sua opinião sobre o que ele falou? — perguntei para Vivian enquanto voltávamos para o apartamento.

— Vai um pouco contra o que eu pensava — respondeu ela.

— Como assim? Não ajuda a confirmar?

— Bom, ele falou de ondas de rádio. Só se as divindades usarem tecnologia.

— E por que não? Rádio é como nós percebemos, mas a origem é desconhecida. Podem ser deuses.

Vivian sorriu.

— Tem razão. Você acha que pode ser isso, então?

— Não sei bem o que penso disso, mas se tem algo em Itacira que estimula os meus sonhos, é o suficiente para não sentir que retrocedi completamente. Significa que, quando for embora, vou voltar ao normal.

A frase soou mais severa do que eu gostaria.

— Você é mais uma pessoa afetada por essa cidade — disse Vivian.

— Pode ser — concordei. — Mas vocês definitivamente ajudam a aliviar qualquer efeito negativo.

Voltamos o resto do caminho num silêncio confortável.

Como Nicolas, Vivian estava tentando se reconstruir. A diferença é que, enquanto ele fazia isso olhando para o passado, ela buscava fazê-lo olhando adiante. Quem sabe até para cima, além das estrelas.

Qual era a melhor escolha para mim? Continuar ligado às escolhas do passado ou virar a página e deixar para trás o que fora escrito nelas?

Queria encontrar um jeito de fazer as duas coisas ao mesmo tempo.

● ●

De volta ao meu quarto no apartamento, me deitei para um cochilo antes de recomeçar o trabalho, sem qualquer medo de sonhar. Nunca tinha pesadelos durante cochilos rápidos. Naquele dia, não foi o caso.

Apesar disso, acordei milagrosamente revigorado, partindo direto para o computador. Foi só uma hora mais tarde, organizando pastas de imagens do documentário, que finalmente vi uma luz. Tênue, mas ainda assim uma luz.

Já havia mexido naquelas pastas com a mente sobrecarregada, mas algo no passeio com Vivian ajudou a dissolver a neblina que vinha cobrindo meus olhos. Descobrir que Toddy não era uma pista tinha sido o suficiente para sentir que andei para a frente. O melhor era deixar o ruído de lado e me concentrar no básico.

Quando olhava as fotos que Daejung tirara dos canteiros de obra e suas respectivas plantas, eu vinha focando na imagem em si, o que cada elemento delas poderia fornecer. Mas a resposta estava ali, naquilo que meus olhos não podiam enxergar.

Havia algo faltando.

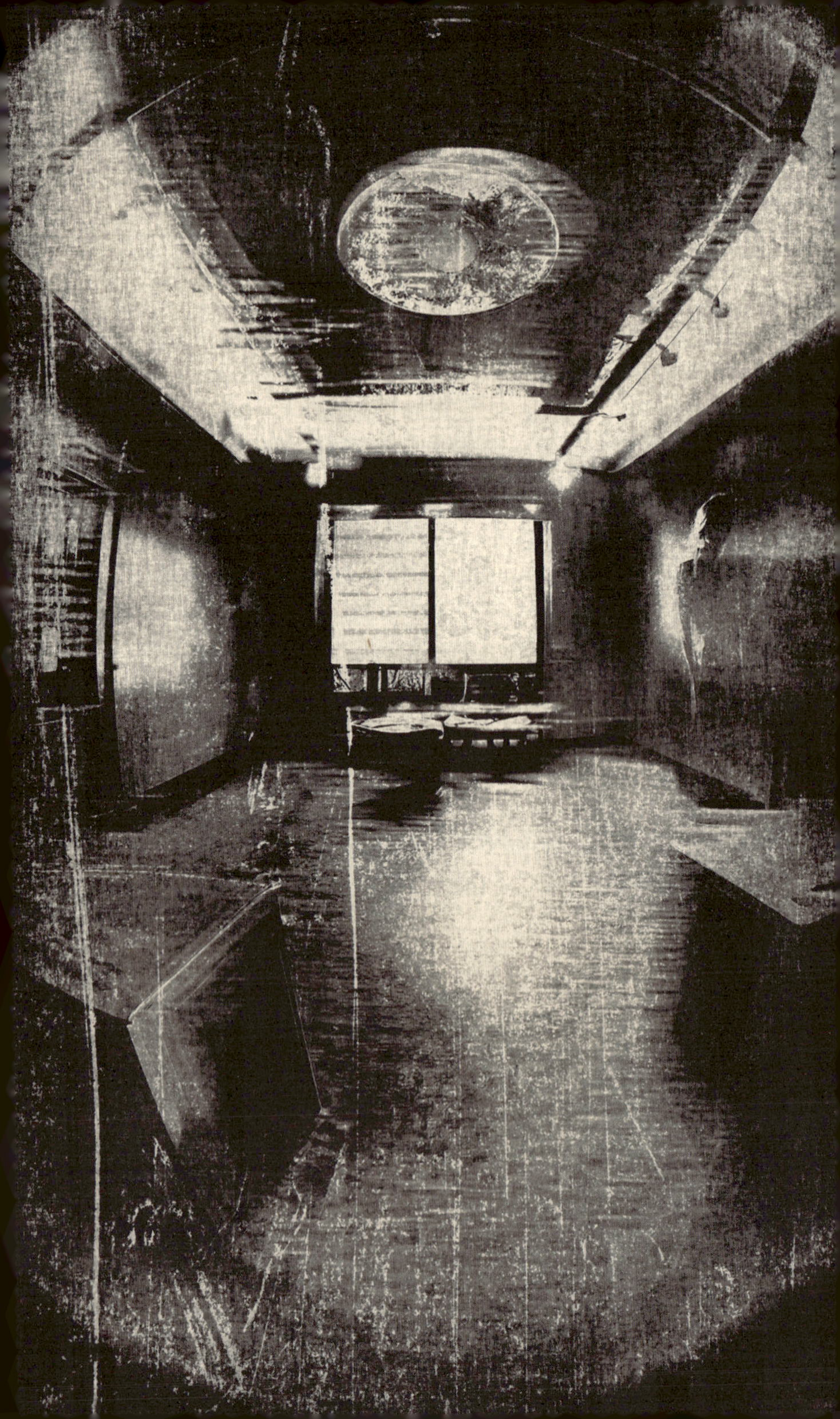

CAPÍTULO 19

Quando Sofia apareceu no apartamento de Nicolas no dia seguinte, dei um jeito de levá-la sozinha até o nosso.

— O que foi? — perguntou ela.

Desconfiada, olhou para Yuri sentado no sofá.

— Tenho um pedido para fazer. É mais uma sugestão — completei, tentando tranquilizá-la.

As palavras de Cristina não paravam de vir à minha mente. Ela tinha me dito com todas as letras para falar com Sofia se eu descobrisse algo. Por sorte, naquele momento Sofia era exatamente a pessoa com quem eu precisava falar.

Quando Sofia se acomodou ao lado de Yuri, virei a tela do meu computador para ela na mesa de centro.

— Nesta pasta estão as plantas dos prédios que o pai do Nicolas projetou.

Sofia olhou para a tela e meneou a cabeça. Abri um dos arquivos antes de continuar:

— Ontem eu estava olhando de novo a planta do prédio onde a banda de vocês grava. Confirmei que de fato não tem nada de especial nela nem no ponto onde o corpo do Daejung foi encontrado.

Ela se mexeu na poltrona quando mencionei o pai de Nicolas, apreensiva.

— Ok.

— Até que percebi um detalhe nos arquivos dessas imagens.

Minimizei a planta e voltei para a pasta com as cópias que Nicolas havia disponibilizado para o Visão Noturna.

— Os arquivos seguem a organização padrão do programa que o Daejung usava, mas ele alterava os nomes para inserir detalhes sobre cada imóvel. Números, endereços, por aí vai. Nesse prédio tem isso no nome do arquivo: *public-v2*.

Abri mais alguns arquivos na tela, mostrando mais plantas de Daejung.

—Vários arquivos têm mais de uma versão, nesse formato de v1, v2, v3 — prossegui. — Alguns só têm duas, outros chegam a ter cinco. A questão é que esses com "public" só tem essa: a versão 2. Diferente dos outros, esses não têm a primeira. Esses imóveis ficam distantes uns dos outros e têm funções diferentes. A única ligação entre eles, além de terem sido projetados pelo Daejung, é que foram construídos por empreiteiras contratadas pelo Grupo Ferreira.

— Bem, todas essas construções aqui foram coordenadas pelo grupo, mas aonde você quer chegar, Theo?

—Você provavelmente tem acesso ao sistema da empresa, não tem? Se a versão 1 dessas plantas existir, deve estar nos computadores de lá. Eu queria dar uma olhada nelas.

— E para que você quer isso?

— Ainda não sei dizer, mas prometi para o Nicolas que faria tudo que pudesse para ajudar.

Sofia colocou a mão no queixo. Depois da noite na casa de Cristina, eu sabia como ela levava essas promessas a sério.

— Não tenho como garantir nada, mas posso dar uma olhada no escritório amanhã para ver o que encontro.

— Essa é a outra parte do meu pedido: eu queria ir com você. Mesmo sem ter lenda urbana lá, não dá para gravar em Itacira e não mostrar a Torre do Relógio. Aí aproveitamos e fazemos as duas coisas.

"Torre do Relógio" era o apelido do prédio onde Sofia trabalhava e onde funcionava a filial do Grupo Ferreira na cidade. A firma ocupava o prédio inteiro.

— Vou ficar por aqui — disse Yuri, que não tinha parado de mexer no próprio computador durante a conversa. — Preciso terminar de editar o que falta para essa semana.

— Tudo bem — falei. — Eu filmo.

Yuri tinha razão: era melhor ele aproveitar o tempo para avançar no trabalho. Eu já tinha feito o que podia para adiantar o segundo episódio, mas o que faltava da edição só Yuri sabia fazer. Além disso, o dia seguinte na nossa agenda tinha ficado em aberto para visitarmos lugares fora da lista, resolvermos pendências ou simplesmente descansarmos. Não ia insistir para que ele me acompanhasse nem nada, mas achei aquela recusa imediata de Yuri um pouco estranha.

Sofia considerou minha proposta, hesitante.

—Você pode me acompanhar, mas Theo... Você acha que a empresa pode ter alguma coisa a ver com a morte do Daejung?

Respirei fundo. De novo pensei em Cristina. "Tem algo estranho nessa cidade."

— Não exatamente com a morte, mas acho possível que a empresa esteja envolvida em algo estranho, sim. É tudo especulação minha, mas o que a Cristina falou sobre acobertar crimes é muito sério, e geralmente a polícia não age sozinha quando isso acontece. Costuma haver um jogo de interesses maior.

— Então essas plantas que estão faltando podem estar relacionadas com o que a Cristina falou? — questionou Sofia, apreensiva.

— Não necessariamente. Por ora isso só tem a ver com o material que o pai do Nicolas deixou. E assim, pode ser que não tenha nada de mais nesses arquivos. Pode ser que ele tenha morrido num acidente mesmo e não tenha relação com algum esquema, como o Nicolas pensa. E que o lance de pessoas desaparecidas seja só a polícia manipulando estatísticas, e não uma grande conspiração. Tudo é possível.

Eu já *sentia* que tudo aquilo estava conectado. Só precisava provar.

Sofia deu de ombros.

— Ok, você pode ir comigo. Mal não vai fazer. Você falou desse plano para o Nicolas?

— Ainda não. Como isso envolve pessoas que o Nicolas perdeu, estou deixando para tocar no assunto com ele só quando tiver algo concreto.

• •

A torre fazia jus ao apelido. O prédio de sete andares beirava o rio no lado sul e, mesmo baixo para os padrões a que eu estava acostumado, reinava como o imóvel mais alto de Itacira. No último andar havia um grande relógio dentro de uma redoma de vidro.

Na recepção, tive que apresentar minha identidade para ter acesso a um crachá de visitante. Coloquei-o no pescoço, e o cartão ficou bem em cima do rosto do agente Dale Cooper que estampava minha camiseta. Coincidência?

Eu me senti um peixe fora d'água naquele saguão luxuoso. Dos estabelecimentos de Itacira, a Torre do Relógio era o mais moderno, o que era algo único em uma cidade que se esforçava tanto para parecer uma relíquia do passado.

Pegamos o elevador até o sexto andar. Tirando o murmúrio quase inaudível do sistema de refrigeração, o lugar estava num silêncio avassalador, e meus passos mal podiam ser ouvidos ao pisar no carpete.

— Não tem ninguém aqui hoje?

— Nesse andar ficam as salas de reunião e os escritórios da diretoria — explicou Sofia. — Quando tem reunião vem gente de fora da cidade e fica mais agitado, mas hoje não é o caso.

Filmei as salas conforme caminhávamos pelo corredor principal. Era difícil encaixar a energia inquietante de Sofia naquele contexto asséptico.

— O maior foco do Grupo Ferreira é no campo imobiliário, tanto no Brasil quanto lá fora — comentou Sofia. — O que mais faço é tradução de documentos. Como requer silêncio, tenho uma sala só minha, com uma vista maravilhosa. E nem preciso vir todo dia. Como não curtir?

Sofia abriu a porta da sua sala e mostrou a vista. A cidade se estendia adiante, alojada na depressão da serra, e a vegetação sob o sol primaveril realmente fazia o lugar parecer uma esmeralda gigantesca.

Filmei a paisagem por alguns segundos. Os prédios, as casas, as margens do rio. Tive novamente a sensação de estar olhando para um circuito eletrônico que cresceu e ganhou uma vida integrada com a natureza.

— Cada quarteirão desses é cenário de alguma memória minha — disse Sofia. — Gosto bastante de trabalhar aqui, sabe? Não é o meu sonho, mas ainda assim gosto muito.

Continuei apreciando a vista, e Sofia sacou uma chave para abrir uma gaveta de sua escrivaninha, com vários documentos dentro de pastas suspensas.

— Tenho que terminar essas traduções até o final dessa semana. Acredita que tem empresa que ainda usa fax?

— O acesso às plantas só pode ser feito pelos terminais desse prédio, certo? — perguntei.

Ela colocou os documentos na mesa e ligou o computador.

— Isso. A maioria dos arquivos internos não está on-line. Acho que sei em que parte estão as plantas da cidade, me dá só um minuto.

Ouvi o barulho de uma porta se abrindo devagar, vindo de outra parte do escritório. Olhei para Sofia, seu rosto tomado pelo pânico.

— Tem mais alguém aqui? — sussurrei.

— Não deveria ter — disse ela, também em um sussurro. — Guarda a câmera, pelo amor ao meu emprego.

Talvez fosse uma porta se mexendo sozinha, mas aquele não parecia ser um imóvel onde isso acontecia. Achei melhor obedecer.

Nós nos aproximamos juntos da porta da sala e colocamos a cabeça para fora, olhando discretamente para o lado do corredor de onde viera o barulho.

Um homem de costas.

Minha primeira reação foi pegar a câmera e tentar filmar discretamente aquela presença indesejada. Sofia segurou meu braço, séria, então me puxou para dentro da sala.

— É o dono. Não achei que ele viesse hoje.

Sofia fez menção de fechar a porta, mas não o fez. Ela foi até a escrivaninha para continuar mexendo nos documentos, e eu fiquei parado no mesmo lugar, sem saber o que fazer.

Então, Fábio Ferreira apareceu na porta.

A primeira coisa em que pensei foi que as capas de revista o faziam parecer menor do que era. Então notei que sua pele branca era muito lisa, do tipo que só alguém que pode pagar por uma dieta orgânica balanceada e tratamentos dermatológicos caros consegue ter. O cabelo rareava na cabeça, mas ele não usava truques para disfarçar a calvície nem as mechas brancas.

Ele exalava confiança. Só de vê-lo ali de pé dava para sentir que aquele homem tinha respostas para tudo. Que era alguém no topo da cadeia de privilégios e que não se sentia culpado por aproveitar a vida que lhe fora ofertada. Havia uma serenidade intrínseca e um pouco assustadora em pessoas como ele.

Quando o homem olhou para mim, fiquei com a postura tão reta quanto a de Sofia.

— Bom dia — disse ele.

— Oi, sr. Fábio. Não sabia que o senhor estaria aqui hoje. Esse é o Theo, um amigo meu.

— Muito prazer — falei, estendendo a mão para cumprimentá-lo.

Ele fez o mesmo, olhando bem nos meus olhos. Depois se demorou avaliando minha camiseta e os meus tênis surrados.

Tomei a liberdade de fazer o mesmo. Ele usava uma calça cáqui, uma camiseta polo branca e sapatos marrons. Suspeitei que aquele era o visual mais casual que ele se permitia usar.

— E o que você veio fazer aqui, Theo?

O tom de sua pergunta foi tão afiado que teria me cortado se eu estivesse sozinho ali.

— Ele veio para o festival. Comentei sobre o coquetel, porque estamos com algumas vagas sobrando, e ele se interessou pela oportunidade. Daqui a pouco vou com ele na Sônia para pegar uma ficha de inscrição.

— Ah, é mesmo? Que coisa maravilhosa. Boa sorte, rapaz — disse ele, com um sorriso que me deu um calafrio.

O homem se despediu e foi embora.

Depois que ele sumiu no elevador, Sofia olhou para mim e disse:

— Agora você vai ter que se candidatar.

— Mas que história é essa de coquetel? E vou ter que me candidatar a quê?

— É uma festa na mansão dos Ferreira, só vai gente importante. Antes eles usavam a equipe do buffet mesmo, mas numa dessas entrou um paparazzo disfarçado de garçom e ficou tirando fotos durante a festa inteira. A partir daí eles só contratam por indicação e passam a organização de tudo para o administrativo. Antes eu era uma das secretárias dele, então coordenar esse tipo de coisa ficava por minha conta, mas ainda pedem minha ajuda. Eu mesma vou precisar estar por lá. E tem vaga de manobrista, garçom, segurança... Vai de acordo com o perfil. Cauan já foi garçom numa dessas. Qualquer coisa, diz que mudou de ideia se entrarem em contato.

— E perder a oportunidade de ver esse pessoal de perto? — falei. — De jeito nenhum.

— Melhor, então. Depois a gente passa lá. Deixa eu ver se consigo acessar as plantas daqui.

Sofia buscou pelos arquivos das plantas no sistema por um instante. Quando obteve resultado, fechou a cara e disse:

— Ué?

— Que foi? — perguntei, olhando para a tela por cima do seu ombro.

— Você tinha razão. Tem uma pasta *Public* aqui com os arquivos dentro.

— Isso é estranho?

— Não muito. O que é estranho é a extensão dos arquivos. É incompatível com o software que a empresa usa para os projetos, acho que nem os engenheiros vão conseguir abrir com os computadores daqui. E estão no nível de segurança da diretoria, ou seja, precisa de senha de acesso. E o único que tem é o sr. Fábio.

— Ah, não. — Bufei, frustrado.

Era mais um beco sem saída. Por mais que minhas suspeitas estivessem corretas, não ia conseguir provar nada sem acesso àquela versão. Fui até a janela, na esperança de que alguma coisa iluminasse o caminho. Eram tantas pistas, uma mais absurda que a outra, e nenhuma delas me fazia chegar a algum lugar.

— Pronto, já transferi para o pen drive — anunciou Sofia.

— Hein? Como assim?

— A maioria dos documentos que eu traduzo são confidenciais. Como só dá para ter acesso com nível diretoria, imprimem para mim. Óbvio que não é o sr. Ferreira que imprime e me entrega em mãos, é sempre uma das assistentes dele. Era algo que eu costumava fazer para o tradutor anterior nos meus tempos de secretária, e hoje em dia as novas secretárias fazem para mim. E adivinha? Ainda usam a mesma senha para acessar os arquivos sigilosos.

Percebendo minha expressão atônita, ela explicou, com uma naturalidade surpreendente e em um tom de fofoca empresarial:

— Você ia ficar chocado com os trabalhos que esses figurões repassam para os funcionários. Até hoje não entendi se é pela praticidade ou pela preguiça. Agora vamos sair logo daqui antes que eu me arrependa.

Ela colocou o pen drive na bolsa e trancou a gaveta antes de se levantar para partirmos.

CAPÍTULO 20

Os arquivos do pen drive estavam à mostra na tela. Yuri, Sofia e Nicolas olhavam para o computador que estava no meu colo.

Avaliamos o restante dos arquivos assim que chegamos ao apartamento. Além das plantas com salas que não foram construídas, identificamos mais dois documentos suspeitos.

Um desses documentos era uma planilha listando uma série de nomes, com células que continham datas em cores distintas. Sofia reconheceu os nomes como empreendedores influentes da região serrana e afirmou que a planilha era igual à utilizada na empresa para organizar reuniões.

Após uma rápida comparação, constatamos que a maior parte batia com as da planilha de reuniões oficial, apesar de algumas datas serem diferentes e alguns nomes também variarem.

Já era suspeito haver uma planilha alternativa, mas o mais estranho de tudo é que o padre Raimundo aparecia na lista paralela.

— Por algum motivo o padre está incluído como participante em todas essas datas — disse Sofia. — Nunca vi o padre Raimundo em reunião nenhuma, e minha sala fica justamente no andar das salas de reunião.

— Será que não é uma folha de pagamento? — sugeriu Yuri. — Um caixa dois envolvendo o padre, de repente. Ou doação, sei lá.

— Pode ser — respondeu Sofia. — Mas é esquisito usar o mesmo arquivo da planilha de reuniões.

Abri o segundo arquivo suspeito. Era um PDF com um traçado geral sobre o plano urbano da cidade. Muito antigo, de quando o Vale Esmeralda ainda estava sendo considerado um possível local para as obras. O nome do arquivo e o título que encabeçava o texto eram o mesmo: PROJETO ANTIOQUIA.

— Antioquia foi uma cidade onde hoje fica a Turquia — expliquei, sem conseguir esconder o orgulho na voz. — Lembram daquele livro que vi na sacristia com o padre Raimundo? Do bruxo que virou santo? O nome dele era Cipriano. Cipriano de Antioquia.

Meu instinto estava correto. Havia algo de estranho naquele livro, mas os três ainda olhavam para a tela, reticentes e sem compreender aonde eu queria chegar.

— Nunca vi meu pai usar esse nome para se referir ao projeto — comentou Nicolas, franzindo a testa.

— Não estou entendendo — disse Sofia. — Plantas com salas que foram apagadas... O nome do padre em reuniões que ele não frequenta...

— Esse mesmo padre tem um livro de feitiços — falei. — E um desses projetos de Itacira usa o nome da cidade onde o autor do livro viveu. Tem algum lance aqui, gente. Não sei o que é, mas tem! Nós precisamos investigar mais a fundo para confirmar.

Yuri acompanhava a conversa em silêncio. O interesse e a curiosidade que geralmente faziam seus olhos brilharem estavam quase apagados pelo cansaço. Não era a melhor hora para aquela conversa, mas estava difícil encontrar um bom momento. Então achei melhor dizer de uma vez:

— Yuri, a gente precisa segurar o lançamento do segundo episódio.

Ele levou um instante para assimilar o que eu estava sugerindo. Sua boca se entreabriu e ele piscou, perplexo.

— Tá quase pronto — afirmou ele. — Temos que lançar ainda essa semana, no mais tardar amanhã. A galera está esperando.

— É melhor segurar até entender o que esse tal de Projeto Antioquia significa — falei, apontando para o computador.

— Esse episódio até agora só tem lendas urbanas. Não acrescenta em nada ao que estabelecemos sobre Cauan e Daejung no primeiro, e esse é o enredo principal do documentário. Vai parecer que não avançamos nada.

Olhei de soslaio para Nicolas. Aqueles nomes eram partes de uma narrativa que eu vinha montando na minha cabeça, mas era preciso lembrar que estava falando do pai e do namorado dele.

Yuri estreitou os olhos na direção do meu computador.

— Ok, podemos falar desses arquivos e dessas plantas, então. Posso incluir no...

— Não é ideal falarmos desses arquivos no vídeo por enquanto. Pode chamar a atenção e atrapalhar nossas chances de descobrir o que significam. E vai pegar mal para a Sofia se a gente mostrar os documentos protegidos da empresa, ainda mais depois que o sr. Fábio me viu.

Sofia assentiu de leve, mas continuou acompanhando a discussão sem dizer nada. Ela e Nicolas observavam a conversa como dois filhos que se preparam para os pais começarem a brigar a qualquer momento.

— O que você quer fazer, então? — indagou Yuri. — Entrevistar o padre e perguntar da planilha?

— Se os documentos e o livro forem parte de algum segredo, não vai adiantar chegar no padre e perguntar abertamente. Ainda estou pensando no que fazer, mas vou falar disso no fórum para ver se o pessoal já ouviu falar de algum Projeto Antioquia.

Yuri fechou os olhos e balançou a cabeça, impaciente.

— Que fórum é esse? — perguntou Sofia.

— É um fórum de... entusiastas — expliquei. — De investigação amadora. Tem um pessoal entendido sobre São Cipriano entre os membros. Depois de ver o livro com o padre, postei lá para ver se tinha chance de ser um grimório genuíno.

— Você falou do padre Raimundo nesse site? — indagou Nicolas, chocado.

— Não! Não mencionei nomes. Só a região, mas nada específico.

— Você falou da empresa lá? — quis saber Sofia.

— Não, não... Calma, gente. Não vou comprometer ninguém.

— Theo, pelo amor de Deus — disse Sofia. — Concordo que esses arquivos são estranhos, mas você não acha mesmo que isso tem a ver com feitiçaria, acha?

— Claro que sim!

Os três me observaram, chocados.

— Como vocês não acham isso? — perguntei. — Olhem os indícios!

Ninguém disse nada.

— Nós temos que tentar entender isso, no mínimo. Nem que seja para eliminar a suspeita — acrescentei, incomodado diante de toda aquela resistência.

Yuri virou a tela do meu computador para si.

— Theo... É claro que também acho isso bizarro. É no mínimo interessante. Mesmo assim, não podemos atrasar o conteúdo indefinidamente.

Respirei fundo.

— Vamos esperar até o final da semana, pelo menos — sugeri. — Pode ser? Se não encontrarmos nada concreto, lançamos o episódio no domingo. Sem falta.

Yuri passou a mão no queixo. Ele estava com uma barba rala, e as olheiras pareciam mais escuras que no dia anterior.

— Beleza. Você venceu. Amanhã posto alguma desculpa para os seguidores.

Fiz que sim com a cabeça, tão aliviado quanto desesperado. Aquilo me dava dois dias. Não sabia se dava para fazer alguma coisa com isso.

Estávamos perto demais de algo grandioso. Yuri tinha que entender que isso era mais importante que os números do canal a curto prazo.

— Obrigado, Yuri. Eu te ajudo a escrever uma explicação para postar.

—Valeu — disse ele. — Mais alguma descoberta ou teoria que você queira compartilhar com a gente, Theo?

— Acho que não... — respondi, sem entender o sarcasmo na voz dele.

— Então vou nessa, pessoal. Preciso de um banho.

Yuri se levantou do sofá e saiu do apartamento. Nicolas e Sofia se entreolharam, de novo parecendo os filhos ansiosos de uma família desequilibrada.

—Também preciso ir — anunciou Sofia. — Amanhã falamos mais sobre isso. Eu... eu preciso pensar.

—Você tá bem, Sofia? — perguntou Nicolas. — Pode ficar aqui se quiser.

— Tudo bem, Nicolas, obrigada. É que fiquei de ir na Cristina, ver se a polícia tem alguma novidade sobre o Tonho depois daquele dia na ponte.

Ela se levantou e pegou a bolsa.

— Depois me conta a opinião dela sobre nossas suspeitas também — pedi.

— Ela vai surtar se souber que peguei esses documentos. O que significa que, se eu quiser evitar uma discussão, é melhor não falar disso por enquanto.

— Surtar?

— É que ela já não vê o Grupo Ferreira com bons olhos, odeia que eu trabalhe lá... Prefiro falar disso para ela só quando tiver certeza do que significa. Bom, vou lá. Tchau, meninos. Qualquer coisa, me liguem.

Sofia saiu, me deixando a sós com Nicolas. Ouvi o barulho das patinhas de Satanás quando ele veio correndo e saltou no colo do dono.

—Você tá bem? — perguntei para Nicolas.

—Tô sim, acho. Concordo com tudo o que você falou sobre investigar para confirmar todas essas suspeitas, Theo. Mas o padre, o sr. Fábio... Eu os conheço desde pequeno. Ainda não sei se acredito que estejam envolvidos nessa confusão toda, independentemente do que seja.

— Eu sei... e entendo. Mas você não acha que, se eles estiverem escondendo alguma coisa, nós temos que ir atrás?

Nicolas não respondeu. Só baixou a cabeça e ficou mexendo nos dedos.

Depois de um momento de silêncio, falei:

— Já volto, Nicolas. Rapidinho. Não sai daqui.

—Tranquilo — disse ele, retomando o carinho na barriga do cachorro.

Fui atrás de Yuri. Ele estava sentado no sofá do apartamento da frente, com o próprio computador ligado. Já entrei falando:

— Você sabe que não estou fazendo isso de sacanagem, né,Yuri? É só que, se tiver alguma armação grande rolando em Itacira, qualquer conteúdo que coloquemos no ar tem que ser bem pensado.

— Eu sei, Theo. É que tem fãs querendo patrocinar o canal, e para isso a gente não pode atrasar conteúdo. Essas pessoas contam que o material saia dentro do prazo previsto. Contam que sejamos profissionais. — Ele fez uma pausa para digitar alguma coisa. — Não sei se você entende isso.

Fechei a cara.

— Claro que entendo. Reconheço todo o seu esforço para fazer o canal crescer, mas nós dois queremos que o conteúdo fique o melhor possível, certo?

— Certo. Essa é a prioridade. —Yuri voltou a atenção para a tela. — É que nem sempre o meu melhor é igual ao seu, né?

— É. Nem sempre — concordei, sério.

Nossos olhares se cruzaram com faíscas. Yuri suspirou.

— Pessoas desaparecidas, grimório de magia, plantas secretas... Theo, você acha de verdade que essas coisas podem ter uma ligação?

— Acho.

Yuri esfregou as mãos para esquentá-las, pegou o casaco do outro lado do sofá e o vestiu.

—Vou te dizer o que acho: que aquele livro do padre é um livro de simpatia, igual a todos os outros que sempre encontramos por aí. Ele provavelmente estava com o livro só porque o tal do Cipriano é um santo. E as plantas não mostraram nada de concreto para a gente. A planilha que você e Sofia conseguiram foi pura sorte. Isso não chega nem perto de ser uma desculpa para atrasar o cronograma.

— Mas...

— Espera, não terminei: também não vou me perdoar se realmente existir alguma ligação bizarra entre essas coisas. Então, apesar de ainda não acreditar que tenha, não vou descartar o que o seu instinto está dizendo. — Ele esfregou os olhos. — Enfim, independentemente de qualquer coisa, até o final de domingo temos que colocar um episódio no ar, ok?

— Certo. Tá combinado.

— Agora vou tomar um banho, porque tá brabo.

Ele foi para o banheiro. Saí do apartamento e fechei a porta sem dizer mais nada. Só no corredor senti o frio que fez Yuri colocar o casaco.

A situação entre a gente não estava nada boa.

Depois de muito tempo havíamos deparado com um mistério de verdade. Era para o Yuri estar empolgado tanto quanto eu. Mesmo que ele não compartilhasse da minha suspeita, não era para estarmos discutindo data de lançamento de vídeos.

O segundo episódio estava fraco, e havia uma chance real de deixá-lo incrível. Com ou sem cronograma, não podíamos botar no ar algo que não estivesse à altura da proposta do canal e do mistério que rondava aquela cidade.

Eu precisava dar um jeito de achar uma pista que sanasse as dúvidas de Yuri. Algo que o fizesse pirar.

— Theo.

Ergui o olhar. O rosto de Nicolas apareceu no vão da porta entreaberta.

— Tá tudo bem? — perguntei, confuso.

Ele olhou para os dois lados do corredor, depois para a porta fechada do banheiro.

— Chega aqui — sussurrou ele. — Tenho uma ideia.

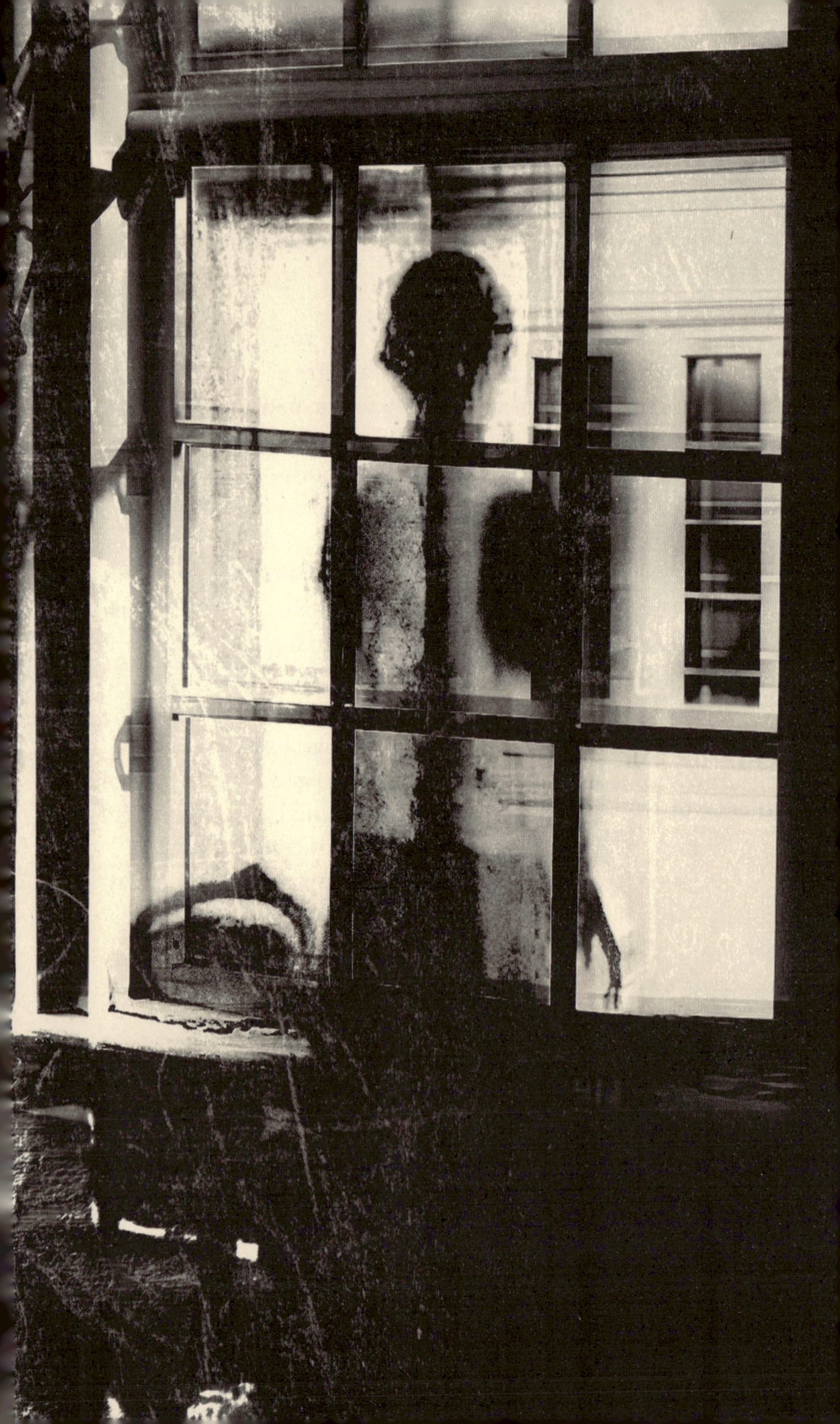

CAPÍTULO 21

A IDEIA DE NICOLAS era totalmente ilegal.

— Podemos entrar na sacristia e ver o livro quando o padre Raimundo não estiver lá.

Ele falou com um naturalidade tão grande que quase não me toquei da audácia da sugestão. Eu o encarei, perplexo.

— Você tem razão, Theo — prosseguiu Nicolas. — Se ele estiver escondendo alguma coisa, temos que descobrir. Enquanto ele ouve as confissões antes da missa da noite, nós entramos, tiramos umas fotos ou filmamos as páginas do livro e saímos vazados. A sacristia fica aberta por conta dos fiéis que ajudam com as atividades na igreja.

Ele falava rápido e mexia os braços, com um sorrisinho malicioso. Suas pupilas estavam dilatadas, provavelmente resultado da adrenalina que percorria seu corpo.

— Nicolas, isso é uma doideira completa — falei. — O livro pode nem estar mais lá. Mesmo que ainda esteja, a gaveta onde ele guardou naquele dia tem uma fechadura.

— Eu consigo destrancar de boa.

— Como é que é?

— Calma, não sou ladrão. — Ele riu. — Foi a Vivian quem me ensinou. Consigo com um canivete suíço ou com um clipe dobrado do jeito certo. O padre não vai nem perceber.

Nicolas explicou que Vivian teve que aprender a destrancar fechaduras por causa do trabalho. Os moradores da cidade vendiam badulaques antigos para o antiquário, e eles sempre recebiam muitas caixas e móveis trancados sem uma chave que os abrisse.

Tive a sensação de que Nicolas vinha planejando isso havia muito tempo, como se só estivesse esperando uma oportunidade de invadir os aposentos de alguém para encontrar uma pista que o ajudasse a lançar luz nos mistérios da sua vida.

Era uma ideia arriscada e problemática, mas eu estava cedendo rápido. A empolgação de Nicolas era inebriante e, além disso, havia o fato de ele estar levando a minha teoria a sério. Fazia tempo que alguém demonstrara tamanho entusiasmo por uma ideia minha. Fazia tempo que eu não me sentia jogado para escanteio.

Agora Nicolas estava ali, não só se mostrando aberto às minhas suspeitas como escolhendo a mim em vez do Yuri.

— Se você topar podemos ir agora mesmo — disse ele. — Quando você veio falar com o Yuri, pensei que seria a hora perfeita para irmos até lá. O padre vai começar a atender confissões daqui a pouco. Não vai ter quase ninguém na sala dele.

Ele sugeria aquilo como se fosse uma ida ao cinema. Era absurdo. E incrível.

— Eu topo! — falei, animado. —Vamos.

• •

Saímos do prédio e avançamos pela rua feito ratos se movendo pelas sombras. A sacristia estaria aberta até a igreja fechar. Como Nicolas falou, era só entrar, conferir e sair.

Eu não poderia usar no documentário nada do que encontrássemos. Era provável, inclusive, que não encontrássemos qualquer confirmação de que o livro era real. Não sem consultarmos um especialista antes.

O que estávamos prestes a fazer era criminoso e possivelmente inútil. Mas... e se o livro que víramos com o padre fosse um grimório de verdade? Tinha certeza de que estava chegando perto de conectar os pontos. Não sabia do que exatamente, mas não podia descartar nenhuma chance de descobrir.

Minha determinação crescia como nunca. Já não era uma teoria da conspiração nascida da tragédia de vida de um garoto. Agora era um mistério de verdade. Um mistério que eu queria resolver.

Quanto ao que dizer aos outros sobre nossas descobertas na igreja, eu e Nicolas pensávamos o mesmo.

— Dependendo do que for o livro, nós decidimos — disse ele. — Podemos até fingir que não fizemos nada.

Eu não sabia o que fizera Nicolas supor que eu concordaria em praticar um delito e esconder o fato, mas seu julgamento estava certo. Senti uma alegria infantil por estarmos ali juntos — embora fosse Yuri quem eu quisesse a meu lado. Fazer aquilo pelas costas dele, ainda por cima na companhia de Nicolas, era uma vingança doce e irresistível.

Arrombar a gaveta de um padre era uma ideia péssima em tantos níveis que era difícil avaliar. A confiança de Nicolas continuava me contagiando, me levando a querer acompanhá-lo. Itacira sempre fora o parque de diversões dele. Um cubo mágico de proporções gigantes.

— Como você consegue estar tão calmo? — perguntei.

— Não é a primeira vez que faço algo assim.

— Cometer um crime?

Ele deu um sorriso, como se a insinuação fosse motivo de orgulho.

— Valeu por me acompanhar — disse ele. — Isso me lembra o Cauan. Ele tem umas ideias muito doidas.

A sombra de Cauan, sempre ali. Sentia calafrios quando Nicolas falava dele no tempo presente, como se o namorado ainda estivesse por perto.

— Você sente muita falta dele, né? — perguntei, embora já soubesse a resposta.

— Demais. Tem horas que parece que não vou aguentar. — Nicolas respirou fundo. — Desculpa.

—Tranquilo. Pode falar.

—Todo mundo pensa que o Cauan não é bom para mim. Meu tio mesmo não vai muito com a cara dele. No começo, achei que ele só não quisesse me ver ficando com outros garotos, mas descobri que nem era isso. Ele só acha o Cauan uma influência ruim mesmo. Sei que o Cauan é rebelde e faz umas merdas de vez em quando, então entendo que meu tio não engoliu muito meu relacionamento com ele. Só que não sou mais criança, saca?

Pensei no que João tinha dito sobre a polícia e a morte de Anderson. "Foi o que eles disseram." Será que ele também estava envolvido? Não consegui fazer aquela sugestão para Nicolas. De alguma forma, todo mundo na vida dele parecia ser um suspeito.

Meu celular vibrou no bolso. Talvez fosse Yuri, mas eu não queria olhar.

— Por que você não chamou o Yuri? — perguntei, sem conseguir resistir à curiosidade.

— Pelo mesmo motivo que você: ele não ia topar.

— É, não ia mesmo.

Os fãs do canal costumavam colocar Yuri e a mim dentro de caixinhas. Para eles, eu sempre ficava na caixa do "certinho". Poucos entendiam que era Yuri quem mais seguia as regras. Nicolas já o entendia o suficiente para saber que ele não compactuaria com o que estávamos prestes a fazer.

— O Yuri me lembra o Cauan fisicamente. Já você tem um jeito mais parecido com o dele.

De todos os comentários de Nicolas que me causavam incômodo, esse foi o mais desconfortável de todos. Não soube o que dizer. Nunca sabia quando ele soltaria essas observações doidas, principalmente porque ele falava como se não fosse algo bizarro de se expor.

Felizmente, tínhamos chegado à rua da igreja, e meu foco pôde voltar para a missão. Meu coração batia acelerado, e as estrelas pareciam mais próximas do que nunca.

A igreja estava praticamente vazia, tirando uma pequena fila de pessoas do outro lado. Como previsto, o padre estava atendendo confissões antes da missa noturna.

Quando chegamos à sacristia, Nicolas abriu a porta devagar.

— Qual foi a gaveta?

— Essa aqui — sussurrei, indicando a gaveta na escrivaninha.

Nicolas tirou algo do bolso, se ajoelhou e começou a futucar a fechadura. Não consegui identificar se era um canivete ou um clipe agarrado em outro objeto. Só queria que ele terminasse o mais rápido possível.

Eu suava frio, me contendo para não dizer "anda logo". Comecei a perambular pela sacristia, olhando para a única estante com livros ali. E se o padre Raimundo tivesse tirado o livro da gaveta depois da nossa visita? E se, por algum motivo, ele interrompesse as confissões para ir até ali?

Um clique seguido do som de madeira arrastando. Nicolas abriu a gaveta.

Dei passos apressados e parei ao lado dele. Havia dinheiro, documentos e, no meio de tudo, o livro.

A capa era a mesma que eu lembrava de ter visto quando o padre guardara o livro no dia da entrevista. Um losango ao redor de uma maçã branca, com uma mão aberta embaixo.

— Puta merda — sussurrei, com as mãos tremendo.

Nicolas abriu o livro. Definitivamente, não era um grimório original. As páginas eram fotocópias de folhas muito antigas. Não era o original, mas ainda podia ser uma cópia do verdadeiro. Continuei olhando as páginas por sobre o ombro de Nicolas, prestando atenção para encontrar o trecho com as cinco páginas ausentes.

Outro detalhe ficou evidente: o texto estava numa língua incompreensível para mim. Entre os parágrafos manuscritos havia diversos ornamentos e tracejados. Vários pareciam caracteres semíticos, enquanto outros eram desenhos de animais, plantas e símbolos arcanos.

— Deixa eu fotografar — falei para Nicolas, que colocou o livro na mesa e se afastou para o lado. — Ou melhor, vou filmar. Assim é mais rápido.

Ele ia virando as folhas enquanto eu filmava as páginas com o celular. Perdi a noção do tempo, as páginas se tornando uma mancha diante dos meus olhos. Não sentia medo, só a ânsia de terminar para dar o fora dali.

Estava quase acabando. Faltavam apenas algumas dezenas de páginas, quando a porta se abriu de repente.

— Vocês...? — disse o padre Raimundo, seus olhos fincados no livro. — Qual deles mandou vocês aqui?

Fiquei completamente petrificado. Nicolas guardou o livro de volta na gaveta, fechando-a com um clique alto.

O padre começou a gesticular e andar de um lado para o outro na sacristia.

— Vocês sabem que vou devolver essa cópia na data acertada como sempre. Vocês sabem que colaboro, sempre colaborei. Por que não me deixam em paz? Vocês querem me enlouquecer de vez?

Era como se ele não falasse diretamente conosco.

— Eu... — balbuciei.

— Chega! — Raimundo ergueu a voz, quase gritando. — Não quero mais saber. Parem de me pressionar, é tudo que peço. Usando o filho dele ainda por cima! Qual o propósito desse tormento? Já não provei que estou do lado de vocês? Os dois não foram o suficiente? Chega de ficar me vigiando, chega de usar os fiéis. Parem com esse jogo. Já aceitei a minha condição.

Nicolas estava com os olhos marejados. Parecia que ia chorar.

— Fora daqui! — gritou Raimundo, como se estivesse falando com alguém além de nós. — Avise a quem quer que tenha enviado vocês que estou cansado dessa palhaçada e que, se quiserem algo de mim, que venham falar comigo pessoalmente. — Ele apontou para a porta da sacristia. — Saiam. Agora. Ainda tenho confissões para atender.

Sem escolha, saí andando apressado com Nicolas. Se tivesse um rabo, ele estaria completamente enfiado entre as minhas pernas. Eu andava aos tropeços, num rompante de pura adrenalina, incapaz de entender o que tinha acabado de acontecer.

Corremos assim que deixamos a igreja, atordoados. Atravessamos a Praça da Primavera, só diminuindo a velocidade quando já estávamos bem longe dali. Paramos numa viela pelo caminho, onde me sentei ofegante no meio-fio. Nicolas desabou do meu lado. Eu não fazia ideia de onde estávamos.

Ainda me recuperava para tentar falar quando ele começou a rir. Uma gargalhada histérica que acabei acompanhando, sem pensar.

Quando finalmente consegui parar de rir, estava com lágrimas nos olhos. A adrenalina deu espaço para sensações que eu preferia evitar: o susto e a vergonha de ter sido pego no flagra. O medo do que poderia acontecer ainda persistia, como se o padre fosse aparecer a qualquer momento com policiais que iriam me botar na cadeia.

Sentia dificuldade de processar o que acontecera, quase esquecendo o motivo de ter invadido a sacristia.

— Eu sabia — disse Nicolas. — Eu sabia!

— O quê?

— Que tem alguma coisa errada! Você viu como o padre reagiu? Ele ainda falou do meu pai!

As palavras desconexas do padre Raimundo flutuavam na minha memória. Não compreendi o sentido de absolutamente nada do que ele falara, mas aquele "usando o filho dele" só podia ter a ver com Nicolas e Daejung.

— Mas o que será que ele quis dizer com aquilo? — perguntei.

— Não faço a menor ideia, mas eu estava certo! Você também!

Nicolas começou a rir de novo. Seu cabelo estava úmido de suor e seu rosto brilhava sob a luz dos postes.

Ele colocou a mão no meu joelho e disse:

— Obrigado, Theo.

Alguma coisa mudou no ar entre nós.

Então, percebi as pulseiras no seu pulso. Dentre outras duas estava a que Yuri tinha lhe dado de presente. A que era feita com cordas de guitarra.

Sangue correu para a minha cabeça, desanuviando minha mente. Eu me levantei e espanei com a mão a poeira da calça.

—Vamos — falei. —Temos que contar para o Yuri.

A missão foi um sucesso. Minhas suspeitas se confirmaram e adquiri mais peças para o enigma. Em contrapartida, o quebra-cabeça dentro de mim ficou mais embaralhado ainda.

CAPÍTULO 22

Yuri abriu a porta do nosso apartamento. O cabelo despenteado e a camiseta torta indicavam que ele tinha caído no sono e acabado de acordar.

— O que aconteceu? — perguntou, colocando a mão no meu ombro quente e suado. — Vem cá.

Yuri me arrastou até a cozinha e me obrigou a beber um copo d'água. Bebi afoito, só então percebendo minha própria sede. Depois encheu outro copo e colocou na mesa para Nicolas.

— Por que vocês estão assim? — quis saber ele.

Então cruzou os braços, a preocupação lentamente dando lugar à desconfiança.

O que eu deveria dizer? Fazia sentido esconder alguma parte?

Olhei para Nicolas. Ele assentiu, o que sugeria que eu estava encarregado de explicar o que tinha acontecido.

— Nós fomos até a igreja ver o livro do padre Raimundo. Entramos na sacristia durante as confissões, mas o padre flagrou a gente.

Falei o mais pausadamente que consegui. Yuri ficou alguns segundos sem reagir.

— É sério isso? — perguntou, por fim.

Ele me olhava com a expressão de alguém traído.

— Não tem justificativa, eu sei... — falei. — Só que aconteceu uma coisa muito estranha.

Ignorei o desgosto que irradiava de Yuri e contei a reação do padre ao nos encontrar lá e sua suposição de que havíamos sido enviados por alguém para reaver a cópia do livro, sentindo-se perseguido e muito chocado de terem usado o "filho dele".

Falei sobre como o padre parecia ter ficado com *medo*, muito medo, algo do qual só me toquei depois de já estarmos na rua, distante da igreja.

Nicolas corroborou tudo que contei, acrescentando suas impressões. As dele não eram distantes das minhas, só mais enfáticas.

— Tem alguma coisa estranha acontecendo — disse Nicolas.

— Sério, não entendo por que vocês fizeram uma coisa dessas... — Yuri suspirou alto. — Sabe o pior, Theo? Fico mais bolado de você ter feito isso escondido. De ter embarcado numa dessas sem dizer nada.

— Não tinha cabimento ficar tentando convencer você a participar de um troço desses, Yuri — argumentei. — Só que também não ia aguentar deixar isso passar.

— Deixar o que passar, Theo? — disse Yuri. — O padre é bruxo agora? O que você estava pensando? Que ia achar um livro de magia para usar no documentário? Aliás, o que vocês acharam, afinal?

Aproveitei a deixa para pegar o celular e mostrar o vídeo que tinha feito do livro. Yuri se aproximou para ver, atento apesar de ainda contrariado. A qualidade da imagem variava, visto que fizemos tudo às pressas, mas, no geral, era possível ver com clareza quase todas as páginas. Bastava ir pausando o vídeo.

Esperava que Yuri sentisse o mesmo que eu ao ver aquele material, que enxergasse a monumentalidade do que tínhamos encontrado. Ao mostrar o vídeo em câmera lenta, ele observou o conteúdo com atenção pela primeira vez. Os símbolos e desenhos animalescos ficavam mais surreais a cada foto.

— Deu pelo menos para ver se tinha aquelas páginas faltando? — quis saber Yuri.

— Não conseguimos folhear o livro todo — expliquei, decepcionado.
— E que língua é essa? — indagou Yuri.
— Nenhuma que eu reconheça.
— Certo. E agora?
Yuri soou mais sério que nunca. Ele e Nicolas olhavam para mim, esperando que eu respondesse. A ideia da invasão tinha sido de Nicolas, mas, de uma hora para outra, eu tinha virado o responsável pela empreitada.

— Yuri, esse livro deve ser cópia de um exemplar genuíno do Capa Branca de São Cipriano — conjecturei. — A gente encontrou páginas com essas imagens na ponte em que o Anderson dormia. O cara que foi assassinado. E agora o padre, que estava com o livro, menciona o pai do Nicolas, que também morreu de um jeito estranho. Tem coisa aí, só pode.

— Também não é normal o padre ter pensado que estávamos a mando de alguém — interveio Nicolas em meu auxílio.

— Vocês acham que tem chance de ele falar isso para alguém ou de vir até aqui? — conjecturou Yuri.

— Do jeito que reagiu, não acredito que ele vá fazer algo — disse Nicolas. — Ele parecia assustado de verdade.

— A Vivian e a Sofia sabem disso?

— Não — respondi rápido, com medo de ele imaginar que era o único que tinha ficado de fora. — Só eu e o Nicolas.

Yuri esfregou o rosto.

— Vocês dois ficaram malucos. Eu diria que temos que avisar a Cristina, mas essa história não prova nada. E ainda é possível que vocês dois arranjem um problema com a polícia pelo que fizeram.

— Yuri, não é possível que você não ache isso bizarro — falei.

— Bruxaria não existe, Theo! Vocês fizeram isso a troco de nada.

— Mesmo que você não acredite, como é que não vê que isso é um mistério de verdade?

— Claro que vejo! Theo, fazer isso só teria valido a pena se vocês tivessem conseguido por meios legais. Mesmo sendo bizarro, não vai dar para mencionar no documentário. Não temos autorização nenhuma para usar isso.

— Ainda não, mas quando desvendarmos o que está acontecendo vai ser diferente. Vai ser uma denúncia. O documentário vai ficar muito melhor! Eu estou fazendo tudo isso pelo canal. Por que você não consegue entender?

— Qual foi a última vez que você deu atenção de verdade para o canal, Theo? — disparou ele, como se tivesse arremessado um punhal que acertou o alvo em cheio.

— Como assim?

— Para o canal mesmo, para o funcionamento dele. Tem um bando de coisa que só vai acontecer se essa série funcionar direito. Parcerias também. Enquanto isso você fica perdendo tempo fazendo maluquice.

— Fala sério, Yuri. É pelo canal... É pela gente. Vai valer a pena depois.

— Me explica como é que vai valer a pena invadir a privacidade de um *padre*? Isso de Cipriano e Antioquia deve ser uma bobagem de rico maluco, um nome que eles só botaram no projeto para dar um ar de coisa rara e preciosa. Theo, você não é o Sherlock Holmes.

Abri e fechei a boca. Senti os olhos marejarem.

Alguém bateu à porta. Confuso, olhei para a entrada do apartamento, depois para Nicolas.

— São as meninas — avisou ele. — Mandei mensagem para as duas, avisando que precisava falar com elas o quanto antes.

— Por quê? — perguntei, chocado.

Já estava complicado o suficiente só com Yuri.

— Como assim "por quê"? — disse Nicolas. — Elas têm que saber!

Ele abriu a porta, e Sofia entrou com Vivian. Estavam com um ar preocupado.

Dessa vez deixei Nicolas encarregado de contar o que tínhamos acabado de fazer. Yuri estava um caco, mas talvez eu estivesse ainda pior — cansado, faminto e emocionalmente destruído.

— Vocês *arrombaram* a gaveta do padre Raimundo! — exclamou Vivian, possessa. — Não foi para isso que te ensinei a destrancar fechaduras, Nicolas.

Ele riu, debochado.

— Foi para quê, então?

O comentário fez Vivian perder a fala, numa mistura de raiva e choque. Sofia tentou amenizar os ânimos.

— O que ela quer dizer, Nicolas, é que é um absurdo você ter mexido nos pertences do padre desse jeito.

— Ah, é? Sabe o que é absurdo de verdade? A possibilidade de ele estar mancomunado com quem quer que tenha matado o meu pai. Se não foi ele mesmo quem matou!

A exaltação de Nicolas dessa vez vinha temperada com uma irritação que era inédita para mim. Yuri estava chateado, mas Nicolas estava furioso.

— Não tem como afirmar isso — disse Sofia.

— Ele falou! Achou que nós tínhamos sido enviados por alguém para pegar o livro. Também achou um absurdo me enviarem, exatamente por ser filho de quem sou!

— Nicolas, calma — pediu Sofia. — Por favor.

— Eu tô calmo, porra! Foi por isso que não falei com vocês antes. Sabia que iam tentar me impedir.

— Escuta o que você está dizendo — rebateu Vivian, com frieza. — É claro que não íamos deixar você arrombar a gaveta de alguém, Nicolas.

— Sei que foi errado, mas isso não importa agora. Vocês precisam me ajudar a descobrir o que ele sabe.

— Acho melhor a gente falar com a polícia — disse Sofia. — Com a minha irmã, pelo menos.

— Não! Que polícia o quê?! Vocês duas nunca me escutam!

Nicolas estava histérico, e eu não sabia se deveria me meter.

Para o alívio de todos, ele se calou e se sentou no sofá. Vivian se acomodou ao lado dele, afagando suas costas. Depois de respirar fundo, Nicolas disse:

— Entendo que vocês queiram me proteger, mas eu não sou de vidro. Já basta o meu tio fazendo isso, querendo me impedir de fazer tudo. Vocês são controladoras demais. Ficam pedindo para eu entender, mas são vocês que não me entendem. Não aguento mais isso.

Nicolas pressionou os olhos, com a respiração entrecortada. Ele parecia tão pequeno, tão frágil.

— Nicolas — chamou Sofia. — O negócio é o seguinte: compreendo a sua frustração com relação ao seu pai. Não ouse dizer que não entendo, não depois de tudo pelo que já passamos juntos. E a Vivian também entende, até melhor do que eu. Só que o que você e o Theo fizeram foi errado. Não interessa se ele realmente estava escondendo alguma coisa. Isso não justifica. Vocês dois fizeram merda, e não me venha com essa de que nós tentamos te controlar. Quando a gente se mete é porque você está sendo completamente doido. Quem foi que ficou com você no hospital depois daquele pega de carro?

Ela esperou. Nicolas mantinha as mãos no rosto, só a boca e o nariz expostos.

— A Vivian — respondeu ele, baixinho.

— Quem foi que te ajudou na festa em que rolou aquela briga bizarra?

— Você.

— Preciso continuar?

Ele balançou a cabeça.

Sofia era um ano mais nova que Nicolas, mas nessa conversa parecia bem mais velha que o amigo, quase uma mãe falando com um filho. Eu, por outro lado, me sentia um gato que espalhou papel higiênico pela casa e agora olhava um humano arrumar a bagunça.

— Não é justo você reagir desse jeito. Não é possível que você esperasse que acharíamos tudo ótimo — prosseguiu Sofia.

— Concordo que é importante descobrir o que o padre quis dizer, principalmente quanto ao seu pai, mas vamos agir com mais cuidado a partir de agora. Pode ser?

Nicolas assentiu.

— Agora me deem um abraço — pediu Sofia. — Os dois.

Nicolas e Vivian se levantaram, e amiga os abraçou ao mesmo tempo.

— Quando todo mundo descansar e se acalmar, nós decidimos o que fazer — disse Sofia. — *Juntos*. Tudo bem?

— Tudo...

Os três se afastaram do abraço.

Vivian segurou Nicolas pelos ombros e falou:

— Eu te amo, seu maluco. Nunca, nunca duvide disso. Fala comigo da próxima vez que pensar em fazer algo assim. Pelo menos me dá uma chance de apresentar uma alternativa inteligente.

Ele fez que sim e fungou.

Sofia se voltou para mim e para Yuri.

— Continuamos essa conversa depois, pode ser?

— Pode ser — respondi.

Os três partiram para o apartamento de Nicolas. Era lá que aquela conversa íntima deveria ter acontecido, não ali na nossa frente, mas agora era tarde para isso. Tudo estava fora do lugar.

Fiquei sozinho com Yuri, de volta à estaca zero. Estava perdido, sem saber qual era a minha prioridade.

— Vou descobrir o que está acontecendo, Yuri.

— Não duvido disso, Theo — disse ele, e suspirou. — Só queria entender o porquê de termos parado de fazer isso juntos. Como amigos.

Não soube o que dizer. Eu também queria entender.

● ●

Naquela noite, sonhei com um assassino em série que arrancava o coração das vítimas enquanto elas ainda estavam vivas.

Eu era um policial que investigava os casos, e a cada vítima acreditava entender melhor a mentalidade do assassino. O sonho ficou desconexo, saltando por lugares e pessoas sem ligação com nada em específico, mas os corações humanos sempre apareciam em algum momento.

A aflição de não conhecer o assassino quase me fez acordar algumas vezes.

Eu era um policial sisudo que fumava cigarros sem parar.

Eu era apenas um garoto que suava na cama.

Por vários momentos durante a noite, senti ser as duas coisas ao mesmo tempo. Logo antes de acordar de vez, minha versão policial descobriu uma pista crucial que me levou até o criminoso.

Encontrei-o pessoalmente para um jantar, e o assassino já sabia que seria preso ao final. Mesmo assim aceitou o encontro. Ele se alimentava dos corações em refeições elaboradas que preparava em uma cozinha imaculada.

Dividimos um coração enorme, do tamanho de um frango assado. Um coração humano impossível de caber no peito de qualquer pessoa de verdade.

CAPÍTULO 23

Eu não queria ver ninguém.

Ao amanhecer, qualquer empolgação que havia sentido na minha pequena aventura com Nicolas fora substituída por vergonha e arrependimento. Vergonha por ter invadido uma igreja e mexido nas coisas de um padre. Arrependimento por ter feito aquilo em parte para agradar Yuri.

Ele falou com todas as letras que eu não me importava de verdade com o canal e que considerava a minha investigação uma brincadeira de Sherlock Holmes. O que Yuri não sabia era que, no fundo, o que me motivava a seguir com aquela investigação era a chance de subir no conceito dele. No conceito de todos, pois, se eu desvendasse o caso, não haveria discussão. Eu seria respeitado. Deixaria de ser o garoto sério e certinho com pesadelos estranhos.

Só que o tiro saiu pela culatra. Acabei tão fissurado na ideia de provar o meu valor desvendando um mistério que me excluí ainda mais da equação.

Agora eu estava dominado pela ira.

Precisava converter essa energia negativa em resultados. Não por Yuri, por Nicolas, ou por um novo hit no canal, mas por mim. Ainda iria provar para todos que tinha razão, mas isso seria uma consequência.

Estava sozinho no quarto. Yuri acordou mais cedo, o que era uma raridade. Sua cama estava desarrumada, mas esse vinha sendo o estado dos lençóis desde que a edição dos vídeos começou a atrasar. Yuri sempre arrumava a cama. Quando não arrumava, era porque havia algo muito errado na sua rotina.

Eu me levantei, escovei os dentes e me obriguei a ir até o apartamento de Nicolas. Precisava tomar café, e a despensa do nosso continuava vazia.

— Bom dia — cumprimentou Nicolas do balcão da cozinha.

— Bom dia — respondi.

Passei o olho discretamente pelo apartamento e não vi ninguém.

Satanás estava no sofá, enigmático como uma esfinge orelhuda.

— O Yuri deu uma saída — disse Nicolas, adivinhando quem eu estava procurando.

— Ah, valeu. Você tá bem?

— Acho que sim — respondeu ele. — Então pegou o celular, digitou rápido na tela e colocou o aparelho de volta no balcão. — As meninas ainda estão chateadas comigo.

Eu me sentei ao lado dele e me servi de pão e café.

— E o Yuri comigo — afirmei.

— Nem. Ele só está cansado.

Nicolas querer *me* dizer como Yuri realmente estava se sentindo me incomodou mais do que eu gostaria de admitir. Quem era ele para saber o que se passava na cabeça e no coração do Yuri?

— Eu gosto do Yuri, Nicolas — confessei, do nada. — Gosto dele de verdade. Tô fazendo tudo errado.

— Você já falou isso para ele? — perguntou Nicolas com sua naturalidade de sempre, como se eu não tivesse acabado de fazer uma revelação importante. Pelo menos para mim.

— Quê?

— Você já falou para o Yuri que gosta dele?

— Não — respondi. — Com certeza isso iria atrapalhar mais ainda. Não quero colocar tudo a perder na nossa amizade.

— Ele está preocupado com você.

— Como assim?

— Ele fala de você direto, Theo. Ele também tem medo do que pode estar acontecendo com a relação de vocês. Ele não quer que as coisas mudem. Só que, pelo que estou vendo, vocês ficarem sem falar desses anseios já está mudando tudo.

Meu rosto esquentou com a força de mil sóis.

— Pelo... pelo menos por enquanto acho melhor não falar nada. Não sei qual vai ser a reação dele. É melhor esperar a hora certa.

— Na minha experiência, essa hora nunca chega — disse Nicolas.

— E tem mais — falei. — Já ficou bem óbvio que ele não gosta de mim dessa forma.

— Óbvio como?

— Ele está ficando com você, ué.

— Theo, não é assim que funciona — comentou ele, rindo. — O que a gente tem não é nada sério, mas só posso te dar certeza de como eu me sinto.

—Tem o canal também, Nicolas — lembrei. — Como fica o trabalho se a gente não está se entendendo?

— Sei que há várias coisas em jogo, mas talvez tenha chegado a hora de você decidir o que é mais importante: seu amigo ou seu trabalho. É algo que vale para mim em relação às meninas e à banda também.

Suspirei. Estava cedo demais para aquele assunto.

— Quando a gente voltar para casa eu converso com ele — declarei.

— Bom, você que sabe. Se eu puder ajudar em algo, me fala.

—Tem coisa mais importante para resolver no momento. Preciso estudar aquele vídeo do livro do padre.

— Quero ajudar no que puder nisso também. Não esquece que nós somos cúmplices agora — disse ele, com um sorrisinho travesso.

— Pode deixar — falei, rindo. — Valeu, Nicolas. Mal ou bem, você ainda é o único realmente botando fé nas minhas teorias. Obrigado.

Dessa vez foi ele quem ficou vermelho.

— A Sofia e a Vivian me ajudaram muito quando fiquei na merda, mas sozinho de noite eram os vídeos do seu canal que me faziam rir e relaxar.

Era estranho saber que dava para ajudar alguém assim, sem intenção. Estranho e gratificante.

Mesmo que estivesse sempre com alguém por perto, Nicolas conseguia ser bem solitário.

— Bom, mudando de assunto: hoje tem a festa, hein! — disse ele. — Vai ser um bom dia para relaxar e fazer as coisas voltarem ao normal.

— Que festa?

— A da floresta.

Fiquei na dúvida se não tinham me avisado do tal evento ou se eu simplesmente não lembrava.

— Não tô sabendo — falei.

— Como assim? Tá marcada desde... — Ele parou de falar. — Ah! Acho que falamos num dia em que você não estava no bar. É um sarau de aquecimento para o festival de Dia das Bruxas. É um lance fora do circuito do festival, na verdade. Você vai, né?

Ser esquecido daquela forma era mais um item desagradável na minha coleção de ressentimentos.

— Vou, claro — respondi, mesmo sem saber se queria ir. — Pode me passar o endereço?

●●

Decidi sair para dar uma volta. Uma caminhada para respirar sempre me ajudava a resetar o cérebro. Levei o computador comigo. Trabalhar na rua era uma ideia melhor que ficar enfurnado no prédio e arriscar ter mais um papo íntimo.

Ainda não queria falar com Yuri. Precisava de tempo para entender como eu me sentia em relação a tudo que ele falara. Como me sentia em relação ao canal, à nossa amizade. A ele.

O coquetel na mansão dos Ferreira e a apresentação da Witch Time no festival seriam os momentos mais ocupados da nossa estadia. Restavam poucos dias para outubro acabar, e o fim do mês sinalizava nosso retorno para Nova Iguaçu.

A ideia de dali a algumas horas ir a um sarau que eu nem sabia que ia rolar era apavorante. Em um cenário ideal, eu necessitaria de pelo menos uns três dias para me preparar psicologicamente.

Considerei visitar Cristina. Ela tinha interesse no caso. Além de estar afastada o suficiente dos meus dramas pessoais. Porém, ir até ela sem falar com Sofia primeiro poderia embolar o meio de campo. Não queria causar ainda mais problemas. Sem contar que eu teria que mentir sobre como consegui as fotos do livro.

Eu precisava pensar. Sozinho.

Chegando ao centro da cidade, me instalei em um café minúsculo e tirei o computador da mochila.

● ●

Antes de sair do prédio, havia postado algumas imagens das páginas do livro de São Cipriano no fórum de investigação amadora. Olhei as respostas no tópico mais uma vez. Apesar da empolgação de todos os membros, tirando palpites aleatórios, ninguém soube dizer o que os símbolos significavam. O idioma não parecia bater com nenhuma língua conhecida.

Abri o vídeo de novo. Observei os símbolos, os desenhos, os enigmas em círculos e espirais. Cliquei em tudo o que tinha à minha disposição. Plantas de prédios, fotos, postagens, até as pinturas do Toddy. Imagens sombrias com catacumbas, danças macabras, animais comendo uns aos outros.

Nada. Tudo parecia tão conectado ou desconectado quanto antes, elementos que se repetiam sem nexo aparente.

Reli as informações sobre São Cipriano e Antioquia. A cidade fora fundada pelo imperador Seleuco, numa região escolhida através de rituais. Ele ofereceu um pedaço de carne em sacrifício para uma águia, a ave de Zeus, e a cidade foi fundada no local onde a águia pousou com a oferenda. Seleuco a batizou em homenagem ao filho, Antíoco.

Projeto Antioquia. Itacira. O que tinha a ver?

Chegou a hora do almoço. Pedi um sanduíche reforçado.

Quando Yuri me mandou uma mensagem perguntando onde eu estava, respondi o mais educadamente possível que tinha ido para um café e que já voltava.

Sua segunda mensagem veio horas depois.

Yuri: *Theo, tá tudo bem mesmo? Queria conversar contigo.*

Respondi: *Tá tudo bem, Yuri. Sério! Daqui a pouco tô indo praí.*

Yuri: *Estamos te esperando pra irmos juntos pra festa.*

Senti o impulso de comentar que ninguém tinha me avisado daquela festa idiota e que só fiquei sabendo no dia, mas me contive. Será que Yuri tinha comentado enquanto eu estava fixado em algum documento ou teoria? Bom, não importava mais.

Olhei para a janela do café. Tinha escurecido e eu nem tinha me tocado. Mandei uma mensagem dizendo que era melhor eles irem na frente, que depois eu os encontraria.

Yuri digitou por quase um minuto, o que parecia ser uma mensagem longa. Esperei, olhei para o aviso de "digitando" na tela.

Se precisar me liga, ok?, dizia a mensagem.

Ele devia ter escrito e apagado mais de uma vez. Senti uma pena inesperada de Yuri. Quando foi que fiquei inacessível dessa forma para ele? Eu vinha tentando manter a simplicidade no nosso contato, mas talvez só estivesse tornando tudo mais difícil.

Continuei clicando a esmo nas dezenas de arquivos diante de mim, assistindo a trechos de vídeos que ainda não tínhamos usado na edição. Gravações feitas na cidade, no prédio do Estúdio Blitz, na Casa de Cultura, no parque natural.

Minha frustração não parava de crescer. Se não achasse uma ligação, teria sido tudo em vão. As vozes dos desaparecidos continuariam ignoradas, vivendo somente na memória dos que ficaram. E Anderson continuaria surgindo nos meus pesadelos, sem descanso. Sem solução.

Parei em uma foto que tínhamos feito no mirante. Apenas Yuri e eu, lado a lado. Sua mão na minha cintura, meu braço apoiado em seus ombros, e ao fundo o grande círculo de Itacira com suas ruas conectadas.

Eu me recostei na cadeira e levei a enésima xícara de café aos lábios. Estava vazia.

Chamei a garçonete e pedi mais uma.

— Que bonito — comentou ela quando trouxe a xícara. — Parece uma mandala.

Seu olhar mirava a tela, que exibia uma foto que tirei no mirante.

O comentário dela fez uma peça encaixar em outra. Imediatamente abri no navegador uma imagem de satélite exibindo Itacira. Foi um estalo tão forte que levantei a cabeça com os olhos arregalados.

— Obrigado — falei, quando ela colocou a xícara na mesa.

De um lado da tela estava um dos círculos mágicos de Cipriano, que pegava uma página inteira do livro. Do outro, uma imagem aérea de Itacira, com seus prédios e ruas se entrecortando e ziguezagueando.

As linhas se encaixavam.

O projeto da cidade. Pessoas que desapareciam para sempre. A águia levando a carne do sacrifício.

Fechei o computador, paguei a conta e fui embora sem beber meu último café.

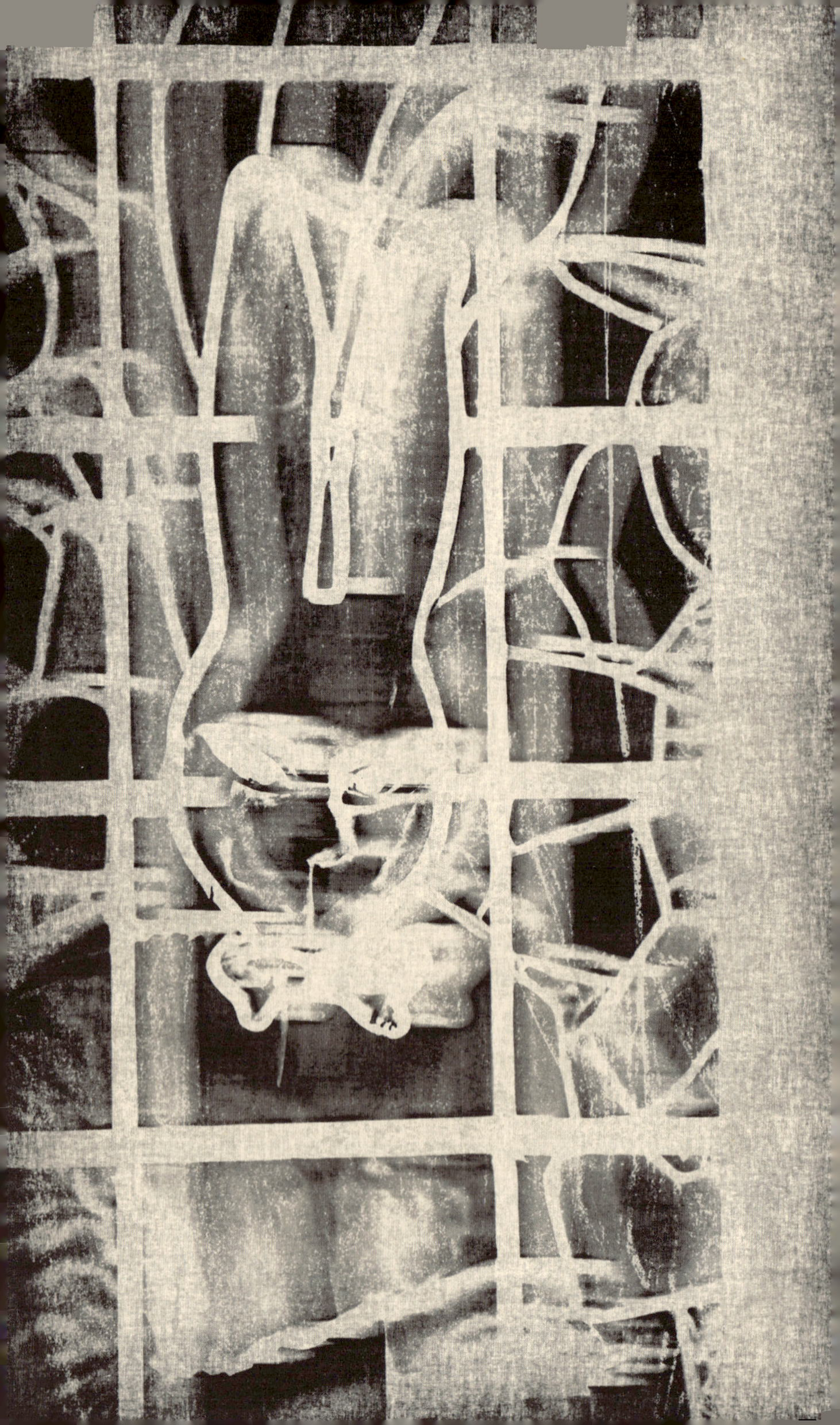

CAPÍTULO 24

Tentei ligar para Yuri, para qualquer um, mas todos os celulares estavam desligados ou fora de área.

Abri o GPS para confirmar o endereço do sarau. Ficava numa parte da floresta que não era protegida pelo parque natural. Joguei a mochila nas costas e andei apressado pela rua.

A entrada da festa ficava num quarteirão ermo, onde o lado urbano da cidade começava a rarear, engolido pela vegetação da serra. Atravessei um terreno baldio cheio de caixas de papelão empilhadas, que dava diretamente na mata. Avistei Rita Lee estacionada com outros carros e suspirei, aliviado. Eles estavam ali.

O caminho de terra se transformou numa trilha. Havia luzinhas enroscadas nos troncos das árvores, o que deixava a atmosfera simultaneamente deslumbrante e tenebrosa.

Meus nervos estavam à flor da pele, mas aquela caminhada estava me acalmando. Meus amigos estariam todos ali. Ninguém tinha me abandonado. Em breve eu poderia contar minha dedução. Dessa vez não teria como ninguém duvidar dos fatos.

Meu relaxamento não durou muito tempo: poucos metros adiante havia um trio de pessoas vestidas de preto. As três usavam máscaras de coelho.

— Eita... — murmurei, apreensivo.

Os três mascarados disseram em sequência:

— Neste bosque...

— ... morar...

— ... é vosso intento?

Só ali lembrei que aquele era um evento particular e que, além do local secreto, havia senha para entrar. Peguei o celular para conferir as mensagens de Nicolas com as explicações sobre como entrar na festa.

— Até o dia, talvez, do casamento de Hipólita e... Tesão? — tentei.

O coelho do meio gargalhou.

— É Teseu!

— Tá escrito tesão aqui! — exclamei, mostrando a tela. — Sou amigo do Nicolas, da Witch Time — falei, desesperado com a possibilidade de não conseguir passar.

— Tá explicado — disse o coelho.

— O Nicolas sempre... — disse o da esquerda.

— ... avacalha com o esquema — disse o da direita.

— Posso entrar? — perguntei.

— Pode, pode — respondeu o do meio.

— As máscaras... — disse o da esquerda.

— ... estão penduradas... — disse o da direita.

— ... mais para a frente — concluiu o do meio.

— Vocês são ótimos com isso de falar em sequência — comentei, exasperado com o esquema. — Parabéns!

O trio agradeceu meu elogio irônico com uma mesura. Continuaram inclinados na posição de reverência enquanto eu passava por eles para seguir adiante.

Nicolas explicara que cada edição da festa requeria uma senha diferente, uma formalidade que ajudava a entrar no clima. Daquela vez eram falas de *Sonho de uma noite de verão*, de Shakespeare. Nunca tinha lido o livro nem visto a peça.

Mais à frente havia um varal feito com fios de pisca-pisca, onde diversas máscaras de animais estavam penduradas. Perto do varal havia outra pessoa com máscara de coelho, dessa vez uma moça de vestido branco.

— Representareis de máscara — disse a mulher e, com isso, virou-se para o varal e me entregou uma máscara de ovelha.

Ainda falando num português arcaico, a coelha me explicou que eu não deveria tirar a máscara durante a festa, levantando-a apenas se precisasse "usar a boca". Ela também falou para desligar o celular. Obedeci a contragosto.

— Divirta-se — concluiu ela, me observando sem se mexer.

Após uma última curva no mato, a floresta se abriu numa clareira onde havia mais fios com luzinhas enroscados nos troncos, além de lâmpadas maiores no cimo das árvores. Uma fogueira queimava no centro. Alguns participantes estavam sentados em almofadas, conversando. Alguns estavam dançando, e outros, bebendo. Rock alternativo saía de caixas de som espalhadas.

Eu tinha que encontrar meus amigos numa festa em que era impossível entrar em contato com eles e em que todo mundo estava mascarado. Ótimo.

Dei uma olhada geral, mas não reconheci ninguém, óbvio. Fui até uma mesa onde um garoto com máscara de cobra preparava batidas. Seria uma ótima hora para me afeiçoar ao gosto de álcool, pois definitivamente precisava de um drinque.

— Dane-se — sussurrei, e apanhei uma bebida.

● ●

Eu estava entregue à música de um jeito que só fazia sozinho no chuveiro. Talvez fosse pelo anonimato que a máscara permitia, porém o mais provável era que fosse um simples efeito da bebida. Senti meu corpo acompanhar um ritmo desconhecido, buscando segui-lo sem ligar para a precisão, até o ponto em que a música é que parecia acompanhar meus movimentos, como se trabalhássemos em conjunto.

Eu dançava de olhos fechados e, sempre que os abria, via máscaras de olhos escuros sacudindo erráticas no escuro da noite. Debaixo da máscara você podia ser qualquer um e ninguém te reconheceria, nem seria capaz de te julgar.

Minha entrega terminou quando começou a música seguinte, que não era ruim, mas não surtiu o mesmo efeito em mim. Abri os olhos e notei que havia alguém com uma máscara de coelho na minha frente. Era uma máscara diferente das outras que vira até então. Era velha e, em vez de plástico liso, era feita de pelos.

O coelho me viu. Então se virou e saiu andando apressado.

— Espera — pedi.

Fui atrás do coelho, que se embrenhou por entre as árvores. As luzes penduradas nos troncos pareciam me mostrar o caminho. Passei por um grupo mascarado. Um deles tocava violão enquanto os outros jogavam carteado. Quando passei, todos me observaram em silêncio, e o do violão parou de tocar.

Milhares de considerações correram pela minha mente. O verdadeiro motivo de estar ali no meio do mato foi ficando cada vez mais vago, cada vez mais submerso. Na superfície de tudo estava a necessidade de encontrar Yuri. Foi ali, naquela situação nada a ver, que percebi.

Para Yuri, eu só era mais um amigo dentre muitos, enquanto eu só tinha ele.

Yuri era tudo para mim, e a recíproca não era verdadeira. Era isso que me incomodava. Naquela viagem ele tinha feito novos amigos numa velocidade impressionante. Eu tinha conhecido as mesmíssimas pessoas que ele, mas me sentia cada vez mais para trás. A prova cabal disso era que, enquanto estavam todos ali curtindo uma festa juntos, eu estava sozinho em um café. Perdendo o meu melhor amigo para gente melhor e mais legal.

Já não via mais o coelho que chamou minha atenção. Mesmo assim apertei o passo e continuei em frente.

Avistei duas cabines de banheiro químico. Não havia ninguém por perto. Eu me sentei no chão perto de uma árvore atrás das cabines e tirei a máscara de ovelha, colocando-a no colo. Os buracos vazios olhavam para mim, me julgando, silenciosos.

A parte racional do meu cérebro procurava se sobrepor aos sentimentos: Yuri não ia me trocar por outras pessoas, até porque nem morávamos em Itacira. Era simplesmente o jeito dele, se afeiçoar rápido a todo mundo. Tudo voltaria aos eixos quando voltássemos para Nova Iguaçu. Eu ainda era seu melhor amigo.

Mesmo que meu lado racional repetisse essas palavras de consolo na minha mente, de nada adiantou. Era como escrever na areia. As palavras não valem nada quando o mar turbulento dos sentimentos apaga tudo com as suas ondas.

Respirei fundo. Quando expirei, ouvi um barulho diferente vindo de mais adiante. Não era o crepitar da fogueira, que já estava longe demais para ser ouvida, nem o burburinho das pessoas ou as batidas da música. Fui na direção do barulho. Era um som baixo e úmido. Imaginei uma criatura com chifres, meio bode, meio humana, comendo a carne crua da caça recém-abatida.

Antes fosse isso. Parei atrás de uma árvore e vi a origem do ruído: Yuri e Nicolas se beijando.

A cena não era tão explícita quanto da vez que os vi no apartamento alguns dias antes. Estavam totalmente vestidos, apenas sem as máscaras, que estavam caídas no chão. Um macaco e uma raposa, juntos.

Ao mesmo tempo, a cena conseguia ser ainda mais íntima que a da primeira vez. Eles tinham ido até ali para se beijar sem que ninguém os incomodasse. Yuri abraçava Nicolas, acariciando sua nuca com uma das mãos. Eles se beijavam devagar, sem fogo, prolongando o beijo num contato que era puro afeto.

Senti meu coração despencar. Tentei me afastar com discrição, falhando miseravelmente. Pisei em galhos no chão, que fizeram um barulho que pareceu ecoar por toda a floresta.

Não esperei para descobrir se eles tinham ouvido e saí correndo, mais desnorteado do que nunca.

● ●

Parei no meio do caminho, tirei a máscara, a mochila, e me sentei no chão. Não queria colocar aquela máscara idiota de novo.

Na melhor das hipóteses, Yuri e Nicolas não tinham me notado — continuariam aos beijos e depois voltariam para a festa.

Infelizmente o que aconteceu foi a pior das hipóteses: não só minha presença foi notada como Yuri veio atrás de mim. Ele estava de pé na minha frente com a máscara de macaco na mão.

— Cadê o Nicolas? — perguntei.

— Ele foi ao banheiro. Não sabia que você tinha chegado.

— Não tinha como avisar — justifiquei.

Continuei sentado, e ele, de pé. Mexia um dos anéis no dedo, girando-o de um lado para o outro. A tatuagem de arame farpado nas costas da sua mão sorria para mim.

— Theo, você viu a gente?

— Foi sem querer — respondi, sem olhar para ele.

Eu sabia que os dois estavam ficando. Aquilo já vinha acontecendo havia dias. Por que daquela vez estava sendo pior?

— Finalmente aceitou se juntar à gente, então — disse ele, dando uma risadinha.

— Não é hora de piada, Yuri. Que inferno! Não quero ver você beijando outras pessoas.

Respirei fundo. Estava prestes a falar tudo, e isso era perigosíssimo. Yuri se sentou do meu lado.

— O que você tem, Theo?

A pergunta foi feita com ternura, e toda a minha energia para resistir se esvaiu. Minha máscara estava no chão, literal e metaforicamente.

— O problema é o que eu não tenho, Yuri — falei.

— E o que você acha que não tem? Me fala.

— Você sabe.

— Não sei. Não vou saber se você não falar.

— Você sabe, sim. Você sabe tudo de mim, sempre falo tudo.

Ele abafou uma risada de indignação.

— Você só pode estar brincando.
— Não tô. Você me conhece. Sou eu que não sei nada de você.
Daquela vez ele gargalhou.
— Eu te conto tudo, Theo!
— As suas tatuagens, por exemplo. Não sei nada sobre elas.
— Isso é totalmente diferente. Não conto para ninguém.
Um alívio percorreu meu corpo quando meu cérebro arquivou a informação de que não, ele não devia ter falado o significado delas para Nicolas. Respirei fundo, ainda pensando no que dizer, em como me defender, mas ele continuou falando:
— Theo... Deixa eu te ajudar.
Meu rosto pegava fogo e minha boca estava totalmente ressecada. Passei a língua nos lábios.
— Não tem como você me ajudar.
— Sem essa, por favor. Sempre vou conseguir te ajudar.
Encostei com força na árvore, querendo que ela me tragasse. Yuri estava se apoiando no mesmo tronco, sentado bem perto de mim.
— Não tem como você afirmar isso. Que sempre vai conseguir me ajudar — falei.
— Eu sei que vou ficar para sempre do seu lado, Theo. É isso.
Aquela declaração me destruiu.
— Não dá para saber, Yuri! Tenho medo de que você me abandone. E isso é idiotice, porque você não me deve nada, sabe? Não tenho propriedade nenhuma sobre você. Nem quero ter, não é assim que a vida funciona. Só que tenho que viver com esse receio constante de que você vai achar alguém melhor do que eu, e agora você está conhecendo esse monte de gente interessante, e não consigo acompanhar. Já faço pouco por você, e temos nos desentendido direto.
Engoli em seco. Ainda havia mais para falar, mas eu precisava de um intervalo para respirar.
— Acabou? — perguntou ele, paciente.

— Não. Mas pode falar.

— Em primeiro lugar, sim, nós temos as nossas diferenças, principalmente em como encaramos o nosso trabalho. Fico bolado quando você some, faz uma doideira e depois justifica dizendo que foi pelo canal. Mas diferenças se resolvem conversando até chegar a um meio-termo. Você está doido de verdade se acha que eu conhecer gente nova vai afetar a nossa amizade. Não vou te abandonar, Theo. Sempre vou ser seu amigo, e não quero que nada mude entre nós.

— Essa é a questão, Yuri. Já mudou. Vai continuar mudando.

Ele esfregou o nariz e ficou quieto, olhando para a máscara na mão e enfiando os dedos nos buracos dos olhos.

Era hora de falar tudo.

— Eu te amo, Yuri — confessei. — Pronto.

Yuri suspirou devagar. Ar entrando pelo nariz, saindo pela boca. Então ele me segurou pelos ombros e me puxou para perto em um abraço, erguendo a mão para acariciar meu cabelo.

Todas as vezes que encenei aquela situação na minha cabeça, o que me dava mais medo era o que Yuri poderia dizer. Nunca tinha considerado o que ele poderia *fazer*.

— Não precisa dizer nada — acrescentei, com a voz mais neutra que consegui.

E ele não disse. Ficamos assim por mais alguns segundos, até que o silêncio ficou insuportável.

— A Sofia comentou que você pode ser arromântico — falei.

Era algo quase clínico de se dizer em um momento como aquele, mas eu queria justificar o silêncio de Yuri. Aplicar alguma lógica àquilo tudo.

— É, ela falou sobre isso comigo também — contou ele. — Fez sentido para mim. Foi meio engraçado, até. Ela falou que se você entende o conceito de ser arromântico e chega a considerar que possa ser o seu caso, isso significa que você muito provavelmente está no espectro. Então de repente sou mesmo, mas sei lá.

— Não dá para você me amar então — concluí.
Ele deu um tapinha na minha cabeça.
— Oi? Isso não tem absolutamente nada a ver. E eu também te amo, aliás.
Meu corpo inteiro estremeceu.
Yuri voltou a afagar meu cabelo.
— Ok, pode ser que eu não sinta esse sentimento poético de que todo mundo fala, ou não ligue para essas coisinhas românticas de namorados, só que eu não me importo de não ter isso — explicou ele.
— E como eu fico nisso?
Meu egoísmo falava mais alto. Eu precisava saber.
— Sabe o seu problema de verdade, Theo? Você foca demais no que está faltando, não no que já tem. E nós temos isso aqui. — Ele apontou para nós dois. — Para mim isso tá bom... Tá ótimo. Vai além de tudo o que já pensei que poderia ter com alguém antes de te conhecer. Você é muito mais que um namorado para mim. Você é meu parceiro. Se pudesse entrar na minha cabeça para se ver como te vejo, nunca mais ia cogitar que posso preferir o Nicolas ou qualquer outra pessoa a você. A distância é estratosférica.
Aquilo era maravilhoso, mas ainda não respondia a minha pergunta. Agora não tinha mais volta.
— A questão é que eu quero ser seu namorado, Yuri — falei. — A verdade é essa. Nós já brincamos muito, mas chegou uma hora que a brincadeira começou a me machucar. Ver você com outras pessoas me faz mal. Quero que a gente fique junto do jeito certo.
Ele continuou com o braço por cima de mim, mas parou de fazer carinho. Senti o seu corpo se retesar.
— Jeito certo? Olha o que você está falando, Theo. Isso nem existe.
— Tá bom. O jeito certo para mim.
— Ok, mas esse não é necessariamente o jeito certo para mim. Você disse que me ama. E eu também te amo. Que tal

vermos aonde isso vai dar? Você é a pessoa de que mais gosto no mundo. Quero ficar do seu lado e fazer tudo o que puder com você, mas preciso que você tente me entender também.

— Se não der certo pode atrapalhar o canal... — ponderei.

— Então dane-se o canal. Sem você e eu juntos, não tem Visão Noturna. O que importa é a gente!

Eu já não conseguia nem acompanhar a conversa direito. Só consegui concluir dizendo:

— Tudo bem.

— Tudo bem o quê?

— Tudo bem. Vamos tentar e ver no que dá. Mas a gente precisa ser sincero um com o outro e falar das nossas diferenças. Isso vale para mim também. Se eu me sentir mal com alguma coisa, vou falar. Não quero mais ficar tentando controlar tudo. Não tenho por que ficar agindo assim com relação a você. E...

— Cala a boca e me beija, Theo.

Ele fechou os olhos e mexeu a cabeça de leve com um sorriso.

Cheguei mais perto e o beijei.

Nossas máscaras ficaram caídas, os olhos vazios observando a escuridão acima das árvores.

CAPÍTULO 25

Depois da festa, voltamos para o apartamento de Nicolas. Ainda era a mesma noite, mas o baile de máscaras foi ficando para trás feito um sonho distante. Um sonho bom.

Yuri dirigiu a Rita na volta. Avisei que precisava conversar com todos eles, mas que seria melhor nos reunirmos num lugar mais calmo primeiro. Além disso, eu precisava que o efeito do álcool na minha cabeça passasse para conseguir processar tudo direito.

Abri meu computador na mesinha da sala, do lado de uma xícara de café instantâneo (eu talvez morresse de overdose de cafeína nas próximas horas, mas teria valido a pena). Em uma metade da tela havia fotos de páginas do livro Capa Branca, que continha mandalas místicas. Na outra, um mapa digital da cidade. Desativei as fotos de satélite do mapa, deixando visíveis apenas as linhas das ruas para que o efeito ficasse ainda mais claro.

— Tá de sacanagem — sussurrou Yuri do meu lado.

Cliquei nas fotos de imóveis escaneadas do diário de Daejung, posicionando-as por cima dos prédios correspondentes no mapa. Eu manuseava com rapidez os arquivos enquanto eles olhavam, vidrados.

Quando terminei, ficou claro que todos os prédios tinham sido construídos em pontos estratégicos, que também correspondiam a símbolos nas mandalas de Cipriano. As imagens na tela indicavam que Itacira era uma junção de pelo menos três desenhos do livro do bruxo.

— O que isso quer dizer? — perguntou Yuri.

— Que a cidade inteira forma um círculo mágico. O motivo eu não sei, mas tenho umas teorias.

Esperei um instante para ver se alguém se manifestava. Já era tarde. Eu estava elétrico, caindo de sono e apaixonado. Porém, não havia a menor condição de deixar aquilo para outra hora.

Diferente da nossa reunião depois da ida secreta à sacristia, dessa vez ninguém estava rebatendo ou dando lição de moral. Minha descoberta finalmente tinha sido grandiosa o suficiente para todo mundo me levar a sério. A essa altura eu não me importava mais tanto com isso, nem tinha a mesma necessidade de aprovação de Yuri. Mas que era bom era.

— Minha teoria é que o projeto da cidade foi todo trabalhado de maneira ritualística. O desenho inteiro da cidade foi feito seguindo as mandalas de Cipriano. Incluindo os prédios que estavam no diário do pai do Nicolas, os das plantas que foram alteradas. A minha teoria é de que esses locais servem como parte de um ritual maior. E que o Daejung morreu em um desses rituais.

— Que tipo de ritual? — questionou Nicolas.

Vivian colocou a mão no ombro dele.

— Rituais de sacrifício — respondi. — Os casos de pessoas desaparecidas na cidade, acobertados pela polícia... Eu acredito que as pessoas que sumiram foram usadas em rituais. Se o desabamento onde encontraram seu pai faz parte do ritual ou se foi por outro motivo, não sei dizer. Mas sinto que está tudo relacionado.

— A morte do Cauan também teve a ver com isso? — quis saber Nicolas.

Ele estava tentando se manter firme, prestes a implodir a qualquer momento. Era difícil observá-lo.

— Isso ainda não sei — respondi depressa.

— Mas sacrifícios para quê? — perguntou Sofia, exasperada. — A cidade formando um círculo mágico? O que é isso agora, *Fullmetal Alchemist*?

— A intenção dos rituais eu não sei, Sofia, mas em várias histórias de Itacira existe um elemento que se repete: pessoas somem e são encontradas aos pedaços depois. Isso quando são encontradas. O projeto da cidade era conhecido como Projeto Antioquia no começo. Além de ser a cidade de São Cipriano, a fundação de Antioquia envolveu um ritual com sacrifício de sangue. Tudo se conecta.

Nicolas afundou no sofá e começou a chorar. Vivian se sentou ao lado do amigo, afagando as costas dele e enxugando as próprias lágrimas. Estava se contendo como podia.

— E os outros empresários que financiaram a obra? — indagou Sofia. — Será que sabiam? E o padre Raimundo?

— Todos os empresários daquela lista são suspeitos — afirmei. — As datas daquela lista muito provavelmente correspondem a datas de rituais de sacrifício.

Sofia balançava a cabeça, incrédula.

— O que a gente faz agora? — perguntou Vivian, olhando para mim.

— O que estou dizendo é alarmante, mas infelizmente não prova nenhum crime.

Como o Yuri falou na discussão que tivemos depois que eu e Nicolas invadimos a sacristia, a ligação da cidade com bruxaria pode se resumir a maluquice de rico. Um lance cultural excêntrico, sem conexão com os desaparecimentos. Precisamos de provas. Indícios de que os empresários dessa cidade estão realizando rituais de sacrifício humano.

Sofia se levantou, alisou os braços e andou de um lado para o outro.

— Gente, vocês não acreditam nessas coisas, né? Feitiçaria, evocação mágica. Isso só pode ser ficção.

Ela perguntou com um sorriso nervoso, esperando concordância imediata ante o absurdo da suposição.

Ninguém respondeu nem que sim nem que não. Então falei:

— Sofia, você não acreditar não impede que eles estejam fazendo isso. Tem algo grotesco rolando em Itacira. Algo que envolve os empresários, e possivelmente a igreja e a polícia. Esse algo é inspirado por forças que estão além da gente, que, mesmo que não sejam místicas, são poderosas. Eu prometi ajudar vocês. Vou fazer isso. A minha pergunta é: vocês estão dispostos a ir até o fim?

Yuri, Vivian e Sofia fizeram que sim com a cabeça ao mesmo tempo, seguidos de Nicolas, que ainda estava chorando.

Estendi a mão. Yuri colocou a dele por cima da minha, depois Nicolas fez o mesmo. Então Vivian e, por fim, Sofia.

Era um pacto de confiança. Parecia uma cena de um desses filmes da década de 1980, em que jovens se metiam onde não eram chamados.

Meu gesto foi natural, sem a intenção de ser dramático, mas a energia das mãos deles sobre a minha era pura magia.

CAPÍTULO 26

O coquetel da família Ferreira.

Uma noite que prometia ser maçante acabou se tornando a mais importante de todas. Sofia conseguiu emplacar a melhor função possível para mim e para Yuri: ficaríamos responsáveis pela filmagem do evento. De banho tomado, parti com ele na Rita até o bairro em que a família Ferreira morava, no ponto mais ao leste de Itacira.

Se visualmente Itacira já era impressionante, aquele recanto da cidade era quase uma utopia.

Fiquei deslumbrado quando vi o arvoredo de tons violeta que ladeava a rua principal do Bairro dos Jacarandás. As flores se encontravam acima das nossas cabeças numa abóbada.

Entramos sem dificuldade pela portaria, depois de nossos nomes serem confirmados numa lista. O segurança no guichê fez de tudo para não torcer o nariz quando viu nosso veículo.

— Boa noite, senhores. Sigam por essa rua, por favor. Não tem como errar.

As casas ficavam tão distantes umas das outras, e eram cercadas de tanta exuberância vegetal, que poucos metros adentro eu já tinha esquecido que estávamos em um bairro comum.

Na entrada principal da casa dos Ferreira, indicaram a entrada de serviço na lateral. Não deixei de perceber os olhares que se voltaram para nós, curiosos com a histeria colorida de Rita Lee.

Felizmente Sofia veio ao nosso encontro assim que recebeu minha mensagem avisando da nossa chegada. Ela estava bem-vestida, com mais maquiagem do que o normal, mas extremamente discreta. Tudo nela exalava um ar sóbrio.

— Uau — disse Yuri ao cumprimentá-la. — Você está incrível!

— Obrigada — agradeceu ela com um sorriso radiante.

Depois do cumprimento, ficamos os três travados, olhando de um lado para o outro.

— Gente, finge que está tudo normal — disse ela, quebrando a tensão. — Todo ano é isso. Já é a minha terceira vez no coquetel. Para começar, trouxe isso aqui para vocês — avisou ela, estendendo para nós uma sacola que continha dois blazers idênticos. — Fiquei responsável por instruir vocês dois no trabalho de hoje.

Vestimos os blazers, o que ajudou a nos dar um ar mais neutro e profissional. Pegamos o equipamento e partimos para a área dos convidados. Sofia nos guiou por um jardim que certamente requeria mais de um jardineiro para manter aquele grau de perfeição.

— Que lindas as flores — comentou Yuri.

— As de que mais gosto são as camélias. Olha, a cor das flores vai do branco ao vermelho, e algumas delas misturam as duas cores. Nas outras vezes em que passei aqui, sempre me lembrava de *Alice no País das Maravilhas*, com os soldados da Rainha de Copas pintando as rosas brancas. Mas depois do que vocês descobriram...

Olhamos para ela em silêncio. Tendo em vista nossa teoria, aquele jardim inspirava conexões muito mais macabras.

Demos de cara com Fábio Ferreira na porta da mansão.

— Boa noite, rapazes. — Ele se voltou para Yuri, que congelou, os olhos arregalados. — Suponho que você seja o Yuri, responsável pelas filmagens. Sou Fábio. Muito prazer.

Era a primeira vez que Yuri interagia com alguém da família Ferreira, e sua expressão indicava que ele estava tão perplexo quanto eu ficara ao conhecer Fábio no escritório. O homem vestia um terno branco que possivelmente custava o equivalente a todo o nosso equipamento de vídeo junto. Até as borbulhas do champanhe dentro da taça na sua mão pareciam ser mais caras. Era hipnótico. Eu me lembrei de um dos apelidos que Fábio tinha na mídia: o Gatsby brasileiro.

— Obrigado pela oportunidade — falei.

— Eu que agradeço o trabalho de vocês. Theo, Yuri, fiquem à vontade para registrar em vídeo os momentos do coquetel. Já solicitei à Sofia que indique a vocês as áreas em que podem circular. Gostamos de preservar nossa privacidade, pois já tivemos sérios problemas com isso antes. Agora, com licença — disse ele, e partiu.

Era, de fato, uma mansão. A fachada seguia o estilo colonial do resto da cidade e, como parecia ser o caso de todos os imóveis mais caros de Itacira, o interior ficava no limiar que existe entre o "confortável" e o "tão chique que ninguém normal viveria aqui". As salas tinham o pé-direito alto, cheias de ângulos até onde a vista alcançava.

Aquela ostentação era reforçada pela presença de convidados vestidos na mais pura elegância. Seus olhares eram mais vagos, completamente alheios à nossa presença. Provavelmente a maneira como tratavam todo e qualquer funcionário.

Sofia nos conduziu pelo saguão principal, onde vinho e canapés eram distribuídos ao som de jazz suave. No centro da casa havia um jardim de inverno a céu aberto, protegido por paredes de vidro, com um gramado florido cercado por pedrinhas brancas e pretas, mais simples que o jardim externo, mas não menos exuberante.

O elemento mais chamativo ali era um bonsai sobre um suporte vertical decorativo no centro. A pequena árvore tinha o tronco branco e deformado em um formato escultural e obtuso.

— É um bonsai Sharimiki — apontou Sofia. Então deu uma explicação que, ao contrário das outras até o momento, parecia decorada, algo que aprendera em seu trabalho na empresa e era obrigada a repassar: — Esse estilo retrata árvores encontradas em montanhas, que resistem a condições climáticas fortíssimas e desenvolvem formatos distintos. Com o passar dos anos, seus troncos ficam esbranquiçados devido à exposição ao sol. No bonsai, a casca do tronco é removida com uma faca e o processo de brancura do tronco é acelerado com sulfato de cálcio.

— Muito bem, Sofia — falou alguém quando ela terminou de explicar.

Uma mulher branca entrou no jardim e se aproximou devagar. Tinha o cabelo loiro armado num penteado suntuoso, usando sandálias prateadas e um vestido de estampa floral. Assim que entrou no jardim, a mulher passou a ser o elemento mais chamativo. Era casualmente elegante, de um jeito que intimidava. Havia suavidade em seus movimentos e força em seu olhar.

Era Emily Ferreira, esposa de Fábio.

Emily trazia uma garrafinha de spray na mão, que usou para regar o bonsai de forma milimétrica, como se cada borrifada fosse uma decisão estudada.

— Boa noite — disse ela, sem nos dirigir o olhar. — Desculpem o mau jeito, mas essa hidratação deve ser feita em horários específicos.

Emily sorriu, continuando a borrifar com o spray.

— O jardim proporciona ótimas tomadas de qualquer ângulo — comentou ela para Yuri e para mim. — Fiquem à vontade para explorar a arquitetura da casa. Sofia pode indicar a vocês os melhores locais e os convidados mais importantes.

Ela se retirou do jardim, depositando o spray numa mesinha antes de sair tão suavemente quanto tinha chegado.

— Acho que foi uma indireta para a gente começar a filmar a festa — disse Yuri ao erguer a câmera. — Vamos ao trabalho.

Na maior parte do tempo, circulamos com Sofia, que indicava onde, como, quem e o que deveríamos filmar, mas inúmeras vezes ela precisou se ausentar para resolver outras questões com o restante da equipe.

Minha vontade de encontrar alguma estranheza naquele coquetel estava a mil, mas não havia muito o que fazer além de seguir Yuri, fingindo ser seu assistente. Nosso plano só entraria em ação depois daquela recepção.

• •

O dia do coquetel estava listado na planilha paralela que havíamos encontrado no sistema do Grupo Ferreira. Se minhas suspeitas estivessem certas, seria o dia de um ritual.

— Não me leve a mal, Theo, mas não é possível que eles vão fazer um *sacrifício humano* na mansão — dissera Sofia quando apontei o detalhe da data. — São muitos convidados, e nada aconteceu em nenhuma das vezes em que precisei estar lá.

— Também acho. Tem alguma outra reunião que acontece nesse dia?

— Tem o jantar no clube, mas não tem nada a ver com a empresa. É mais casual, algo bem mais privativo...

Ela parou de falar e respirou fundo quando a ficha caiu.

Após o coquetel, ocorreria um jantar no Country Club de Itacira, que não ficava longe dali. De acordo com Sofia, era parte da agenda periódica dos magnatas da região: dar um coquetel aberto a algumas pessoas do público e da mídia, seguido de um jantar privado. Onde, supus, eles tinham as conversas que iam além da fachada. E onde realizavam atividades que poucos podiam saber.

— Ninguém do trabalho participa desses jantares — explicara Sofia na noite anterior. — Não tem como eu colocar vocês para dentro.

— Bom... Isso nunca me impediu de entrar em lugar nenhum.

• •

O restante do coquetel foi como uma daquelas viagens que você não sabe dizer se foi rápida ou absurdamente longa. As pessoas começaram a se despedir e se retirar para seus carros. A maioria se dirigia para uma noite de sono tranquila em suas casas, satisfeitas com os contatos realizados no evento, enquanto alguns poucos se preparavam para o jantar exclusivo no clube. Para esses, a noite só tinha começado.

Eu e Yuri fazíamos parte do segundo grupo — eles querendo ou não. Na porta, falei para Sofia:

— Se não te ligarmos na hora marcada, você avisa a Cristina. Não esquece.

— Claro que não vou esquecer — disse ela. — Ai, Theo... vocês são malucos.

Ela ainda desaprovava o que íamos fazer, mesmo sabendo que era necessário.

— Eu sei — respondi. — Alguém tem que ser.

Ela balançou a cabeça, mas percebi um sorriso.

— Tomem cuidado, por favor.

— Valeu — falamos ao mesmo tempo.

Entrei com Yuri na Rita e seguimos na direção do Country Club de Itacira.

CAPÍTULO 27

Estacionei longe da entrada do clube, onde Rita Lee não arriscaria levantar tantas suspeitas. Um carro passou pela portaria, parecendo de brinquedo àquela distância. Tudo era escuridão e silêncio.

— Vamos — falei para Yuri.
— Levo a câmera?

Olhei para ele com um choque tão absoluto estampado no rosto que ele quase se engasgou com a própria risada.

— Tô brincando, pô! — disse ele.
— Não é hora disso, Yuri — repreendi, mas também acabei rindo.

Yuri apertava a câmera com tanta força que seus dedos estavam vermelhos. Segurei sua mão livre e a senti tremendo de leve.

Puxei-o para perto de mim e encostei minha testa na dele. Então nos beijamos.

— Vai ficar tudo bem — falei, quando nossos lábios se afastaram. — Prometo.

Ele me abraçou.

— Eu sei.

O muro do clube era alto, mas uma conferida antecipada naquela rua tinha revelado uma forma alternativa de entrar.

— Ali — disse Yuri, indicando a caçamba de lixo.

Teria sido impossível se não fôssemos dois. Subimos na tampa da caçamba, onde Yuri fez escadinha com as mãos, me dando apoio para subir. Ele me entregou a câmera, que coloquei na parte de cima do muro antes de ajudá-lo a se erguer.

Seria ótimo contar com a ajuda de Cristina naquela empreitada, principalmente se ela viesse armada, mas Sofia tinha dito que ela não concordaria com aquela abordagem. A questão é que não havia tempo de seguir vias legais. Contar com a polícia só faria a oportunidade escorrer pelos nossos dedos. Mais importante que isso: era um caso de vida ou morte que não podia esperar.

Saltamos para o lado de dentro, e eu perdi o fôlego.

Se antes considerava o Bairro dos Jacarandás o recanto mais deslumbrante da cidade, o Country Club existia para mostrar que as aparências sempre podiam enganar mais um pouco.

Piscinas, quadras, chalés, um gramado infinito, pinheiros estonteantes. Tudo circundando um casarão de três andares que podia facilmente ser utilizado como exemplo do verbete "luxuoso" num dicionário ilustrado. Não havia tempo para apreciar as peculiaridades daquela comunidade secreta. Avistei rápido o ponto onde estavam os carros que chegaram do coquetel. O estacionamento ficava no final da estrada principal do clube, e parte dele desaparecia do lado de trás do casarão.

Avançamos meio agachados, protegidos pelas trevas da noite.

Cruzamos uma quadra de tênis e um campo de futebol, para em seguida nos esgueirarmos pela lateral de uma piscina. O clube estava sinistramente vazio. Se havia seguranças, estavam bem escondidos. Ou distraídos, se tivéssemos sorte.

Nos fundos do casarão também não vimos ninguém transitando. Só havia uma entrada aberta ali atrás, e as luzes que estavam acesas indicavam aquele acesso específico.

Infelizmente, havia um segurança na porta.

Após alguns segundos parados atrás de uma moita, tentei a única coisa que me parecia viável: atirei uma pedra, acertando com um estalo um carro do outro lado do estacionamento.

Era uma tática tão boba que nem acreditei que fosse dar certo, mas funcionou. O segurança estranhou o barulho e foi verificar o que era.

Corremos agachados e entramos no casarão.

Tirando o corredor principal, os cômodos estavam vazios e apagados. Enquanto andávamos com todo o cuidado do mundo, considerei pegar o celular para conferir a planta do clube, mas não havia necessidade. Já tinha memorizado de tanto olhar.

— Aqui — falei, deslizando a mão por uma parte da parede no térreo.

Um trecho da parede de madeira entre duas ripas era, na verdade, uma porta de correr, imperceptível para quem não soubesse o que estava procurando. Estava destrancada e dava para uma escadaria que descia.

A planta do Country Club de Itacira fazia parte das "versões 1" que eu e Sofia encontramos protegidas no sistema interno do Grupo Ferreira. Consequentemente, também incluía a sala de linhas vermelhas, que fora metodicamente apagada em todas as versões públicas das plantas. Assim como o espaço vazio da ponte, as salas vermelhas tinham sido construídas em segredo. Um cômodo oculto para cada uma daquelas construções.

Deslizei a porta com cuidado, entrando pé ante pé.

O corredor era de pedra, e a opulência do clube começou a ganhar ares de calabouço — luxuoso, mas ainda um calabouço. O efeito me lembrava uma pintura de Toddy, de um castelo que se transformava em uma masmorra na parte que entrava na terra.

Minha mente ficou anuviada. Podia ser só o ar se tornando mais rarefeito, mas senti um possível ataque de pânico se aproximando. Busquei me controlar, respirando fundo. Atrás de mim, Yuri parou e se sentou no degrau da escadaria.

— Cara... — sussurrei.
— Só um instantinho.

Ele estava arfando.

Levantei seu rosto com as mãos.

— Yuri, eu tô aqui. Olha nos meus olhos. Isso. Respira devagar.

Yuri inspirou, buscando compassar a própria respiração com a minha. Funcionou, e serviu para me tranquilizar também. Enquanto sua respiração normalizava, pude sentir meu coração voltando a bater numa velocidade mais aceitável.

— Eu te amo, Yuri — falei, baixinho.

Ele me beijou de leve.

— Eu também te amo. E tô contigo até o fim — disse ele.

A escadaria terminou. No subsolo, as lâmpadas elétricas nas paredes tinham um formato que imitava o de tochas. Uma imensa porta de madeira dava no que devia ser o salão onde o ritual estava para acontecer. Era possível escutar o som de pessoas conversando normalmente lá dentro.

Abrir a porta, mesmo que poucos centímetros, seria o mesmo que dar um grito dizendo a todos que olhassem para a gente. Procurei uma alternativa e encontrei um corredor estreito ao lado, que dava em uma escada menor, em direção a um patamar acima. Gesticulei para Yuri, chamando-o naquela direção.

Meu chute deu certo: os degraus nos conduziram até um piso superior dentro do próprio subsolo, parte do salão guardado pela grande porta de madeira. Felizmente aquele mezanino estava vazio. Os convidados estavam todos na parte de baixo.

Avançamos pelo local, agachados. As conversas ficaram mais altas, e dali também dava para sentir o calor humano causado por um grupo de pessoas reunido.

Olhei para Yuri, e ele assentiu. Fiz uma contagem regressiva de três a um com os dedos, e erguemos a cabeça devagar para olhar por cima da mureta do mezanino. Yuri também ergueu a mão com a câmera.

Não era bem um ritual. Pelo menos não do tipo que eu esperava, com um corpo num altar, um punhal e tudo o mais. Em vez disso, o salão tinha uma grande mesa no centro, cheia de pratos e utensílios para um jantar. Os indivíduos da congregação, treze pessoas, usavam mantos escuros por cima das roupas normais.

Exceto um homem que estava sentado à beirada da mesa. Esse vestia um manto vermelho. Parte do rosto estava escondido pelo capuz, mas consegui reconhecer Fábio.

Avaliei rápido os outros presentes, e uma mulher chamou a minha atenção. Eu não a conhecia, e levei um segundo para entender o motivo de seu rosto ser familiar. Quando consegui conectar os pontos, foi como ver um desenho tomar forma: era a mulher do retrato falado de Cristina.

Contive o impulso de apontar para ela e cutucar Yuri. Dar um pio que fosse ali seria muito arriscado.

A mulher conversava em voz baixa com um homem sentado à sua direita. Tirando ela e Fábio, o restante das pessoas formava um misto de convidados que eu reconhecia do coquetel com outras que nunca tinha visto.

Fora os mantos e o local, parecia um jantar relativamente comum. Ainda podia ser um evento secreto para entreter as fantasias de milionários entediados. Àquela altura eu quase preferia que fosse banal assim, pois a alternativa era hedionda demais. Um cheiro forte de incenso preencheu o ar e me deixou tonto. Quase me abaixei de novo para me recuperar, mas uma porta menor se abriu do outro lado do salão.

Era o padre Raimundo, que entrou vestido com um manto púrpura por cima da batina. Junto dele veio um homem de avental empurrando uma bandeja enorme com rodinhas.

Não, não era uma bandeja. Era uma maca de metal.

E em cima dela havia um homem nu.

O homem respirava devagar, de olhos fechados, como se estivesse dormindo ou anestesiado. Os pelos do corpo tinham sido todos raspados, incluindo as sobrancelhas, e ele parecia besuntado com algum óleo.

Ele foi depositado próximo da mesa. Os convidados observavam ansiosos.

Não consegui desviar o olhar quando o homem de avental ergueu um facão e fez o primeiro corte. Manuseando a lâmina com habilidade, ele decepou uma parte da coxa do homem na maca, que não reagiu. Nem sequer soltou um gemido.

O homem de avental ligou uma chapa que estava do lado da grande mesa e começou a preparar e a flambar a carne. Os convidados murmuraram, extasiados.

Por um momento pensei que estivesse dentro de um dos meus pesadelos, mas não era o caso. A crueldade exibida ali era real demais.

— Não... — sussurrou Yuri, quase inaudível, sem deixar de manter a câmera erguida.

Não podia acreditar no que estava para acontecer, e exatamente por isso não conseguia parar de olhar. O homem de avental — o cozinheiro — continuou a cortar os pedaços, e o homem da maca foi reduzindo o ritmo com que respirava até parar de vez. Com a ajuda do padre, o cozinheiro seguia separando e preparando os órgãos internos, e o cheiro de carne na chapa se misturava com o de incenso.

O coração foi colocado no prato de Fábio. As peças restantes foram sendo servidas nos outros pratos. Era um rodízio infernal.

Eu ia desmaiar. Tinha certeza de que estava prestes a desmaiar, e teria sido até uma boa opção. Em vez disso, vomitei. Só tive presença de espírito o suficiente para virar a cabeça para o lado e vomitar no mezanino, evitando Yuri e os convidados. Tentei segurar, tentei não fazer barulho. Não deu.

Assim que terminei, olhei desesperado para Yuri. Ele já estava de pé, com a mão esticada para me ajudar a levantar. Pelos gritos e barulhos que vinham de baixo, o caos já dominava o salão.

— Tem alguém aqui!

— Lá em cima!

— É um garoto! Quem deixou ele entrar?

Saímos correndo, tropeçando escada abaixo de volta para o corredor do subsolo, depois escadaria acima para o térreo do clube. Yuri me puxava pela mão, e meu corpo inteiro tremia. As lágrimas se acumulavam e ardiam nos meus olhos. O gosto de vômito na minha boca fazia meu estômago embrulhar mais ainda.

O ar fresco do lado de fora me deu alguma esperança de escapar. Até que Yuri, que corria na minha frente, foi derrubado pelo segurança que tínhamos visto antes, que surgiu dando um empurrão nele. Yuri soltou a minha mão e foi arremessado no chão.

Antes que eu pudesse fazer alguma coisa, alguém me segurou por trás, prendendo meus braços. Gritei até perder a consciência.

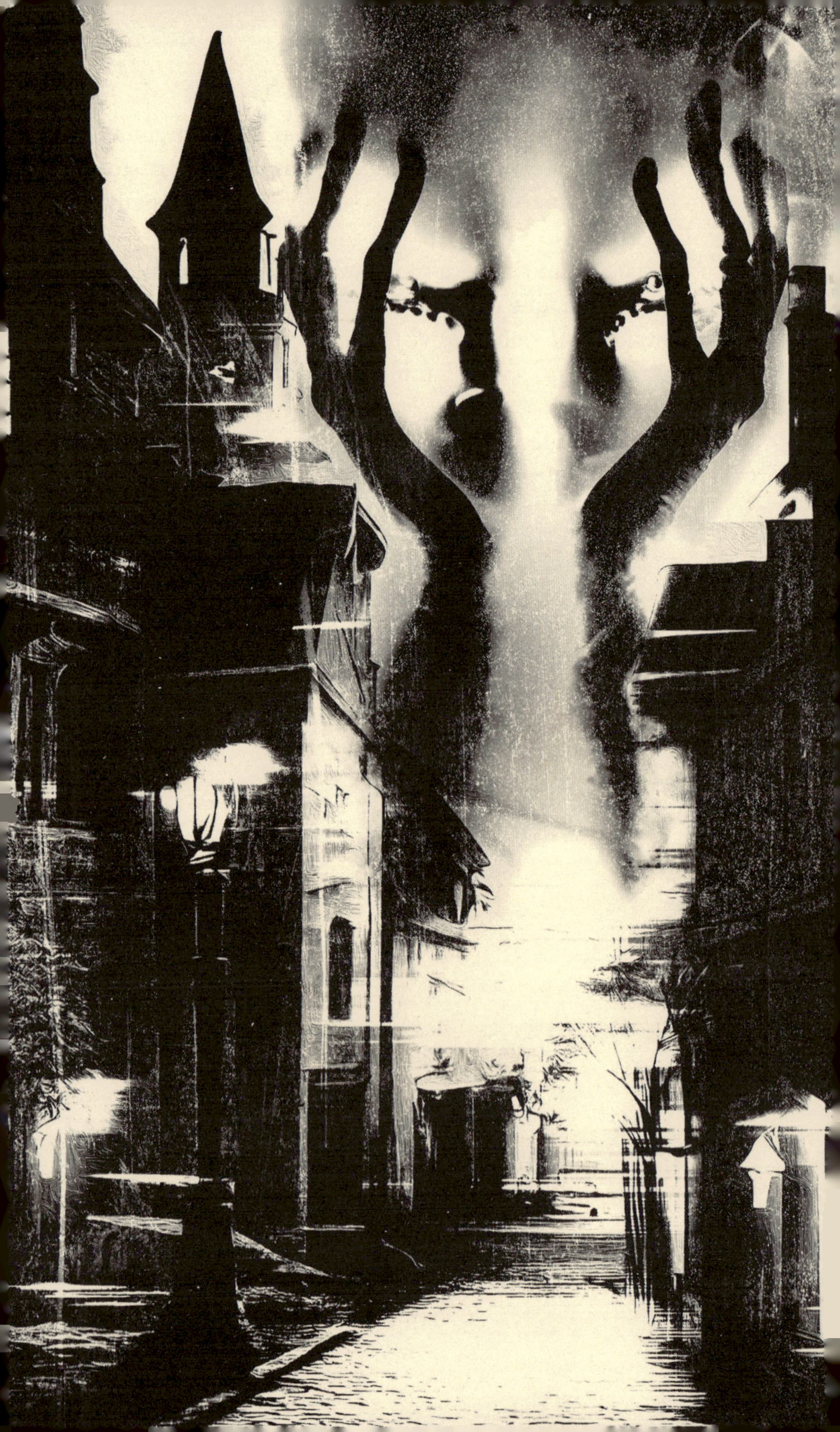

CAPÍTULO 28

Voltei a mim sem sentir o tempo passar. Parecia que eu tinha piscado e me teletransportado para um lugar diferente.

— Yuri! — gritei, antes de conseguir enxergar direito.

No instante seguinte ele estava me abraçando.

— Tô aqui, eu tô aqui — disse Yuri, me acalentando.

Sua bochecha estava roxa, e seu braço, arranhado.

Minha vista desembaçou devagar. Em contrapartida, a dor na minha cabeça aumentou na mesma proporção. Mexi os braços e as pernas. Não estavam amarrados nem algemados.

Sofás, poltronas e uma adega de vinhos. Perto da adega havia uma mesa de sinuca e uma de carteado. Era uma sala de jogos. Cortinas cobriam as janelas, e havia apenas uma porta de acesso.

Eu me levantei e tentei abri-la, mas obviamente estava trancada.

— Onde estamos? — perguntei.

— No clube ainda. Aqui, bebe um pouco de água.

Do lado da poltrona onde acordei havia uma jarra com água e dois copos numa mesa. Yuri encheu um deles e me entregou. Bebi com vontade, cuspindo no chão logo em seguida.

— Que foi? — indagou Yuri, estarrecido.

— Pode ter alguma coisa nessa água — expliquei, gaguejando.

— Ah... Acho que não. Eu já bebi.

As etapas do jantar canibal no subsolo estavam impressas na minha mente. Tudo ali me dava um nojo profundo, mas estava com sede demais e acabei cedendo. Felizmente a água parecia normal e ajudou a me equilibrar.

Circulei pela sala, conferindo as janelas e a porta, mesmo depois de Yuri me dizer que já tinha feito isso. Estávamos no segundo andar do clube, e a escuridão era total lá fora.

Nossos celulares e a câmera tinham sido confiscados. Abri gavetas atrás de algo que pudesse usar, uma faca de cozinha que fosse, mas não encontrei nada.

— Eles vão comer a gente, Theo. Puta merda!
— Calma, Yuri.
— Como calma, Theo? Você viu o que eu vi.
— A Sofia sabe que viemos para cá.
— Essa gente é poderosa demais. É só eles falarem que nunca estivemos aqui que todo mundo vai acreditar. Já devem ter tirado a Rita lá da frente.

Procurei a chave da Kombi. Não estava mais no meu bolso.

Eu me sentei de braços cruzados na poltrona. Meu coração acelerava, e eu estava fraco demais para ficar de pé.

— Desculpa — falei, sem olhar para Yuri. — Por te meter nessa.

— Não começa, Theo. Nós decidimos juntos.

Respirei fundo. Aquilo fez com que eu me sentisse menos culpado.

— Temos que dar um jeito de sair daqui — afirmei.
— Já tentei abrir as janelas.
— O vidro. Tentou quebrar o vidro?

Sem esperar pela resposta, me levantei e peguei o primeiro objeto pesado que encontrei, um candelabro de metal. Abri a cortina e acertei a janela com o candelabro, usando o que me restava de força. O barulho foi alto, mas o vidro nem chegou a rachar. Era blindado.

— A gente vai morrer — resmungou Yuri.

Alguém destrancou a porta. Esperei que fosse Fábio. Talvez o padre Raimundo. Quem sabe a mulher do retrato falado, junto do cozinheiro, para me cortar inteiro.

Não era nenhum deles. Quem entrou foi Emily Ferreira.

Eu me sentei de volta na poltrona, me sentindo involuntariamente mais calmo com sua chegada. Não tinha visto Emily na mesa do jantar no subsolo, e ela ainda trajava o mesmo vestido de estampa florida que usara no coquetel. Nada de mantos ou facas. Era como um raio de normalidade naquela loucura.

— Sinto muitíssimo, meninos — disse ela, como se estivesse se desculpando pelo cocô de um cachorro na calçada. — Não era para ter sido assim.

Eu a encarei, boquiaberto.

— O que não era para ter sido assim? — indaguei.

Emily foi até a adega.

— Vocês bebem? Podem escolher qualquer um desses vinhos.

Mesmo sem resposta, Emily pegou três taças e trouxe para a mesa de centro. Antes de se sentar, despejou vinho tinto em uma delas.

— Confesso que não sei por onde começar — disse, depois de tomar um drinque. — Sabia que vocês eram ousados, mas vocês dois acabaram causando mais confusão nessa noite do que eu esperava.

— Que tal começar pelo fato de vocês comerem pessoas? — falei, a voz só saindo num tom razoável porque eu estava sem energia para gritar.

Emily mexeu a cabeça de leve e fechou os olhos. Tive a impressão de que ela conteve um sorriso.

— Isso... Acreditem ou não, eu não participo dessa barbaridade. Mas sim, eu sou conivente.

— Por quê? — Engoli em seco. — Para quê?

— Você tem razão, é melhor que primeiro eu explique o que vocês viram lá embaixo. Não quero que interpretem nada erroneamente.

Yuri pegou a garrafa de vinho e, mudando de ideia sobre a bebida, encheu uma taça para si.

— Pode começar — ordenou ele, rindo na cara do perigo.

— O que vocês viram é parte de um ritual maior. Nessa parte de hoje, os membros do culto se alimentam de um sacrifício humano. A ideia é que isso aumente a nossa conexão com... "Ele".

Emily bebeu mais um pouco de vinho.

— Ele quem? — perguntei.

— Aquele que tem muitos nomes. Nós geralmente nos referimos a Ele como Lorde. Ele dará imortalidade e sabedoria infinita aos membros do culto quando vier para o nosso plano.

— É sério isso? É real? — questionou Yuri.

— Eu sei que é absurdo, mas meu marido acredita nisso. Todas as pessoas que vocês viram naquela sala acreditam.

— E a senhora... você não acredita? — perguntei.

— Não. Claro que não. Só finjo que acredito. Desculpem, estou me adiantando. Eu realmente quero que vocês dois entendam tudo. O que vocês descobriram exatamente sobre Itacira?

— Que a cidade foi construída no formato de um grande círculo mágico. Que vocês dão sumiço nas pessoas e as usam em rituais de sacrifício.

— Correto. O objetivo do círculo é permitir a manifestação física do Lorde no nosso mundo. Com sacrifícios suficientes, ele se fortalecerá, para então usar a nossa bela cidade como um portal para se materializar. Depois disso, o Lorde concederá favores para os seus súditos, que terão uma posição de destaque no seu reinado.

Com um olhar entediado, Emily levou a taça aos lábios mais uma vez. Então olhou para baixo e começou a tremer, lançando a cabeça para trás. Em seu rosto havia uma expressão demoníaca, com a boca escancarada e olhos vidrados que encontraram os meus.

Percebi primeiro no meu corpo, como uma onda de choque. Minha pele retesava, se arrepiava, sentindo a energia que ela emanava. Meus lábios tremeram involuntariamente, querendo acompanhar aquele desvario. E só então minha mente conseguiu captar a cena: era uma risada. Avassaladora. Contagiante. Percebida primeiro pelo instinto animal. Eu gargalharia junto se não tivesse percebido a tempo. E enlouqueceria.

Depois do transe inicial, pude notar o som alto ecoando pelo salão, que depois foi se extinguindo como um surto.

— Desculpem — disse ela, limpando uma lágrima dos olhos. — É ridículo demais. Sempre tenho dificuldade de falar disso sem rir.

Ela suspirou, o semblante voltando ao seu estado de controle habitual.

— Então por que você está envolvida nisso? — perguntei.

— Essa parte é mais complexa e mais séria. Peço que escutem com paciência.

Fiz que sim. Não era como se tivesse muita opção.

— Estou envolvida nisso por conta dos resultados. As pessoas que escolhemos para os sacrifícios são indesejáveis para a sociedade. Ladrões, estupradores, moradores de rua, viciados. É melhor que esses elementos não existam. Quando essa escória serve de sacrifício para o Lorde, a cidade fica mais limpa e segura.

— Isso é... — comecei a dizer, mas Emily ergueu um dedo, e eu parei de falar.

— É, eu sei. A princípio soa desagradável. Acredite: quem podemos salvar, nós salvamos. A minha família encabeça e patrocina centenas de causas sociais, mas vocês ficariam surpresos com a quantidade de gente que não quer ser salva. Que tem a alma suja, que se delicia com a luxúria, com os vícios, com o ódio, com a vontade de destruir e de matar. Passei a minha juventude inteira participando de ONGs e de grupos beneficentes. Já perdi a conta de quantas cusparadas levei de bandidos condenados quando acompanhei advogados *pro bono*. Sem contar a mídia e as redes sociais. Ah, a mídia... Qualquer trabalho beneficente que eu realize com minorias quase sempre é tratado com chacota. Todo o bem que eu faço é diminuído por conta de eu ser branca, por ser rica. Eu estendi a mão para aquelas pobres almas e ninguém foi capaz de reconhecer minha bondade. Aliás, podem ficar tranquilos, sabemos quem vocês são e o canalzinho que vocês têm. Algumas pessoas acharam que vocês poderiam ser algum tipo de paparazzo ou jornalista depois que os trouxemos para cá, mas não passam de crianças. Sorte a de vocês, ou o tratamento seria bem diferente.

Emily bebericou o vinho na taça antes de voltar a falar.

— Qualquer foto minha com uma criança de rua no colo é vista com indignação. Chega uma hora que você simplesmente fica de saco cheio de ser atacada por quem teoricamente está do seu lado. Especialmente quando nada do que você faz parece agradar ou ter eficácia a longo prazo. Você acaba querendo fazer as coisas funcionarem de verdade, entende? Quando conheci o Fábio, ele já estava envolvido com esse culto. O formato dos múltiplos rituais para a manifestação do Lorde era discutido entre eles, e o projeto de uma cidade inteira que funcionasse como um círculo de invocação já estava em desenvolvimento. Fui eu que insisti na ideia de os sacrifícios focarem nos indesejáveis. Que aproveitássemos a podridão sem solução para um bem maior. O risco é mínimo, o culto ganha os favores e a eventual vinda do Lorde, e o resto da sociedade ganha uma cidade perfeita. Prosperidade total.

— O pai do Nicolas também foi um sacrifício? — perguntei.

Ela pareceu melancólica ao ouvir aquela pergunta.

— Não... Ele, não. A morte de Daejung foi uma fatalidade necessária.

Eu já estava pensando em como ia contar aquilo para Nicolas, mesmo sem ter certeza de que sairia vivo dali.

Emily continuou:

— Com o passar dos anos, a perspectiva de Daejung sobre o culto e o projeto mudou. Ele acreditava no Lorde, mas não queria mais compactuar com os sacrifícios. A cidade já estava pronta, e os rituais, em andamento. Quando ele ameaçou expor o culto, a solução foi forjar aquele acidente. O desabamento foi ideia de Raimundo, e até hoje isso o atormenta. Eles eram amigos próximos e foi uma ocasião trágica para todos nós. Infelizmente, não havia outra forma de resolver. Eram muitas peças em jogo.

Aquela história era desesperadora.

— Itacira é diferente das outras cidades brasileiras. Ela foi feita do zero, com foco na decência. Não é como o resto da cleptocracia imunda que assola esse país — bradou a mulher.

Ela colocou a mão sobre o rosto e fez uma longa pausa. Talvez estivesse segurando outra gargalhada.

— Tenho noção de que soa irônico eu reclamar de corrupção depois do que acabei de falar, mas acredito que vocês sejam capazes de ver o meu lado. Certas pessoas simplesmente não têm solução. Precisam ser eliminadas feito as maçãs podres que são para não infectar o resto das que ainda têm potencial no pomar. Vocês dois são da Baixada Fluminense, então sabem exatamente o que quero dizer. É preciso quebrar esse ciclo de vez.

Yuri bebeu mais vinho e deslizou na poltrona. Esfreguei o rosto e tomei o resto da água no copo. Estava tão sedento por aquelas informações que, mesmo que me matassem logo em seguida, eu queria saber de tudo. Emily era a peça crucial do quebra-cabeça, aquela que, após ser encaixada, permite posicionar uma série de outras peças, uma atrás da outra. Mas por que ela estava contando tudo aquilo para nós dois?

— O que acontece agora? — perguntei, formulando a dúvida por outro enfoque.

— Vocês podem imaginar que dois garotos invadindo o jantar do sacrifício estragou o humor dos convidados. E ainda vamos ter o trabalho extra de trazer seus amiguinhos para cá hoje. Já estão indo atrás da Sofia, e os próximos serão o João e o Nicolas. Pobrezinho... Ele é um príncipe sem coroa no momento. Daejung tinha um futuro brilhante planejado para aquele rapaz. Uma pena! Mas enfim, voltando... — disse a mulher, com um sorriso no rosto. — Fábio não está nem um pouco feliz, mas consegui convencê-lo a me deixar resolver isso. Vocês terem vindo até aqui esta noite pode vir a ser uma coisa boa, no final das contas. — Ela se inclinou para a frente na poltrona. —Tenho uma proposta para fazer. Já espero que a primeira reação de vocês seja negativa, mas tenho certeza de que com tudo o que contei vocês verão sentido no que digo.

Eu queria sair correndo dali. Encontrar as nossas câmeras e celulares, extrair os vídeos e acabar com todo aquele teatro. Porém, continuava sem alternativa além de escutar.

— Venho observando o trabalho do Visão Noturna desde que vocês chegaram à cidade. Foi com o lançamento do primeiro episódio sobre Itacira que me ocorreu que poderíamos aproveitar a curiosidade de vocês de uma forma bem eficaz. Então o que proponho é uma parceria. Que trabalhemos juntos no conteúdo do seu canal para ajudar a expandir o nosso projeto. Assim, todo mundo ganha. Vocês não morrem e nós continuamos limpando nossa bela cidade dos elementos indesejáveis. Não é ótimo?

— O que... Eu não... O quê? — verbalizei, com muito sacrifício.

— O meu objetivo é disseminar o que fazemos em Itacira pelo resto do estado, continuando a expandir cada vez mais. O sistema de eliminação dos indesejáveis é a solução para esse país. Ela já é implementada por toda parte pelas milícias, mas de forma desorganizada e estúpida. Para que a coisa realmente tenha êxito nós precisamos aumentar a nossa rede de atuação, e eu acredito que pessoas como vocês são a chave para isso. Os jovens que trabalham com entretenimento digital são o futuro. Atualmente ninguém tem mais influência do que a sua categoria.

Queria abrir a boca para interrompê-la, mas eu estava paralisado diante da audácia daquela proposta.

— Trabalharemos em conjunto para definir a mensagem ideal. Inicialmente pensei que fosse melhor deixar a crença no Lorde de lado, mas agora vejo que é uma boa ideia semeá-la gradualmente. É possível até misturá-la com os cultos cristãos, trazendo de volta os sacrifícios do Velho Testamento. Religião e entretenimento é uma combinação poderosíssima, especialmente no Brasil. Se colocar política no meio, a mistura fica atômica. Quando você consegue convencer o povo de que matar um bandido é a opção mais louvável, o resto é simples. Essa concepção de canibalismo não é a mais ideal, eu reconheço, mas até isso é uma boa forma de manter o alto escalão se sentindo especial. O resto do povo não precisa nem tomar conhecimento do que acontece com os indesejáveis. Os resultados sociais vão bastar. Se conseguirmos focar nesses fatores da maneira certa, é possível alcançar a paz verdadeira. O fim da violência e da roubalheira desproposidata que tanto assola as nossas vidas.

Emily parou de falar e se recostou na poltrona.

— Você quer ajuda do nosso canal para convencer os outros de que matar pessoas é o ideal?

Ela assentiu e abriu um sorriso inocente.

— Theo, você é um garoto genial. Tenho certeza de que entendeu perfeitamente as nuances do que eu quero dizer. Sim, nós temos que matar algumas pessoas, mas é pelo bem maior.

— E quem decide quem deve morrer ou não?

— Aqueles que têm competência para isso. A população não tem a menor condição de escolher seus próprios líderes e o governo do Brasil é um bando de galinhas sem cabeça, extremistas imbecis que não têm a mínima ideia do que estão fazendo. É um desgoverno onde ninguém discute o que precisa realmente ser discutido. Eles não têm competência nem para manipular direito, muito menos para fazer uma conspiraçãozinha que seja. Estamos na beira do colapso total da sociedade. As coisas não podem continuar desse jeito e vocês sabem disso. Precisamos de gente competente guiando o barco antes que ele bata na geleira e afunde. Estou convidando vocês para participarem disso conosco, para ser a vanguarda jovem do nosso projeto. Tenho certeza de que nosso querido Nicolas vai ser o garoto propaganda ideal para o projeto.

Ouvi-la mencionar o nome de Nicolas foi como levar um tapa. Um tapa que fez mais uma peça surgir na minha cabeça. Uma pergunta para a qual eu já nem queria mais saber a resposta.

Todo aquele discurso de Emily sobre os "indesejáveis"... Eu tinha prometido para o Nicolas que faria de tudo. Que iria até o fim.

— Você... você conheceu o Cauan? Da Witch Time. O namorado do Nicolas...

Emily mexeu no cabelo.

— Conheci. Péssima influência. Pilantra dos pés à cabeça.

— Vocês mataram ele, não foi?

— Sim, ele foi um sacrifício recente. Andava por aí ficando bêbado, pichando a cidade. Nada de bom ia sair daquele garoto. E acabou feito vocês: metendo o nariz onde não era chamado.

Apoiei a cabeça nas mãos, a tontura me atacando de vez. Senti a mão de Yuri nas minhas costas, mas ela não trazia conforto, pois estava rígida e fria.

Cauan não tinha ido embora ou se escondido. Ele havia sido assassinado. Anestesiado, decepado em vida e servido em pratos finos para ricaços canibais.

Eles mataram o pai do Nicolas. Eles mataram o namorado do Nicolas. Minha voz sumiu.

— Vou deixar vocês a sós um pouco — disse Emily. — Vocês dois estão sob minha custódia por enquanto. Quando seus amigos chegarem, a gente continua nossa conversa para passar tudo a limpo.

Emily terminou de tomar o vinho, se levantou e saiu.

CAPÍTULO 29

Yuri começou a chorar.

Eu me levantei com pressa e me sentei junto dele. Abracei-o sem jeito, uma confusão de pernas e braços, e ele chorou profusamente no meu peito. Eu também chorava, mas era um choro de poucas lágrimas, mecânico. Resignado.

Ficamos sussurrando juras desconexas, declarações de medo e de amor.

— Quero ir embora, Theo. Quero ir para casa.

— Eu também.

— Fica comigo, por favor — implorou ele.

— A gente vai sair daqui.

O grau de controle que aquele culto exercia sobre a cidade era muito maior do que eu podia imaginar. Ainda que desequilibrada, Emily era inteligente e dispunha de múltiplos recursos. Se havia sugerido uma colaboração, é porque eles tinham formas de nos manter na linha. Eles sabiam onde morávamos. Podiam ameaçar as nossas famílias.

— Nós temos que fazer o que ela pediu — declarei.

— O quê?

— Temos que fingir que vamos colaborar e na primeira oportunidade desmascarar essa gente.

Yuri secou os olhos, balançando a cabeça sem dizer nada.

— Não quero fazer isso, Theo — afirmou ele, com a voz embargada.

Eu me levantei e comecei a caminhar pela sala. Peguei o candelabro de metal no chão, e estava prestes a batê-lo na janela mais uma vez quando ouvi um estrondo do lado de fora. Depois outro. Vidro estilhaçando, então gritos e muito barulho.

Yuri também se levantou.

— O que é isso?

Tiros agora. Mais gritos.

Fui até a porta com o candelabro na mão e comecei a bater com ele na maçaneta. Não sei quanto tempo levei, mas ela começou a ceder e entortar até quebrar. Yuri me ajudou a forçar a fechadura e, quando finalmente conseguimos arrombar a porta, vi que o corredor estava em chamas.

— Cacete — gritou Yuri.

Saímos correndo para o lado que ainda não estava coberto pelo fogo. Descemos uma escada até o térreo e avançamos pelos corredores. Os tiros e gritos diminuíram, até só haver o crepitar das chamas.

— Por ali! — indicou Yuri, apontando para dentro de uma sala.

Desviamos da madeira flamejante, corremos pelo tapete chamuscado e saltamos pela janela rumo ao jardim do clube.

O casarão inteiro estava sendo engolido pelo fogo. Do outro lado de onde estávamos, havia pessoas correndo e a luz vermelha e azul de veículos da polícia.

Ficamos de pé vendo a mansão ser consumida. Minhas mãos ansiavam por um celular ou uma câmera, mas eu só tinha meus olhos para registrar aquele momento surreal.

De repente, Sofia surgiu do meu lado, ainda com a roupa do coquetel. Ela me abraçou com força, depois Yuri.

— Vocês estão bem? — perguntou ela.

— Acho que sim — respondi. — Vivos.

Cristina apareceu logo depois da irmã. Ela segurava um revólver numa das mãos e exibia o distintivo pendurado na roupa.

— Tudo bem com eles? — indagou ela para Sofia. — Venham pra cá, saiam de perto do fogo.

Então se afastou.

O barulho de madeira quebrando com o calor foi sobrepujado por sirenes e pela água da mangueira de um carro do corpo de bombeiros. Ficamos parados, observando as chamas virarem cinzas sem ter ideia do que fazer ou dizer.

— Quando vocês não entraram em contato, eu liguei para a Cristina como nós combinamos — explicou Sofia. — Ela coordenou uma batida com os policiais de confiança. Vocês são malucos, e também sou uma doida por ter ido na onda de vocês. Morri de preocupação...

— Obrigado, Sofia — falei, quando ela me abraçou de novo e começou a chorar.

Cristina voltou um tempo depois, com outras duas policiais que cuidaram de mim e de Yuri. Sofia ficou por perto feito um anjo da guarda. Alguém apareceu com uma bebida quente, que tomei devagar. Precisava contar para Sofia e para a polícia o que tínhamos testemunhado, mas isso teria que esperar.

Cristina passou com o casal Ferreira algemado e os colocou dentro do camburão. Sofia olhava para os dois com ar de alívio, como um mal que finalmente havia chegado ao fim.

Ainda não tinha me recomposto, mas precisei contar a história daquela noite para a polícia. Fiquei sabendo que o fogo foi uma medida de segurança desesperada do próprio culto para acabar com qualquer indício deles no clube. Enquanto Emily conversava conosco, alguns dos membros já estavam botando em prática o plano de destruição, desesperados com a possibilidade do que podíamos ter descoberto e divulgado sem o conhecimento deles.

Dei meu testemunho repetindo o que Emily dissera, imaginando que o salão secreto no subsolo do clube seria o bastante para que minha história soasse verídica. Mesmo com provas, eu sentia que nada daquilo ia adiantar. Que tudo seria acobertado de uma forma incompreensível. Talvez os policiais nos quais Cristina confiava fossem tão corruptos quanto os outros e todo aquele resgate fosse parte de um plano de contingência.

No meio da minha tristeza, eu me forçava a ter esperança de que tudo ficaria bem.

Quando recebemos nossos eletrônicos de volta, Yuri descobriu que as filmagens daquela noite tinham sido deletadas. Não haveria nenhum registro de canibalismo para corroborar o que contamos para a polícia.

— Acho que a pessoa do seu retrato falado estava lá — informei Cristina quando relatei sobre o jantar macabro.

— Sim, nós conseguimos detê-la — respondeu ela. — Essa vou querer interrogar pessoalmente. E já localizamos o Antônio também. Ele está sob custódia no momento. Estava sem comer direito há dias. Foi sequestrado pelo padre Raimundo e quase morto. Estava muito abalado para conseguirmos um depoimento oficial, então estamos aguardando a liberação da equipe psiquiátrica. E com certeza vamos achar mais rastros naquele calabouço bizarro. Vou precisar que vocês façam alguns reconhecimentos faciais depois.

Cristina colocou a mão no meu ombro e olhou no fundo dos meus olhos.

— Pode contar comigo, Theo.

Fiz que sim, mas era muito difícil acreditar que alguém ia fazer algo. Que alguma coisa ia mudar com a verdade.

Fui colocado numa viatura com Yuri. Desmaiei de cansaço assim que caí na minha cama no prédio de Nicolas.

E, ao contrário dos outros pesadelos, passei a noite acordando ao som da voz de Emily murmurando: "Você encontrou. Você desvendou. Você descobriu. Meus parabéns."

• •

Ainda houve muito choro. Não dava para saber quando pararíamos de chorar.

Junto das lágrimas, vieram as últimas peças que faltavam.

A Witch Time se reuniu no apartamento de Nicolas para mais uma conversa em grupo. Dessa vez não seria para organizar um passeio pela cidade, uma filmagem ou uma apresentação — seria para falar de coisas que todos tinham necessidade de saber, mas que ninguém queria escutar.

Relatei tudo para Nicolas e Vivian, formulando na ordem mais adequada de que fui capaz. Sofia acrescentava os detalhes que eu ainda não sabia, incluindo informações que tinha adquirido com Cristina.

— O nome da mulher do retrato falado era Marlene — disse ela. — Era a principal responsável pelos desaparecimentos, enganando e se aproveitando da vulnerabilidade das pessoas.

Dias depois eu viria a saber que foi Marlene quem esfaqueou Anderson, que tinha conseguido escapar de um sequestro realizado por ela. E que a mulher tinha sido noiva do padre Raimundo anos atrás. As conexões insólitas entre os membros do culto pareciam intermináveis.

Um aspecto que me preocupava era o papel do tio do Nicolas na história toda. Entretanto, o próprio João afirmou, alarmado, que não tinha nada a ver com o culto, e que o envolvimento de Daejung naquilo era o maior motivo de atrito entre eles. Mesmo sem estar ciente da abrangência das ações criminosas do culto e da natureza dos rituais, João tinha se mantido inerte e se recusado a fazer denúncias, temendo as repercussões para o sobrinho.

Deixei a verdade sobre o desaparecimento de Cauan por último. A revelação envolvendo Daejung já era chocante demais, e só era suavizada porque vinha acompanhada do fato de que ele tinha ido contra o culto nos seus momentos finais. Com Cauan não havia forma de amenizar a realidade.

— Nicolas... O Cauan também foi um sacrifício — falei, quando consegui tomar coragem.

Não precisei falar mais que isso. Nem pude, pois Nicolas entrou em colapso.

— Todo mundo me abandona! — gaguejou, aos prantos.

Mesmo que tivesse se rebelado antes de morrer, o pai fora um cultista canibal. O namorado havia sido devorado. Era demais para qualquer um. Nicolas balbuciou que eu e Yuri também íamos embora, e que Sofia e Vivian também o deixariam para trás. Suas feridas psicológicas estavam abertas e expostas em carne viva, mas agora elas finalmente iam poder começar a cicatrizar de verdade. Não podíamos fazer nada além de ficar ao seu lado. Doía descobrir e revelar tudo aquilo, mas era necessário.

Para Sofia, a descoberta impactou principalmente seu emprego e sua credibilidade. Sua vida profissional tinha virado de pernas para o ar de uma hora para outra, e todos os funcionários mais próximos de Fábio sofreram um escrutínio severo. Mas sua ajuda para conseguir as plantas se mostrou providencial, mostrando para a justiça de que lado ela estava. Além disso, Cristina estava ali para dar seu testemunho em apoio à irmã.

Vivian em particular ajudaria a mantê-los equilibrados. Apesar de também estar abalada por conta do destino de Cauan, ela não saiu nem por um segundo do lado dos amigos, e eu tinha certeza de que continuaria assim, sendo o apoio de que eles precisavam e às vezes nem percebiam.

Junto dela, Sofia também estaria por perto para apoiar Nicolas. Por mais que eu quisesse fazer algo para ajudar, eram as duas quem sabiam lidar melhor com ele, que sabiam sustentá-lo nas crises. Isso me deixava mais aliviado, pois no final das contas o que mais importa nessas horas é quem está ao nosso lado.

Ainda tínhamos algum tempo em Itacira, e os dias posteriores ao ocorrido no clube foram mais focados na convalescença. Dias de entender o que tinha acontecido e as consequências que aquilo teria nas nossas vidas e no mundo. O jornalismo, tanto o amador quanto o profissional, ainda não sabia exatamente o que estava acontecendo na cidade, e algo me dizia que os tentáculos alcançavam mais que aquele vale na Serra dos Órgãos...

Eu e Yuri decidimos que era necessário dar continuidade ao documentário.

Era o fim de Itacira como uma utopia. A distopia seria revelada, incluindo o preço da segurança que se mantinha ali. Por baixo da superfície, era só mais uma cidade brasileira desajustada e cheia de segredos imundos, com uma elite que não se importava com os necessitados e preferia eliminá-los como vermes. Nenhum de nós podia prever o que aconteceria depois do impacto inicial. Eu só podia torcer para que aquela história trouxesse reflexões. Que ajudasse de alguma forma a nos guiar para um futuro melhor. Um futuro que incluísse as pessoas que sofriam e morriam de formas tão indignas.

A Witch Time aceitou que puséssemos tudo no ar. Ninguém aguentava mais segredos.

O mundo era um lugar tenebroso e tinha ficado mais ainda. E eu ia manter as minhas luzes bem perto de mim. A qualquer custo.

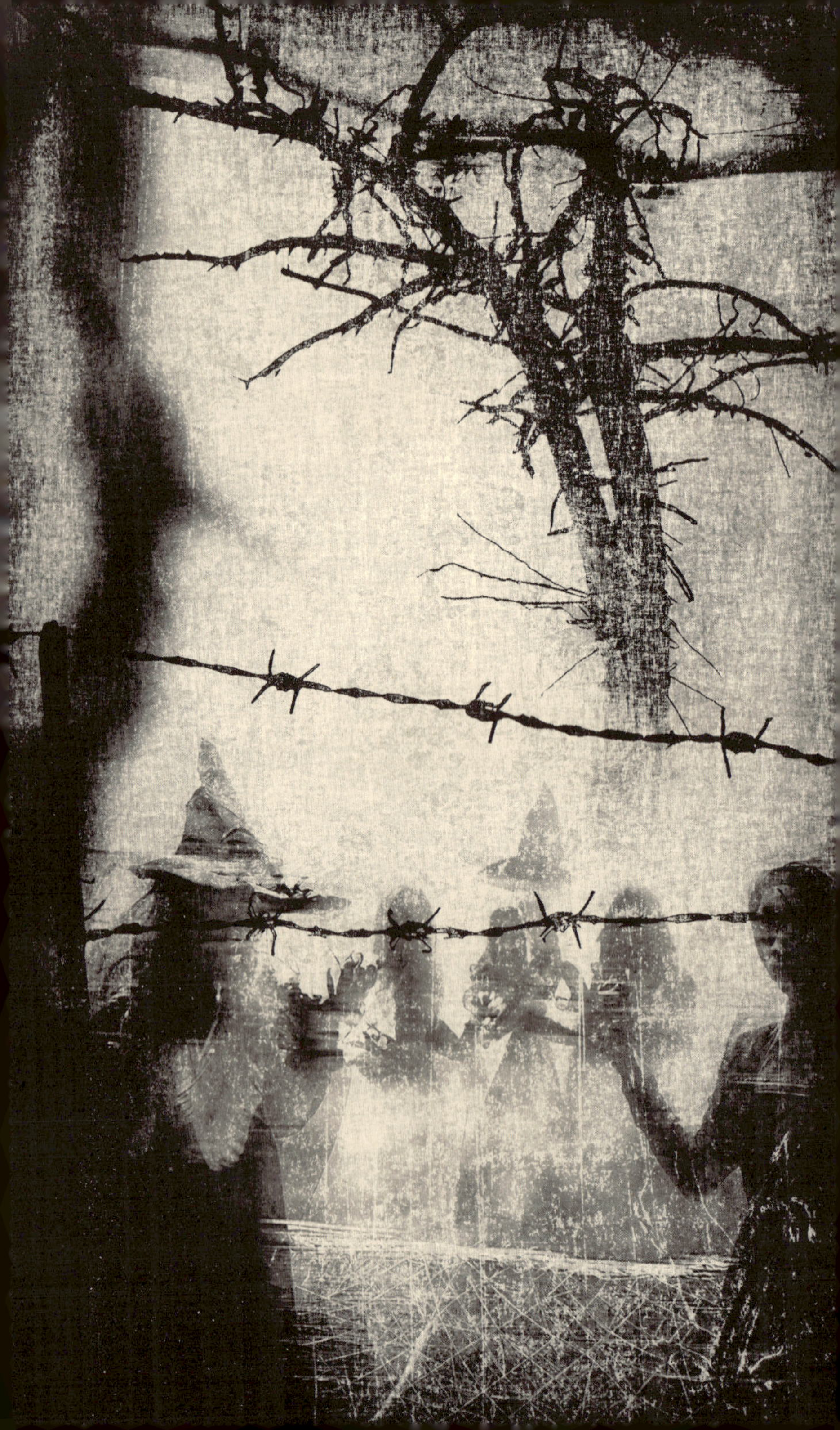

CAPÍTULO 30

Havia uma última coisa a filmar. Uma forma de fechar o documentário com um pingo de esperança.

O festival de Dia das Bruxas ainda ia acontecer e, com ele, a apresentação da Witch Time.

Quanto mais distantes ficavam os eventos daquela noite, mais Nicolas parecia melhorar.

Julguei que ele não teria condições nem vontade de seguir com a apresentação da banda, mas foi ele mesmo quem insistiu em fazer aquilo.

— É claro que vou cantar — afirmara ele.

Na manhã da festa de abertura do festival, Nicolas e Vivian discutiam sobre a apresentação.

— Não sei por que não pensamos nisso antes — disse Vivian.

Os dois estavam sentados diante do computador de Nicolas. Na tela havia fotos de fantasmas.

— Que fotos são essas? — perguntei.

— Então, sabe o show de hoje? — disse Nicolas. — Pensei de a gente reprisar algo que fizemos numa das primeiras apresentações da banda.

As fotos que ele me mostrou eram de pessoas fantasiadas com um visual de fantasma clássico (um lençol branco com buracos nos olhos), nas mais diversas atividades: correndo por um parquinho, fazendo poses esdrúxulas, sinais para a câmera.

A última foto mostrava um quarteto de fantasmas com instrumentos musicais.

— Vocês tocaram assim? — perguntei.

— Foi! — respondi. — Queríamos chamar atenção de alguma forma. Foi numa festa à fantasia, e nós tocamos uns covers de rock. O pessoal curtiu! Uma das fotos até virou meme.

— Foi hilário — disse Vivian. — Na hora de começar, o Nicolas ficou preocupado de a voz dele não soar direito, aí, em vez de tirar o lençol, ele puxou o buraco de um dos olhos até a boca e...

Nicolas e Vivian riram sem conseguir completar a história.

— Ai, ai... — Vivian esfregou os olhos. — Podemos começar assim, mas dessa vez acho melhor tirarmos as fantasias depois. Nesse festival é melhor que as pessoas nos vejam de verdade.

— Pode ser. Nem precisamos subir fantasiados. Queria fazer mais pra... sei lá.

Nicolas soltou o ar pelo nariz, e Vivian o abraçou.

— Vamos fazer, sim — disse Vivian. — Vai ser o máximo.

— Para fechar um ciclo, sabe? — comentou Nicolas, com os olhos marejados.

Pensei em Cauan. O único das fotos que não estava mais presente. O fantasma de verdade. Reviver aquela memória poderia ser uma boa forma de dizer adeus.

• •

O lado de fora da escola estava animado, com luzes coloridas rasgando o céu noturno e ambulantes vendendo cerveja mais barato no lado de dentro.

Eu e Yuri fomos direto para perto do palco, prontos para filmar a apresentação. Era hora de a banda fazer os ensaios valerem a pena. Os dias de correria, de atrasos, de situações em que ninguém sabia bem o que estava acontecendo.

— Tudo certo? — perguntei.

— Tudo — disse Yuri, muito sério.

Estava totalmente imerso no trabalho. Ficava lindo concentrado daquele jeito.

A banda surgiu no palco usando as fantasias de fantasma, e os três tomaram suas posições. Vivian optou pelo sintetizador em vez da bateria, enquanto Sofia seguia no baixo e Nicolas na guitarra. Tocariam uma nova versão da primeira música que tinham tocado juntos. Só faltava Cauan.

Dessa vez, Nicolas havia feito um buraco a mais na fantasia para conseguir cantar e respirar direito. O fantasma dele parecia estar em um estado de choque perpétuo com a boca em "o".

— Boa noite, galera. Nós somos a Witch Time, e vamos cantar uma música que tem uma letra meio triste, mas é para vocês ficarem felizes. Por favor, sejam bonzinhos com a gente. Feliz Dia das Bruxas!

Nicolas gesticulou, e elas se prepararam.

— Essa música se chama "Outono perdido". Essa é pra você, Cauan!

Nicolas começou a cantar alguns segundos depois da introdução instrumental da música. Sua voz soava indestrutível, imune a qualquer intempérie ou abuso, cantando a letra escrita por ele mesmo, que falava de saudade, desejo e violência. Era uma canção enigmática e aberta a interpretações, capaz de levar qualquer um a se identificar com os sentimentos que ela abordava.

A carga de emoções era elevada pela potência da sua voz e dos instrumentos, e transportada direto para o coração de quem ouvia. Era a magia da Witch Time. Uma magia que eu tinha cada vez mais certeza que ia funcionar naquela noite.

No meio da música, Nicolas tirou a fantasia, e as meninas fizeram o mesmo.

Cheguei mais perto de Yuri, tomando cuidado para não atrapalhar a filmagem. Ali, gravando a banda com ele, fui acometido por um amor profundo pelo meu amigo mais antigo, misturado com um orgulho intenso pelos novos que fiz naquela cidade.

A apresentação terminou. Os lençóis que serviram de fantasia estavam jogados no chão. O trio estava exposto, oferecendo seu trabalho para desconhecidos, ansiando para que a plateia se conectasse pelo menos um pouco com o que eles tinham para oferecer. Eu conhecia bem aquela sensação. Não era fácil de lidar.

O barulho dos aplausos, assobios e gritos foi tão grande que até me assustou.

O mais impressionante, porém, foi o coro que se seguiu:

— Witch Time! Witch Time! Witch Time!

A vontade de Nicolas se fez: uma música triste deixou todo mundo feliz.

Nicolas se virou para trás, olhando para Sofia e para Vivian, depois para mim e para Yuri. Meu coração derreteu um pouquinho com o sorriso que estampava seu rosto suado. Era um sorriso de pura satisfação.

● ●

Então, feito o último metro de uma maratona, veio o dia da partida.

— A gente jura que volta — falei para Nicolas na calçada do prédio.

Rita Lee estava estacionada na rua, já acumulando calor na lataria para nos assar quando entrássemos.

— É para voltar mesmo, hein? — disse ele. — Só não vou com vocês arrastando todo mundo comigo porque ainda temos muito o que fazer por aqui.

Nicolas, Sofia e Vivian. Cristina também veio se despedir. Satanás latiu no colo de Nicolas quando fiz um último carinho nas suas orelhas de abano.

Era bom ver sorrisos naqueles rostos. Mesmo que as coisas piorassem dali para a frente, eu ainda teria o apoio daquelas pessoas na minha vida e elas teriam o meu. Era isso o que mais importava.

O último episódio do documentário tinha sido lançado naquela semana. O que não pudemos mostrar em vídeo relatamos nós mesmos para a câmera.

A reação geral ao episódio tinha sido basicamente um caos total. Por enquanto não era possível prever o alcance exato da repercussão. Podia explodir num nível internacional, mas também podia ficar limitada a mensagens em grupos e discussões de podcasts. O mundo já estava complicado demais, e não dava para saber o que seria considerado ultrajante a longo prazo. Nosso trabalho não tinha terminado, mas aquela etapa estava encerrada.

Também aproveitamos para anunciar um recesso, para decidir o que fazer com o canal dali para a frente. Não pretendíamos parar, mas precisávamos de um tempo para reavaliar e pensar no futuro. Talvez o canal fosse o futuro, ou talvez Yuri e eu fôssemos, mas, acima de tudo, eu me esforçaria para que os dias que me aguardavam fossem sinceros. E sem medo.

Depois da noite no clube, meus pesadelos passaram a diminuir. Talvez a criatura que os emanava através de ondas de rádio tivesse desistido de mim, após me usar nos seus desígnios misteriosos. Ou talvez eu só estivesse conseguindo manter a minha cabeça num lugar melhor. Minha terapeuta teria muito o que escutar.

Nem tudo estava bem, mas eu tinha escolhido lidar com uma crise de cada vez. Um dia de cada vez.

Naquele dia em especial, eu queria me despedir dos meus amigos e entrar no meu carro velho e quente para voltar para casa ao lado do meu namorado. Do meu melhor amigo.

A Kombi colorida chamada Rita Lee desceu o asfalto da rodovia Rio-Teresópolis.

Era um dia iluminado, sem neblina, e não havia necessidade de usar os faróis. Eu seguia sem a certeza de que tudo ia ficar bem, mas sabia que o mundo continuava a girar.

A lataria chacoalhava sem parar, e agora eu entendia bem a mensagem que ela transmitia: basta olhar para a frente e segurar o volante com firmeza. O resto é confiar.

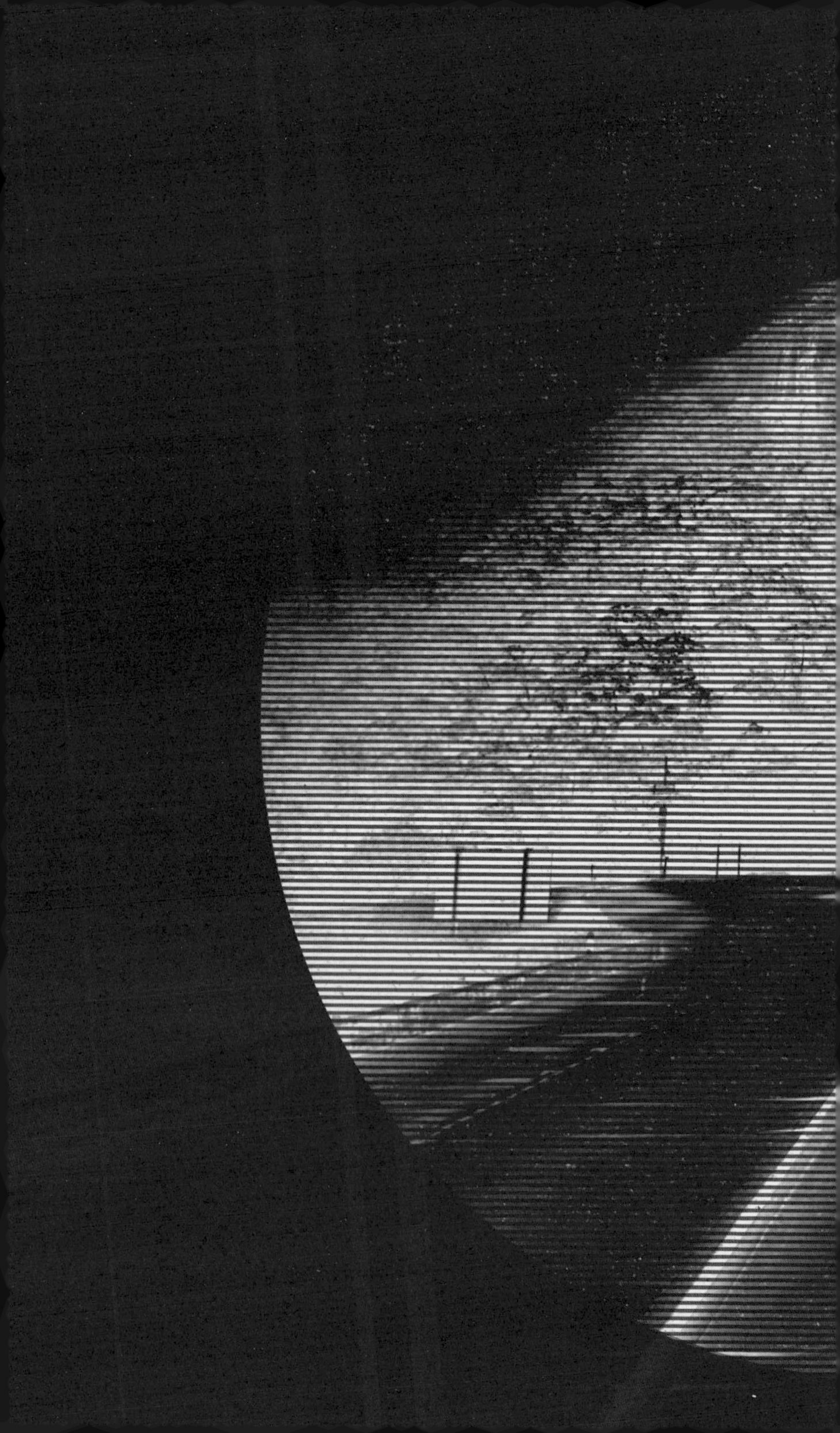

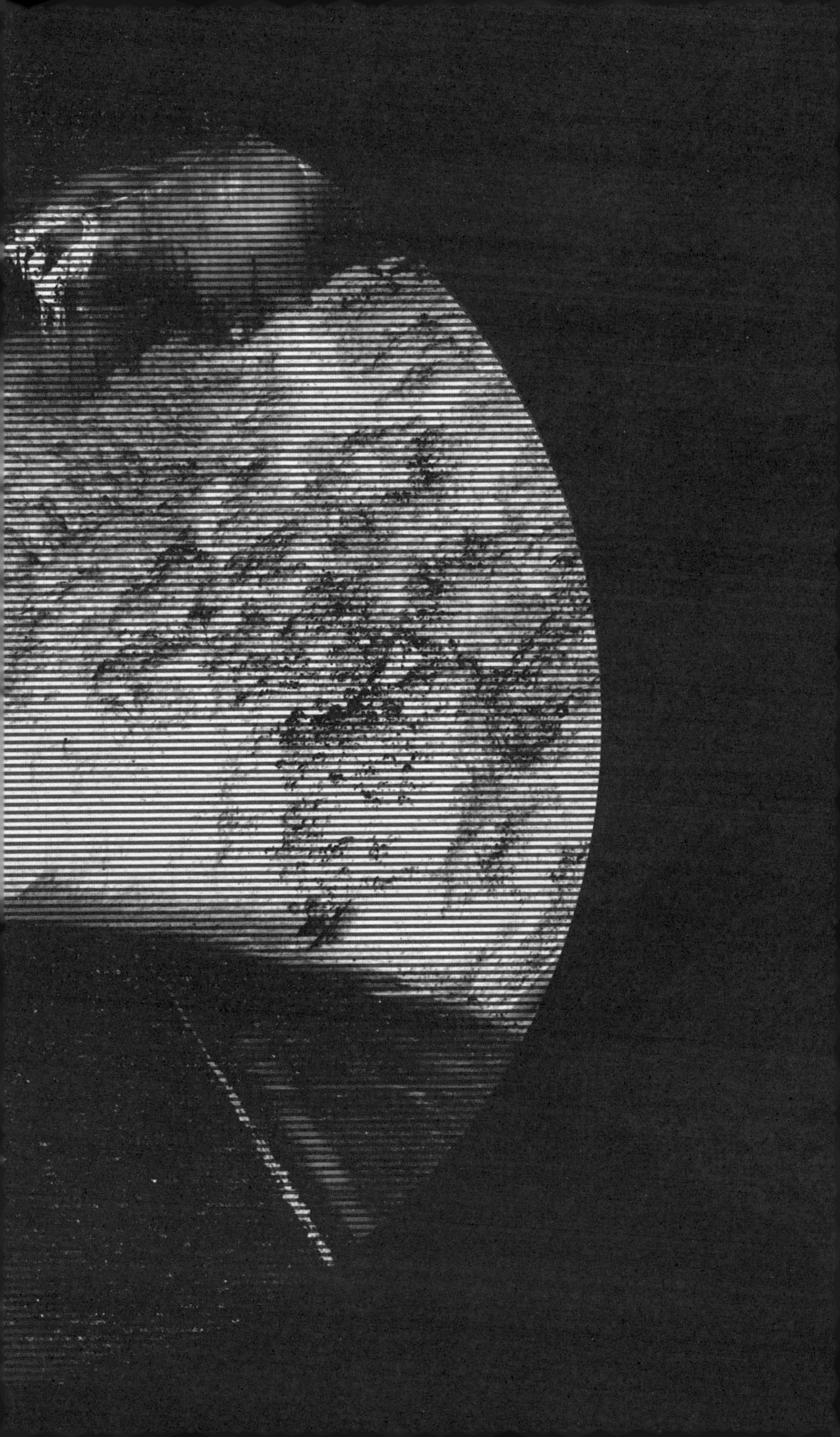

agradecimentos

Visão Noturna vive comigo desde 2015.

Nicolas foi o primeiro personagem que me ocorreu, como um protagonista de ficção científica. Ele, sua banda e a cidade onde moravam no início chamaram tanta atenção para si que me obrigaram a mudar tudo e começar outra história. Um livro diferente, em que Nicolas não teria poderes e sentiria mais medo. Ele também cederia seu lugar de protagonista a um garoto chamado Theo. O título veio alguns meses depois, em janeiro de 2016.

Este é o terceiro romance que terminei de escrever, e, de longe, é o que está mais intrinsecamente (hehe) conectado à minha trajetória editorial. No total foram oito anos com a esperança de publicá-lo um dia. Eu o escrevi e reescrevi. Com ele concluído, tentei avançar. Não deu. Reescrevi de novo, tentei, esperei. Tentei e tentei, até conseguir.

Tantos anos de trabalho e retrabalho tornaram a escrita dos agradecimentos uma etapa mais emocionalmente complicada do que qualquer página do enredo. Eu sou, sim, muito agradecido, mas uma seção de agradecimentos fala mais sobre o autor do que sobre as pessoas mencionadas. Eu não queria me sentir ainda mais vulnerável, só que é impossível avaliar o lado bom da minha relação com esse livro sem esbarrar em caixas que prefiro manter trancadas.

Amigos com mais experiência me convenceram de que vale a pena incluir os agradecimentos como um registro. Ainda assim, nessa reflexão só vou abrir algumas caixas que estão sem cadeado. Pode ser que no futuro eu destranque as outras mais escondidas e exponha seu conteúdo — em outros contextos, quando eu sentir que será possível fazê-lo sem me despedaçar no processo.

Primeiro, agradeço a Mia, por ser a melhor agente que eu poderia ter. Quando penso nas nossas reuniões e decisões conjuntas, não consigo imaginar uma pessoa melhor.

Obrigado também a todos da Intrínseca que trabalharam nesse projeto. A equipe inteira merece meu apreço e gratidão, mas vou citar aqueles com quem, até o momento, tive um contato mais direto: Talitha, que acolheu a ideia desse livro e em cada etapa demonstrou compreensão com o que queríamos para ele. Suelen, que esteve presente desde a minha primeira reunião com a editora. Rachel, que compreendeu os personagens além do que eu poderia esperar (incluindo o que levaria dois garotos a se beijarem depois de uma cena de *Hereditário*, haha). Heduardo, prestativo e atencioso desde os primeiros e-mails e durante todo o acompanhamento. Obrigado.

Tem bastante gente trabalhando no livro que ainda vou conhecer melhor. Fica aqui o obrigado adiantado, especialmente para a galera do marketing da Intrínseca, que faz um trabalho primoroso, influente e integrado. Sempre tive essa impressão com outros livros da editora, e confirmei isso após a primeira reunião conjunta sobre o *Visão Noturna*. Estou animado para ver o que vem por aí.

Monica e Laura, obrigado por todas as horas escutando, lendo, rindo, criticando e encorajando. Obrigado pela amizade e por serem dois poços de paciência. Sem vocês, eu seria um escritor pior.

Obrigado a Emily, Petra, Sofia, e a todos que tiveram algum contato com esse livro e suas ideias em estado beta (muitas vezes alfa).

Sisterhood of Evil Gays: obrigado pelo acolhimento diário. Foi lá que eu fui gritar sempre que precisei, o lugar mais seguro e sem ecos.

Pai e mãe, obrigado por apoiarem tudo o que eu faço mesmo sem nem sempre entenderem.

A todos que já lidaram com minha tendência de falar sem parar, seja ao vivo, por áudios ou mensagens de texto: obrigado e minhas sinceras desculpas. Prometo continuar melhorando.

Aos Franklins do passado: valeu por não terem parado. Mais do que ninguém eu sei como demorou e como foi difícil para vocês. Para o Franklin do futuro: espero que esteja bem. A capa ficou legal? O lançamento foi bom? Tá dormindo direitinho?

E, acima de tudo, obrigado a você, leitor. Talvez este seja seu único contato comigo (se você for do tipo que lê os agradecimentos). Fico na torcida para que este livro tenha te proporcionado uma experiência positiva.

Com essa página de agradecimentos, começo a fechar a caixa do *Visão Noturna* dentro de mim. Espero não precisar trancá-la com um cadeado, mas, se for necessário, vou guardar a chave no meu peito.

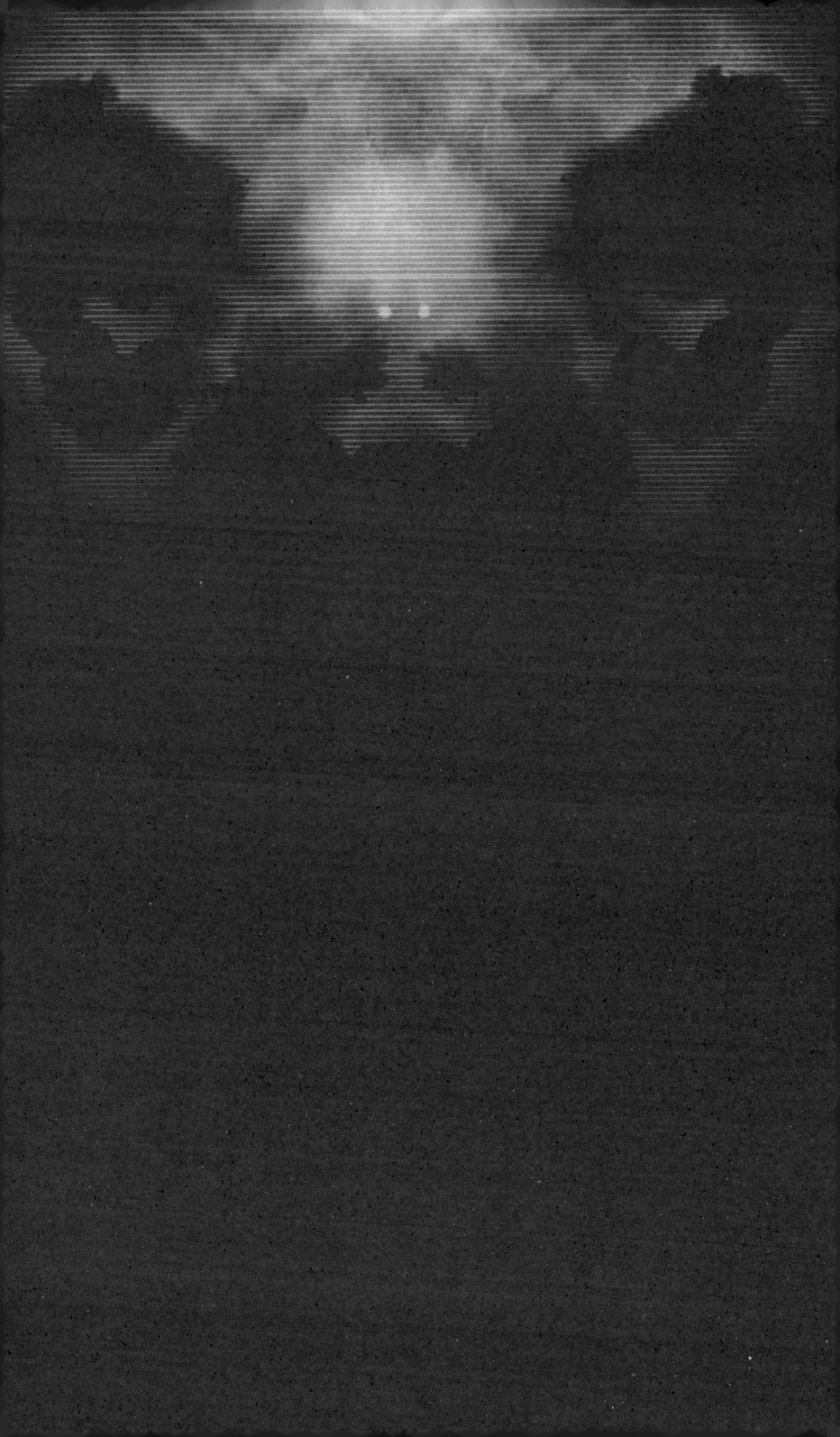

intrinseca.com.br

@intrinseca

editoraintrinseca

@intrinseca

@editoraintrinseca

editoraintrinseca

1ª edição	SETEMBRO DE 2023
impressão	LIS GRÁFICA
papel de miolo	PÓLEN NATURAL 80G/M²
papel de capa	CARTÃO SUPREMO ALTA ALVURA 250G/M²
tipografia	PLANTIN